LE FESTIN DU DIABLE

Né à Newcastle, en Angleterre, en 1930, Harry Patterson a grandi à Belfast, en Irlande du Nord, où bouillonnent les passions politiques et religieuses. Il a un an quand son père abandonne les siens et douze quand sa mère se remarie.

Il quitte l'école à quinze ans pour gagner sa vie et écrire, collectionne les emplois et les refus des éditeurs, devient instituteur et obtient en 1958 son premier contrat d'écrivain. Il connaît d'abord un succès d'estime puis un succès foudroyant quand il publie sous le pseudonyme de Jack Higgins *The Eagle Has Landed* (1975) paru en France sous le titre : *L'Aigle s'est envolé.* Il écrit ensuite *Le Jour du Jugement, Avis de tempête, Solo, Luciano, Les Griffes du diable, Exocet, Confessionnal, L'Irlandais, La Nuit des loups, Saison en enfer, Opération Cornouailles, L'Aigle a disparu, L'Œil du typhon, Opération Virgin, Terrain dangereux, L'Année du Tigre, Mission Saba, L'Ange de la mort, Le Secret du président* et *Une taupe à la Maison-Blanche.*

Jack Higgins est, aux côtés de ses compatriotes Graham Greene, John le Carré et Frederick Forsyth, l'un des maîtres du grand roman d'aventures.

Paru dans le Livre de Poche :

L'AIGLE A DISPARU

L'AIGLE S'EST ENVOLÉ

L'ANGE DE LA MORT

L'ANNÉE DU TIGRE

CONFESSIONNAL

EXOCET

MISSION SABA

LA NUIT DES LOUPS

L'ŒIL DU TYPHON

OPÉRATION CORNOUAILLES

OPÉRATION VIRGIN

SAISON EN ENFER

SOLO

TERRAIN DANGEREUX

JACK HIGGINS

Le Festin du diable

ROMAN TRADUIT DE L'ANGLAIS PAR BERNARD FERRY

ALBIN MICHEL

Titre original :

DRINK WITH THE DEVIL

Pour Denise, la meilleure des filles.

Belfast

1985

1

La pluie tombait par paquets depuis Belfast Lough, et en tournant le coin de la rue il entendit au loin, dans l'obscurité, des rafales d'armes légères, suivies du fracas d'une explosion. Sans hésiter, il traversa la place. L'homme était de petite taille, pas plus d'un mètre soixante-sept, vêtu d'un jean, d'un caban, coiffé d'une casquette, et portait sur l'épaule un sac de marin.

Il se retrouva face à un bâtiment formé par la réunion de trois maisons de style victorien, et dont l'enseigne annonçait *Albert Hotel*, mais il s'agissait plutôt d'une pension, de celles que fréquentent les marins. La porte d'entrée s'ouvrit, et un homme assez petit, le crâne dégarni, un journal à la main, risqua un coup d'œil au-dehors.

On entendit au loin une nouvelle explosion.

— Mon Dieu ! s'écria-t-il. Les gars ont mis le paquet, ce soir !

Le premier homme s'avança au pied des marches.

— J'ai téléphoné tout à l'heure pour une chambre. Je m'appelle Keogh.

Il avait un accent plutôt anglais, avec une pointe d'accent de Belfast.

— Ah, monsieur Keogh ! Vous venez de descendre de bateau, c'est ça ?

— Quelque chose comme ça, oui.

— Eh bien, ne restez pas ainsi sous la pluie, entrez.

Au même moment, deux Land Rover découvertes tournèrent au coin de la rue. Derrière le chauffeur, trois parachutistes étaient accroupis, en treillis et béret rouge, l'air dur, la mitraillette pointée vers les maisons. Les voitures s'évanouirent rapidement dans la nuit et dans la pluie, de l'autre côté de la place.

— Mon Dieu ! dit à nouveau le vieil homme avant de rentrer.

Keogh le suivit.

Un petit hall carré avec un comptoir de réception et une cage d'escalier derrière. L'endroit était miteux. La peinture blanche avait jauni avec les années, et le papier peint défraîchi montrait çà et là des taches d'humidité.

Le vieil homme poussa un registre vers Keogh.

— C'est le règlement du RUC[1]. Vos nom et adresse. Votre prochain port. Le truc habituel, quoi.

— Pas de problème, dit Keogh.

Il remplit rapidement le registre et le lui rendit.

1. Royal Ulster Constabulary : police de l'Irlande du Nord. (N.d.T.)

— Martin Keogh, lut le patron. Wapping, Londres. Ça fait des années que je suis pas allé à Londres, moi.

— C'est une belle ville.

Keogh tira une cigarette d'un paquet et l'alluma. Le patron prit une clé au tableau.

— Au moins, là-bas, y a pas de paras qui patrouillent dans les rues, armés jusqu'aux dents. Ils sont complètement fous de rester à découvert de cette façon, même sous la pluie. Ils font une belle cible, tiens ! Si vous voulez mon avis, c'est du suicide.

— Pas vraiment, dit Keogh. C'est un vieux truc que les paras ont commencé à utiliser il y a des années, à Aden. Ils se déplacent à deux véhicules, pour se protéger l'un l'autre, et comme ils sont à découvert ils peuvent riposter instantanément si on les attaque.

— Et comment ça se fait que vous savez des choses comme ça, vous ?

Keogh haussa les épaules.

— Tout le monde sait ça. Je pourrais avoir ma clé, maintenant ?

Le vieil homme remarqua alors les yeux de son client : une couleur indéfinissable, et d'une dureté proprement sidérante. Un sentiment de peur l'envahit. Mais, au même moment, Keogh se mit à sourire, et sa personnalité sembla changer du tout au tout. Il prit la clé sur le comptoir.

— On m'a dit qu'il y avait un café plutôt bien, dans le coin. Le Regent, c'est ça ?

— C'est ça. Vous traversez la place et vous prenez Lurgen Street. C'est sur les vieux quais.

Il trouva facilement la chambre, dont la serrure avait visiblement été forcée un nombre incalculable de fois, et y entra. La pièce était toute petite et sentait l'humidité. Il y avait un lit à une place, une armoire et une chaise, une cuvette dans un coin, mais pas de toilettes. Pas même un téléphone. Enfin, avec un peu de chance, ce ne serait que pour une nuit !

Il posa sur le lit son sac de matelot et l'ouvrit. Il contenait une trousse de toilette, des chemises et quelques livres. Il poussa les livres sur le côté et souleva le fond du sac, en carton épais, découvrant un pistolet Walther PPK, plusieurs chargeurs et le nouveau silencieux Carswell. Il inspecta l'arme, la chargea, vissa le silencieux, puis la glissa dans la ceinture de son jean, derrière, dans le creux des reins.

— Au Regent, fiston, dit-il doucement.

Et il sortit en sifflotant un petit air triste.

Près du comptoir, il y avait une cabine téléphonique d'un modèle ancien. Un signe de tête au vieil homme, et Keogh pénétra à l'intérieur. Il sortit quelques pièces du fond de sa poche et composa un numéro.

Jack Barry était un homme de haute taille, le visage avenant, portant des lunettes cerclées d'écaille qui lui donnaient une allure studieuse. Il ressemblait également à un maître d'école, métier qu'il avait effectivement exercé autrefois. Mais qu'il n'exerçait plus, car à présent il était chef d'état-major de l'IRA provisoire. Il se trouvait à Dublin, dans son salon, assis près du feu, à lire le journal, lorsque la sonnerie de son téléphone mobile retentit.

Au moment où il décrochait, sa femme Jean lui lança :

— Ne reste pas trop longtemps ! Le dîner est prêt.

— Allô ?

— C'est moi, dit Keogh en irlandais. Je suis descendu à l'Albert Hotel sous le nom de Martin Keogh. Je vais rencontrer la fille, maintenant.

— Tu crois que ça sera difficile ?

— Non, j'ai déjà tout organisé. Fais-moi confiance. Je pars pour le Regent Cafe. C'est son oncle qui en est le propriétaire.

— Parfait. Tiens-moi au courant, mais n'utilise que le numéro du téléphone mobile.

Il raccrocha et sa femme l'appela à nouveau.

— Viens. Ça refroidit.

Obéissant, il se leva et gagna la cuisine.

Keogh trouva sans peine le Regent Cafe. L'une des fenêtres était recouverte de planches, visiblement à la suite d'un attentat à la bombe, mais l'autre, qui était intacte, permettait de distinguer parfaitement la salle, à l'intérieur. Il n'y avait que quelques clients : trois hommes âgés à une table et, un peu plus loin, une femme entre deux âges, l'air ravagée, qui ressemblait à une prostituée.

La fille assise derrière le comptoir, elle, avait juste seize ans ; il le savait parce qu'il savait tout d'elle. Elle s'appelait Kathleen Ryan et tenait le café pour son oncle, Michael Ryan, terroriste protestant depuis sa prime jeunesse. De petite taille, elle avait les cheveux noirs et des yeux durs au-dessus de ses pommettes saillantes. Personne n'aurait pu la trouver jolie. Vêtue d'un chandail sombre et d'une minijupe en coton, elle était plongée dans la lecture d'un livre lorsque Keogh pénétra dans le café.

Il s'appuya contre le comptoir.

— C'est intéressant ?

Elle le regarda avec le plus grand calme, et son regard la fit paraître beaucoup plus âgée qu'elle ne l'était en réalité.

— Très intéressant. C'est *La Cour de minuit*.

— Mais c'est en irlandais !

Il tourna le livre vers lui et vit qu'il ne s'était pas trompé.

— Et pourquoi pas ? s'écria la fille. Vous pensez qu'une protestante ne devrait pas lire de l'irlandais ? C'est aussi notre pays, monsieur, et si vous appartenez au Sinn Fein ou à une saloperie de ce genre, il vaut mieux que vous partiez. Les catholiques ne sont pas les bienvenus ici. Mon père, ma mère et ma petite sœur ont été tués par une bombe de l'IRA.

Keogh leva les mains en signe de protestation.

— Hé, du calme ! je suis de Belfast, je descends de bateau et je voudrais simplement une tasse de thé.

— Vous n'avez pas l'accent de Belfast. Je dirais plutôt que vous avez l'accent anglais.

— C'est parce que mon père m'a emmené vivre là-bas quand j'étais encore enfant.

Elle demeura un moment perplexe, puis finit par hausser les épaules.

— C'est bon.

D'une voix plus forte, elle lança :

— Un thé, Mary.

Puis, se tournant à nouveau vers Keogh :

— On ne sert plus à manger. C'est bientôt la fermeture.

— Le thé me suffira.

Quelques instants plus tard, une femme aux cheveux gris, portant tablier, vint déposer sur le comptoir une tasse de thé.

— Le lait et le sucre sont là. Servez-vous.

Keogh s'exécuta et poussa devant lui une pièce d'une livre. La femme lui rendit la monnaie. La fille, elle, l'ignora, prit son livre et se leva.

— J'y vais, Mary. Encore une heure et tu pourras fermer.

Et elle disparut derrière le comptoir.

Keogh alla s'asseoir à une table avec sa tasse et alluma une cigarette. Cinq minutes plus tard, Kathleen Ryan ressurgit, vêtue d'un vieil imperméable et coiffée d'un béret. Elle sortit sans lui accorder un regard. Keogh avala quelques gorgées de thé, puis se leva et sortit à son tour.

En tournant vers le front de mer, elle baissa la tête et accéléra l'allure. Les trois jeunes gens qui se tenaient sur le seuil d'un entrepôt désaffecté l'aperçurent lorsqu'elle passa sous un lampadaire. C'était le genre de types qu'on rencontre dans toutes les villes du monde. Des petites frappes en jean et en bomber.

— C'est elle, Pat, dit celui qui portait une

casquette de base-ball. C'est elle. La salope du café, la Ryan.

— Je le vois bien, crétin, répondit le dénommé Pat. Reste tranquille et attrape-la quand elle arrivera juste devant.

Ils étaient dissimulés dans l'ombre, et Kathleen Ryan ne les voyait pas. Elle ne se retourna qu'en entendant des pas rapides derrière elle, mais c'était déjà trop tard : un bras serré sur son cou l'étouffait à moitié.

Pat se planta devant elle et lui tapota le menton.

— Mais c'est une petite salope de protestante. Tu t'appelles Ryan, c'est ça ?

Elle lança un coup de pied en arrière, atteignant au tibia le jeune à la casquette de base-ball.

— Fous-moi la paix, espèce d'ordure de catho !

— Oh, ordure de catho ! lança Pat d'un ton moqueur. Alors que nous sommes de gentils catholiques ! (Il la gifla.) Allez, on l'emmène en haut de la ruelle. On va lui apprendre la politesse.

Elle ne hurla pas, car ce n'était pas dans sa nature, mais elle étouffa un cri de rage et mordit la main plaquée sur sa bouche.

— Salope ! lança Casquette de base-ball.

Il lui envoya un coup de poing dans le dos et ils l'entraînèrent en haut de la ruelle, sous la pluie. Sous un vieux réverbère se trouvaient des piles de caisses. Ils la poussèrent dessus, tan-

18

dis que Pat se plaçait derrière elle et lui relevait sa jupe.

— Tu vas prendre une leçon, toi !

— C'est toi qui vas prendre une leçon ! lança une voix.

Martin Keogh s'avançait dans la ruelle, les mains dans les poches de son caban.

— Foutez-lui la paix. Vous n'êtes qu'une bande de dégueulasses !

— Va te faire mettre ! lança le jeune à la casquette de base-ball.

Il lâcha la fille et lança un coup de poing vers Keogh. Celui-ci lui attrapa le poignet, le tordit et le plaqua brutalement contre le mur, visage en avant.

— Espèce de salaud ! s'écria le troisième en se ruant sur lui.

Keogh tira le Walther de sa poche et en frappa violemment le garçon au visage, lui ouvrant la joue gauche depuis le coin de l'œil jusqu'à la bouche. Puis il leva son arme et tira. Grâce au silencieux, on n'entendit qu'un bruit sourd.

Casquette de base-ball se retrouva à genoux, tandis que l'autre gardait la main plaquée sur le visage. Du sang coulait entre ses doigts. Pat ne fit pas mine d'avancer, mais il écumait de rage.

— Espèce d'ordure !

— On m'a déjà dit ça. (Keogh posa entre ses deux yeux le canon du Walther équipé du silencieux.) Encore un mot et je te tue.

Le jeune homme se figea sur place. Kathleen Ryan rabattait sa jupe.

— Retournez à votre café. Je vous rejoins là-bas.

Elle le dévisagea d'un air hésitant, puis s'enfuit en courant le long de la ruelle.

Il n'y avait plus que la pluie et les gémissements des deux blessés.

— On a fait ce que vous nous aviez demandé ! lança Pat, furieux. Pourquoi vous avez fait ça ?

— Oh non, dit Keogh. Je vous avais dit de lui faire un peu peur, et moi je serais arrivé pour la sauver. (D'une main, il tira une cigarette d'un paquet et l'alluma.) Mais vous, vous étiez partis pour un viol collectif !

— C'est qu'une sale petite protestante. Qu'est-ce qu'on en a à foutre ?

— Moi, j'en ai à foutre, dit Keogh. Et je suis catholique. Vous nous faites une sale réputation.

Pat se rua sur lui. Keogh recula et tendit le pied. Pat s'affala par terre. Keogh s'accroupit à ses côtés et lui enfonça durement un genou dans le dos.

— T'as besoin d'une leçon, fiston.

Il posa la gueule du Walther sur la cuisse du garçon et appuya sur la détente. Un bruit sourd et Pat poussa un hurlement.

Keogh se releva.

— La balle n'a fait que traverser la chair. J'aurais pu te la coller dans le genou.

Pat sanglotait.

— Tu peux crever, connard !

— J'ai encore le temps. (Keogh tira une enveloppe de sa poche et la jeta sur le sol.) Cinq cents livres. C'était le prix convenu. Et maintenant je te conseille d'aller aux urgences du Royal Victoria. C'est le meilleur service du monde pour les blessures par balle. Faut dire qu'ils ont l'expérience.

Il s'éloigna en sifflotant un petit air bizarre, les laissant là, sous la pluie.

En arrivant au café, Keogh constata qu'il n'y avait plus aucun client, mais il aperçut par la fenêtre Kathleen Ryan et la dénommée Mary debout derrière le comptoir. La fille téléphonait. Il voulut ouvrir la porte, mais elle était verrouillée. A la demande de Kathleen, Mary lui ouvrit.

— Elle m'a raconté ce que vous avez fait pour elle, dit Mary lorsqu'il entra. Que Dieu vous bénisse.

Keogh s'assit sur un coin de table et alluma une cigarette. La fille parlait toujours au téléphone :

— ... non, maintenant ça va. Je serai au Drum dans vingt minutes. Ne t'inquiète pas.

Elle reposa le combiné et se tourna vers lui, le visage impassible.

— C'était mon oncle Michael. Il était inquiet pour moi.

— Je le comprends. Les temps sont durs.

— Vous faites pas de prisonniers, vous, hein ?

— J'en ai jamais saisi l'utilité.

— Et vous êtes armé. Un Walther, d'après ce que j'ai vu.

— Vous êtes bien jeune pour en savoir autant.

— Oh, je connais les armes, monsieur. Je vis avec depuis que je suis toute petite. Qu'est-ce que vous avez fait après que je suis partie ?

— Je les ai laissés filer.

— Vous les avez renvoyés chez eux avec une tape dans le dos ?

— Non, je les ai envoyés aux urgences de l'hôpital le plus proche. Ils avaient besoin d'une bonne leçon. Ils l'ont reçue. Si ça peut vous consoler, celui qui avait l'air d'être le chef devra marcher quelque temps avec des béquilles.

Elle fronça les sourcils.

— A quoi vous jouez, exactement ?

— Je ne joue pas. J'ai pas aimé ce qui s'est passé, c'est tout. (Il se leva et écrasa sa cigarette dans un cendrier.) Mais vous avez l'air d'être remise, alors je m'en vais.

Il gagna la porte du café et l'ouvrit.

— Non, attendez ! lança-t-elle. (Il se retourna vers elle.) Vous pourriez m'amener jusqu'au pub de mon oncle. L'Orange Drum, sur Connor's Wharfe. C'est à cinq cents mètres d'ici. Je m'appelle Kathleen Ryan. Et vous ?

— Martin Keogh.

— Attendez-moi dehors.

Il s'exécuta et la vit décrocher le téléphone. Elle devait rappeler son oncle. Quelques instants plus tard elle le rejoignit, tenant à la main un grand parapluie.

Tandis qu'elle l'ouvrait, il lui demanda :

— Ça ne serait pas plus sûr d'y aller en taxi ?

— J'aime bien marcher dans la ville, la nuit. J'aime la pluie. Et puis j'ai le droit de me déplacer ici comme je veux. Qu'ils aillent se faire foutre, tous ces salauds de Fenians !

— C'est une façon de voir les choses.

Ils se mirent en route. Elle le prit par le bras et l'attira sous le parapluie.

— Tenez, mettez-vous à l'abri. Alors comme ça, vous êtes marin ?

— Seulement depuis deux ans.

— Un marin de Belfast, qui a vécu à Londres et qui est armé d'un Walther.

— Cette ville est dangereuse, répondit-il. Vous avez pu vous en rendre compte par vous-même, ce soir.

— Vous voulez dire dangereuse pour vous, et c'est pour ça que vous êtes armé. (Elle semblait intriguée.) Vous n'êtes pas un Fenian, sinon vous auriez pas fait ça à ces types.

— Je ne suis d'aucun côté, ma petite demoiselle.

Il s'arrêta pour allumer une cigarette.

— Donnez-m'en une, dit-elle.

— Jeune comme vous êtes ? Certainement pas ! Vous êtes vraiment une fille bizarre, Kate.

Elle se tourna vivement vers lui.

— Pourquoi m'avez-vous appelée comme ça ? Personne ne me donne ce nom-là.

— Oh, je trouve que ça vous va.

Ils longeaient à présent le front de mer ; des navires porte-conteneurs étaient amarrés le long du quai, et au loin on apercevait les lumières vertes et rouges d'un cargo qui gagnait la haute mer.

— Alors, le pistolet ? demanda Kathleen Ryan. Pourquoi est-ce que vous êtes armé ?

— Dites donc, vous avez de la suite dans les

idées, vous ! Il y a longtemps, j'étais soldat. J'ai fait trois séjours ici, à Belfast, et il y a toujours le risque que quelqu'un me reconnaisse, quelqu'un qui ait la mémoire tenace.

— Dans quel régiment vous étiez ?

— Le 1er régiment de paras.

— Ne me dites pas que vous étiez à Londonderry pour le Dimanche sanglant !

— Eh si ! Comme je vous l'ai dit, c'était il y a longtemps.

Elle étreignit son bras.

— Vous leur avez foutu une sacrée raclée aux Fenians, ce jour-là ! Combien vous en avez tués ? Treize, c'est ça ?

Ils se trouvaient à présent en face du pub, et ses lumières éclairaient les pavés du quai.

— Quel âge avez-vous ? demanda Keogh.

— Seize ans.

— Si jeune et si pleine de haine !

— Je vous l'ai dit. Mon père, ma mère et ma petite sœur ont été tués par l'IRA. Il ne me reste plus que mon oncle Michael.

Sur l'un des murs de brique, on lisait le nom du pub, *The Orange Drum*, accompagné de la devise *Our County Too*. La fille referma le parapluie, ouvrit la porte et le précéda à l'intérieur.

C'était un pub typique de Belfast, avec plusieurs stalles, quelques tables et un long comptoir en acajou. D'innombrables bouteilles étaient alignées sur des étagères, devant un miroir qui occupait toute une paroi. Il n'y avait qu'une demi-douzaine de clients, des hommes, déjà âgés ; quatre d'entre eux jouaient aux cartes devant la cheminée où flambait un feu, tandis que deux autres discutaient à voix basse. Derrière le comptoir, un jeune homme manchot, au regard dur, lisait le *Belfast Telegraph*.

En les voyant entrer, il posa son journal.

— Ça va, Kathleen ? Michael m'a dit ce qui s'était passé.

— Ça va, Ivor. Grâce à monsieur Keogh, que je te présente. Oncle Michael est au fond ?

Au même moment, une porte s'ouvrit, livrant le passage à un homme. Grâce aux photos que Barry lui avait montrées à Dublin, Keogh le reconnut aussitôt. Il s'agissait bien de Michael Ryan, cinquante-cinq ans, loyaliste de premier plan, qui avait appartenu à l'UVF et à la Main rouge d'Ulster, le groupe protestant le plus extrémiste, un homme qui avait tué de nombreuses fois au nom de ses convictions. De taille moyenne, il avait les cheveux légèrement grisonnants aux tempes, les yeux très bleus, et de toute sa personne émanait une impression de force et d'énergie.

— Je te présente Martin Keogh, dit la fille.

Ryan fit le tour du comptoir et lui tendit la main.

— Vous m'avez rendu un grand service, ce soir. Je ne l'oublierai jamais.

— J'ai seulement eu de la chance d'être là.

— Peut-être. En tout cas, je vous dois un verre.

— Alors ce sera un whiskey. Un Bushmills.

— Par ici, dit Ryan en indiquant une stalle dans un coin.

La fille ôta son imperméable et son béret, et se glissa derrière la table, à côté de son oncle et face à Keogh. Ivor apporta une bouteille de Bushmills et deux verres.

— Tu veux quelque chose, Kathleen ? demanda-t-il.

— Non, ça va, merci.

Apparemment, il l'idolâtrait, mais après un bref signe de tête il s'éloigna.

— J'ai contacté quelqu'un que je connais au Royal Victoria, dit alors Ryan. Ils viennent de recevoir trois jeunes types sérieusement amochés. L'un d'eux avait une balle dans la cuisse.

— Ah bon ? dit Keogh.

Kathleen le dévisagea, visiblement abasourdie.

— Vous ne me l'aviez pas dit.

— Pas besoin.

— Vous pouvez me faire voir votre arme ? demanda Ryan. Ne vous inquiétez pas, il n'y a que des amis ici.

Keogh haussa les épaules, tira le Walther de sa poche et le lui tendit. Ryan l'examina d'un œil expert.

— Oh, le nouveau silencieux Carswell ! Du beau matériel. (Il sortit un Browning de sa poche et le donna à Keogh.) Moi, j'ai toujours préféré celui-ci.

— L'arme favorite des SAS, dit Keogh en prenant le Browning bien en main. Et du régiment de parachutistes.

— Il a servi dans le 1er régiment de paras, dit la fille. Il a fait le Dimanche sanglant.

— Vraiment ? demanda Michael Ryan.

— C'était il y a longtemps. Dernièrement, j'étais en mer.

— Kathleen m'a dit que vous étiez né à Belfast mais que vous aviez grandi à Londres ?

— Ma mère est morte en couches. Mon père est parti chercher du travail à Londres. Il est mort à présent.

Ryan retira le chargeur de la crosse du Walther.

— Et vous êtes un bon protestant. A cause de ce que vous avez fait pour Kathleen.

— Pour être franc avec vous, la religion, pour moi, ça ne veut rien dire, répondit Keogh. Mais disons que je sais de quel côté je suis.

A cet instant, la porte s'ouvrit violemment et un homme vêtu d'un imperméable et coiffé d'une casquette se rua à l'intérieur du pub, un revolver à la main.

— Ah, t'es là, Michael Ryan, espèce de salaud !

Il braqua son arme sur lui.

Ryan était pris au piège. Il n'avait plus son arme et avait retiré le chargeur du Walther.

— Qu'est-ce que je fais, je le bute ? dit Keogh à voix basse.

Il saisit vivement le Browning et fit feu. L'homme laissa lentement retomber la main qui tenait le revolver.

— C'était une cartouche à blanc, monsieur Ryan, dit Keogh. Je l'ai senti au poids. A quoi on joue, ici ?

Ryan se mit à rire.

— Tu peux y aller, Joseph. Va te prendre un verre au comptoir.

Le soi-disant tueur s'éloigna, tandis que les vieux près du feu continuaient de jouer aux cartes comme si de rien n'était.

Michael Ryan se leva.

— Ce n'était qu'une petite mise à l'épreuve, mon garçon. Allez, on va poursuivre la discussion au salon.

Un feu brûlait dans la cheminée du petit salon, et les rideaux étaient tirés sur les vitres où tambourinait la pluie. L'ambiance était chaude et douillette. Ryan et Keogh s'assirent l'un en face de l'autre. La fille rapporta de la cuisine un plateau avec une théière, des tasses et un pot de lait.

— Si vous êtes marin, vous devez avoir des papiers, dit Ryan.

— Bien sûr, dit Keogh.

Ryan tendit la main. Avec un haussement d'épaules, Keogh tira un portefeuille de la poche intérieure de son caban.

— Et voilà : les papiers du bateau, la carte du syndicat, tout ça.

Tandis que Kathleen servait le thé, Michael Ryan examina les papiers avec attention.

— Vous avez quitté le *Ventura* il y a quinze jours, avec votre solde de tout compte. Homme d'équipage et plongeur. C'est quoi, précisément ?

— Le *Ventura* est un navire ravitailleur sur les champs pétrolifères de la mer du Nord. A part les tâches habituelles de marin à bord, je faisais aussi un peu de plongée. Pas vraiment en profondeur. Seulement de la maintenance sous-marine, de la soudure quand il fallait. Ce genre de choses.

— Intéressant. Vous êtes un homme de ressources. Vous avez appris des choses chez les paras ?

— Simplement à tuer. Je connais les armes. Et très bien les explosifs. (Keogh alluma une cigarette.) Mais où voulez-vous en venir, exactement ?

Ryan ignora sa question.

— Vous savez conduire une moto ?

— Depuis que j'ai seize ans, ça fait donc un bail. Pourquoi ?

Ryan se renversa dans son siège, prit sa pipe et la bourra dans une vieille blague à tabac.

— Vous êtes venu voir de la famille ?

— J'en ai plus, répondit Keogh. Quelques vagues cousins ici et là. Non, je suis venu sur un coup de tête, comme ça. Un peu par nostalgie, si vous voulez. En fait, c'est une mauvaise idée, mais je peux toujours m'en aller et trouver un autre mouillage.

— Je pourrais vous offrir un boulot, dit Ryan, tandis que la fille allait chercher un brandon pour allumer sa pipe.

— Quoi, ici, à Belfast ?

— Non, en Angleterre.

— Quel genre de boulot ?

— Eh bien le genre de chose que vous avez faite ce soir. Le genre de truc que vous savez faire.

Un silence suivit ses paroles. Keogh sentait peser sur lui le regard de la fille.

— Ça serait pas politique, ce que vous me proposez ?

— Depuis 1969, je milite pour la cause loyaliste, dit Ryan. J'ai tiré six ans à la prison de Maze. Je hais les Fenians. Je hais cette saloperie de Sinn Fein, parce que s'ils gagnent ils foutront dehors tous les protestants du pays. Nettoyage ethnique ! Mais si ça devait en arriver là, je peux vous dire que j'en entraînerais un certain nombre en enfer avec moi !

— Où voulez-vous en venir, hein ?

— Je vous propose un boulot en Angleterre. Un boulot très lucratif. Rassembler des fonds pour notre organisation.

— En d'autres termes, voler, dit Keogh.

— On a besoin d'argent. Pour acheter des armes. Les salopards de l'IRA peuvent compter sur le soutien financier des sympathisants irlando-américains. Pas nous. (Il se pencha en avant.) Je ne compte pas sur votre patriotisme, mais sur l'appât du gain. Cinquante mille livres.

Le silence qui suivit ses derniers mots pesait lourd. La fille observait Keogh d'un air sombre, comme si elle s'attendait à le voir refuser.

— Ça fait beaucoup d'argent, monsieur Ryan, finit par répondre Keogh en souriant. Qu'est-ce que vous attendez, en échange ?

— Un coup de main. Et comme vous semblez savoir vous débrouiller, vous l'avez prouvé ce soir, vous me paraissez l'homme tout indiqué pour ça.

— Pourquoi ne pas demander aux gens de votre organisation ? Vous avez autant d'hommes de main que l'IRA. Voire plus, si je me souviens bien. (Il alluma une cigarette et s'enfonça dans son siège.) A moins qu'il n'y ait autre chose. A moins que vous ne fassiez ça pour l'argent. Pour votre propre compte.

Kathleen Ryan bondit.

— Vous n'avez pas le droit de dire une chose

pareille ! Mon oncle a consacré sa vie à notre cause ! Vous feriez mieux de partir, monsieur Keogh !

Ryan leva la main en un geste d'apaisement.

— Du calme, mon enfant ! N'importe qui d'intelligent aurait envisagé une telle possibilité. Dieu sait que c'est déjà arrivé, et des deux côtés.

— Alors ? dit Keogh.

— Quand il s'agit d'argent, je peux me montrer aussi rapace que n'importe qui, mais ma cause est juste, c'est la seule certitude que j'aie dans la vie. Tout l'argent qui me passe entre les mains est mis au service de la cause protestante. C'est ma vie.

— Pourquoi ne pas utiliser certains de vos hommes ?

— Parce que les gens parlent trop ; c'est une faiblesse dans tous les mouvements révolutionnaires. L'IRA a le même problème. Pour ce genre d'affaires, j'ai toujours préféré engager des travailleurs à la tâche, et pour ça, d'ordinaire, je m'adresse au milieu. Je préfère un honnête voleur qui travaille pour un salaire à une tête brûlée qui travaille pour la révolution.

— Ce serait donc mon statut ? dit Keogh. Travailleur à la tâche ?

— Exactement. Bon, vous en êtes ou pas ? Si vous n'êtes pas intéressé, dites-le tout de suite. Après ce que vous avez fait ce soir pour Kathleen, il ne vous sera fait aucun mal.

— Ça fait toujours plaisir de le savoir, dit Keogh en haussant les épaules. Oh, et puis autant essayer ! Ça me changera de la mer du

Nord. A cette époque de l'année, le temps est épouvantable.

— Voilà qui est parlé ! dit Ryan en souriant. Deux Bushmills, Kathleen, nous allons boire à notre santé.

— Où est-ce que vous logez ? demanda Ryan.

— Dans un hôtel miteux, l'Albert Hotel, dit Keogh.

— Ça, pour être miteux, il est miteux. (Ryan leva son verre.) Notre pays aussi.

— Puissiez-vous mourir en Irlande, répondit Keogh sur le même ton.

— Voilà qui part d'un excellent sentiment, lança Ryan avant de vider d'un trait son verre de Bushmills.

— Qu'est-ce qu'on fait, maintenant ?

— Je vous le dirai à Londres. On ira tous les trois là-bas en avion. Kathleen, vous et moi. Je dois voir quelqu'un.

Keogh se tourna vers la jeune fille.

— Vous militez ? Je vous trouve un peu jeune.

— Je vous l'ai déjà dit, monsieur Keogh, rétorqua fièrement Kathleen. On a massacré ma famille quand j'avais dix ans. On grandit plus vite après ça.

— La vie est dure.

— Et à ceux d'en face, je la ferai plus dure encore, croyez-moi.

— Il faut reconnaître que vous savez haïr, dit Keogh avant de se tourner vers l'oncle de la jeune fille. Alors c'est d'accord ? (Il lui serra la

32

main.) Dans quoi est-ce que je m'engage, exactement ? Il faudrait que j'en sache plus.

— Bon, mais seulement un petit bout. Vous connaissez le nord-ouest de l'Angleterre ? La région des Lacs ?

— Je n'y suis jamais allé.

— C'est une région sauvage, et plutôt déserte à cette époque de l'année, maintenant que les touristes sont partis.

— Et ensuite ?

— Il y aura un camion de viande qui passera dans le coin. Il faudra s'en emparer. C'est très simple, et ça sera rapide. Tout sera fini en cinq minutes.

— Vous avez dit un camion de viande ?

Ryan sourit.

— C'est ce qu'il y a de marqué sur les flancs du camion. Ce qu'il y a à l'intérieur, c'est autre chose. Vous le saurez plus tard.

— Et qu'est-ce qui se passe, après ?

— On conduit le camion jusqu'à une vieille jetée, sur la côte cambrienne. Il y aura là un ancien ferry Siemens. Vous savez ce que c'est ?

— Un bateau qu'utilisaient les Allemands pendant la Deuxième Guerre mondiale pour le transport de troupes et de matériel.

— Vous êtes bien informé. On embarque donc le camion, et on file vers l'Ulster. J'ai trouvé un endroit où débarquer, avec un quai de carrière abandonné. Et on disparaît dans la nuit avec le camion. Simple comme bonjour.

— Apparemment, dit Keogh. Et l'équipage du ferry Siemens ? Qu'est-ce qu'il fait ?

— Il se contente d'empocher son salaire. Pour eux, il s'agit simplement d'un trafic illégal.

Ils font ça tout le temps. C'est leur boulot. Pour l'instant, le bateau est amarré près de Wapping. C'est pour ça qu'on va à Londres. Pour mettre la dernière main aux préparatifs.

Un moment de silence suivit ses paroles, rompu par Kathleen Ryan :

— Qu'en pensez-vous, monsieur Keogh ?

— Que tu ferais bien de m'appeler Martin, parce que j'ai l'impression qu'on va passer un bout de temps ensemble.

— Mais vous... euh, tu crois que ça peut marcher ?

— Comme ton oncle l'a dit, la principale qualité de ce plan, c'est sa simplicité. Ça peut fonctionner comme une montre suisse. Cela dit, même les montres suisses ont parfois des ratés.

— O homme de peu de foi, dit Ryan en souriant. Bien sûr que ça va marcher. C'est obligé. Notre organisation a besoin d'argent pour acheter des armes. Dans le Coran, il est dit qu'il y a plus de vérité dans une épée que dans dix mille mots.

— Je vois ce que tu veux dire, dit Keogh en se levant. Bon, il se fait tard. Je rentre à mon hôtel.

— Rejoins-nous demain matin pour le petit déjeuner, lui dit Ryan. On prendra l'avion de midi. Je m'occupe des billets.

— Dans ce cas, je vous souhaite une bonne nuit à tous les deux.

— Le bar est fermé. Kathleen va te raccompagner jusqu'à la sortie. Je garde ton Walther. Impossible de passer les portiques de sécurité de l'aéroport avec. A Londres on nous fournira toutes les armes qu'il faudra. (Il lui tendit la main.) A demain matin.

La fille ouvrit la porte, laissant entrer des paquets de pluie.

— Sale temps, maugréa-t-elle.

— A qui le dis-tu, répondit Keogh en relevant le col de son caban. Pour le petit déjeuner, ce qui me ferait plaisir, ça serait une friture d'Ulster, surtout si c'est toi qui la prépares. Avec deux œufs, et n'oublie pas la saucisse.

— Allez, vas-y !

Elle le poussa dehors en éclatant d'un rire dur, puis referma la porte derrière lui.

Keogh eut du mal à trouver une cabine téléphonique, car la plupart avaient été saccagées par des vandales. Il finit pourtant par en découvrir une intacte, près de l'hôtel. Il referma sur lui la porte vitrée et composa un numéro à Dublin. Barry était assis à son bureau en compagnie de son chef des services de renseignements pour l'Ulster, un certain John Cassidy.

— C'est moi, dit Keogh. Ça a marché comme sur des roulettes. Je suis embringué dans l'affaire jusqu'au cou. Ryan m'a engagé.

— Raconte-moi tout.

Ce que fit Keogh en quelques phrases. A la fin il demanda :

— Qu'est-ce qu'il peut bien y avoir dans ce camion de viande ?

— Des lingots d'or, si c'est ce à quoi je pense, répondit Barry. L'affaire a été proposée l'année dernière au Conseil militaire loyaliste, mais ils ont refusé parce qu'ils trouvaient ça trop risqué.

— Ryan a donc décidé d'agir de sa propre initiative.

— Exactement, mais il a toujours agi en franc-tireur. C'est pour ça que j'ai voulu que tu y ailles quand un informateur m'a appris qu'il se préparait quelque chose.

— Quelque chose d'important, renchérit Keogh.

— Et comment ! Garde le contact. N'appelle que sur le téléphone mobile, et... fais gaffe à toi !

Barry se renversa dans son siège d'un air songeur et alluma une cigarette.

— Des ennuis ? demanda Cassidy.

— Michael Ryan qui recommence à faire des siennes.

Et il lui raconta ce que Keogh lui avait appris.

— Bon Dieu ! Si ce sont vraiment des lingots d'or, ces salauds vont avoir de quoi déclencher une guerre civile. Qu'est-ce que tu comptes faire ?

— Il n'y a rien d'autre à faire que de prévoir un comité d'accueil pour le camion, quand ils le débarqueront sur la côte d'Ulster. Alors c'est nous qui aurons suffisamment d'argent pour déclencher une guerre civile.

— Et comment feras-tu pour connaître l'heure et le lieu du débarquement ?

— L'homme qui était à l'autre bout du fil est

un des nôtres. Il s'est infiltré chez eux sous une fausse identité. Il va participer à l'opération.

— Un type fiable ?

— Et comment !

— Je le connais ?

Barry lui apprit le véritable nom de Keogh.

Cassidy éclata de rire.

— C'est le diable en personne ! Michael Ryan va avoir des surprises.

Il n'y avait personne à la réception lorsque Keogh pénétra dans l'hôtel. Il gagna rapidement sa chambre à l'étage et jeta autour de lui un regard consterné. Le spectacle avait quelque chose de déprimant. Inutile de se déshabiller, se dit-il. Il éteignit la lumière, alluma une cigarette et s'étendit sur le lit en réfléchissant à toute cette affaire.

Le plus surprenant, comme l'avait dit Ryan, c'était la simplicité de son plan. Cela dit, il faudrait peut-être revoir cette appréciation lorsque Ryan l'aurait mis pleinement au courant. Pas un mauvais type, ce Ryan. Difficile à détester, en tout cas. Et puis cette fille. Il y avait tant de haine en elle, à cause de cette bombe qui avait tué sa famille. Il secoua la tête. Il devait y avoir autre chose... Il finit par s'endormir.

Avant d'aller se coucher, Kathleen Ryan apporta une tasse de thé à son oncle, qui fumait sa pipe près de la cheminée.

— Tu crois que ça va marcher ? demanda-t-elle.

— J'en suis persuadé, et maintenant que Keogh est des nôtres... (Il haussa les épaules.) Cinquante millions de livres en lingots d'or, Kathleen. Tu te rends compte ?

— C'est un type étrange, dit-elle. Tu lui fais confiance ?

— Je n'ai jamais fait confiance à personne de toute ma vie, dit-il gaiement, pas même à toi. Ne t'inquiète pas pour Keogh. Je le tiens à l'œil.

— Mais tu crois que tu peux te fier à lui ?

— Pour sûr. J'ai l'impression de le connaître aussi bien que je me connais moi-même. On est faits du même bois, tous les deux. Il est comme moi, un malin. Mais c'est un tueur. C'est dans sa nature. Là aussi, il est comme moi : il ne sait rien faire d'autre. (Il embrassa sa nièce sur la joue.) Allez, va te coucher.

Elle sortit, tandis qu'en buvant sa tasse de thé il songeait à une route perdue dans la région des Lacs, une route qu'il connaissait parfaitement, même si Kathleen l'ignorait.

Londres
Région des Lacs

1985

2

S'il existe un quartier irlandais à Londres, c'est bien à Kilburn qu'il se trouve, jalonné d'innombrables pubs propres à faire le bonheur de n'importe quel républicain. Mais il y a aussi les pubs protestants, parfaitement identiques à ceux qu'on peut trouver à Belfast. Le William and Mary était l'un d'eux. Son propriétaire, Hugh Bell, protestant orangiste dans l'âme, jouait à Londres, pour le mouvement loyaliste, le même rôle que le Sinn Fein pour l'IRA.

Le soir de leur arrivée dans la capitale britannique, Ryan, Keogh et Kathleen étaient assis avec lui dans une arrière-salle, devant un assortiment d'armes de poing. Bell, un grand gaillard aux cheveux blancs, l'air jovial, se versa un whisky.

— Prends ce qu'il te faut, Michael. De toute façon, il y en a d'autres, de même provenance.

Ryan choisit un Browning, le soupesa, puis le glissa dans sa poche. Keogh, lui, opta pour un Walther.

— Vous auriez un silencieux Carswell ? demanda-t-il.

— Un homme de goût, et un connaisseur, à ce que je vois, observa Bell. (Il se leva, alla fouiller dans un placard et revint.) Tenez. C'est le dernier modèle.

Keogh le vissa sur le canon du Walther.

— Parfait.

— Et la demoiselle ? demanda Bell.

— Ma nièce ne sera pas armée, dit Ryan.

La fille se raidit aussitôt.

— Je tire aussi bien que toi, oncle Michael, et tu le sais ! Comment est-ce que je vais me défendre ? En lançant des coups de pied dans les couilles ?

Bell éclata de rire.

— J'ai peut-être une solution.

Il retourna au placard et en revint avec un petit automatique.

— C'est un colt 25. Plutôt rare. Ça se glisse facilement dans un sac à main, ou dans le haut d'un bas.

— Et aucune force d'arrêt, fit Ryan.

— Suffisante si on est assez près, rétorqua Bell.

La fille prit l'arme en souriant.

— Ça m'ira très bien. (Elle le glissa dans son sac.)

— Bon, dit Ryan. Et l'*Irish Rose* ?

— C'est un ferry Siemens, amarré à Wapping, près du Pool de Londres. Le capitaine s'appelle Frank Tully, mais tu sais déjà tout ça. Le genre de crapule qui ferait n'importe quoi pour de l'argent. La pire des drogues, du moment que ça rapporte. Il a déjà transporté deux fois des armes pour l'IRA en république d'Irlande.

42

— Et l'équipage ?

— Ils sont quatre. (Bell ouvrit un tiroir, prit un papier, puis chaussa une paire de lunettes au bout de son nez.) Mick Dolan et Jack Grant... eux, ils sont de Liverpool. Il y a aussi Bert Fox, qui vient de Londres, et un Teuton du nom de Muller... Hans Muller. Ils ont tous fait de la taule.

— Eh bien, au moins on sait à qui on a affaire, fit remarquer Keogh.

— C'est vrai, dit Ryan. De la canaille ordinaire.

— Je serais toi, dit Bell, je me méfierais. J'espère que tu sais ce que tu fais.

— D'habitude, oui, répondit Ryan en souriant. (Il tira un papier de sa poche.) Voilà, j'ai besoin de tout ça. Regarde si tu peux fournir.

Bell jeta un coup d'œil au papier.

— Grenades incapacitantes, grenades fumigènes. C'est bon. Deux fusils d'assaut AK. D'accord. Du Semtex ? C'est vraiment indispensable ?

— J'aurai peut-être besoin de me frayer un chemin jusqu'à la cible.

— D'accord, je vais voir ce que je peux faire.

— Bon, eh bien je crois qu'on a fait le tour du problème, dit Ryan avec un sourire à l'adresse de sa nièce et de Keogh. On mange un morceau et ensuite on va voir Tully.

Il faisait très froid le long de la Tamise ; Tower Bridge se trouvait sur leur droite, avec la Tour de Londres, illuminée, juste derrière. Deux bateaux venus du Pool trouaient l'obscurité de leurs lumières rouges et vertes. Ryan, Kathleen et Keogh descendirent de taxi à l'extrémité de Cable Wharfe. Le ferry était amarré un peu plus loin. Dans la lumière glauque de deux lampadaires on distinguait son nom : *Irish Rose*.

— On se sent tout de suite chez soi, dit Ryan.

— Je ne suis pas sûr que ça soit le mot juste, lança Keogh.

Alors qu'ils s'engageaient sur la passerelle, un homme vêtu d'un caban et coiffé d'une casquette fit son apparition.

— Où allez-vous ? lança-t-il durement, avec un fort accent de Liverpool.

— Nous avons rendez-vous, dit Ryan. Prévenez le capitaine Tully.

L'homme éclata de rire.

— Le capitaine Tully ? C'est comme ça qu'il se fait appeler ? (Il rit à nouveau.) Eh bien, d'accord, par ici.

Le bateau, qui devait mesurer environ trente-cinq mètres de long, était plat, et la timonerie se trouvait très en arrière sur le pont.

— Qu'en penses-tu ? murmura Ryan à Keogh tandis qu'ils suivaient le marin.

— Que ces bateaux n'étaient pas conçus pour affronter le gros temps.

Ils gagnèrent la timonerie par une échelle en fer. Le marin ouvrit une porte et s'effaça.

— Vous y voilà.

— Merci, monsieur Dolan.

L'homme assis à une table de cartes portait un manteau d'officier de marine et les cheveux longs jusqu'aux épaules ; son visage était si

44

ravagé par l'alcool et le vice que l'on aurait été bien en peine de lui donner un âge.

— Ah, monsieur Ryan, content de vous voir. (Il se leva et lui tendit la main.) Et qui est cette charmante demoiselle ?

— C'est ma nièce, capitaine Tully, et il vaut mieux ne pas l'oublier. Et je vous présente mon associé, Martin Keogh.

— Monsieur Keogh (il lui serra la main avec effusion), enchanté.

— Moi de même, répondit Keogh.

— Maintenant, parlons affaires, dit Tully.

Ryan ouvrit sa serviette et en tira une carte pliée.

— Voici votre destination. Marsh End, au sud de Ravenglass, sur la côte cambrienne. Vous avez deux jours. Vous pensez que ça ira ?

Tully déplia la carte et l'examina.

— Pas de problème. Et ensuite ?

— J'arriverai à bord d'un camion qu'il faudra embarquer et conduire en Irlande à Kilalla, sur la côte du comté de Down. (Il prit une autre carte.) Il y a là une jetée abandonnée. On débarquera le camion et vous pourrez repartir.

— Entendu, monsieur Ryan. Seulement il y a encore à voir le petit problème du règlement.

Ryan tira une grande enveloppe de sa serviette et la lui remit.

— Il y a là cinquante mille livres. Vous en recevrez cinquante mille de plus à Kilalla lorsque le contrat sera rempli. Vous êtes d'accord ?

— Tout à fait, monsieur Ryan. Tout à fait.

— Parfait. Dans ce cas, nous nous revoyons vendredi matin à Marsh End.

— Pas de problème, dit Tully. Nous serons là.

— Eh bien, au revoir.

Tandis qu'ils marchaient le long du quai, Kathleen Ryan déclara :

— Ce type ne me plaît pas du tout.

— Le contraire m'eût étonné, répondit Ryan. Puis, se tournant vers Keogh, il demanda :

— Et toi ?

— C'est le genre de type à te trancher la gorge pour te piquer une livre.

— Voilà pourquoi je t'ai demandé de venir.

Lorsqu'ils furent arrivés au coin du quai, Ryan héla un taxi.

L'homme qui les avait accueillis sur la passerelle, le dénommé Dolan, retourna dans la timonerie, où il trouva Tully penché sur les cartes que lui avait données Ryan.

— Qu'est-ce que t'en penses ?

— C'est une grosse affaire, répondit Tully. Cinquante mille maintenant et cinquante mille quand on sera sur la côte d'Ulster. Ce qui veut dire que la cargaison du camion en vaut beaucoup plus.

— Et alors ?

— Pour le contacter, il m'a donné le numéro d'un pub à Kilburn, le William and Mary. Je crois que je vais aller farfouiller par là-bas. (Il replia les cartes.) Toi, reste à bord et fais le nécessaire. (Il gagna la porte de la timonerie et se retourna.) On peut gagner un maximum, Mick.

— Tu peux compter sur moi, dit Dolan.
— Je le savais.
Tully sortit.

Par l'une des fenêtres du William and Mary,
Tully aperçut la grande salle bondée, et les
hommes qui se pressaient au comptoir dans un
joyeux brouhaha.

Il décida de faire le tour, longea un étroit passage et se retrouva dans une cour après avoir
ouvert une porte. De la lumière filtrait à travers
une fenêtre dont les rideaux n'étaient pas complètement tirés. Il s'approcha en silence et guigna à l'intérieur.

Ryan, Bell et Kathleen étaient assis à une
table, devant une carte déployée. Keogh se
tenait près de la cheminée. Ryan se mit à rire
à une remarque de Bell que Tully n'entendit
pas. Il avisa alors la porte de derrière. Elle
n'était pas verrouillée et il se glissa à l'intérieur.

Il se retrouva dans un petit couloir, plongé
dans l'obscurité, et avança lentement, évitant à
tâtons les manteaux accrochés à des patères. A
ce moment-là une porte s'ouvrit, et Bell fit son
apparition dans un flot de lumière. Tully se
figea sur place et se dissimula du mieux qu'il
put derrière les manteaux.

— Je reviens dans une minute, lança Bell.

Il longea le couloir et ouvrit une porte.
Quelques instants plus tard, on entendit le
bruit d'une chasse d'eau. Il regagna la pièce et
referma la porte derrière lui. Tully alla coller
son oreille contre la porte. Il entendait distinc-
tement tout ce ce qui se disait derrière.

— Bon, cartes sur table, dit Ryan. Il est temps que tu saches exactement ce qu'il en est, Martin.

— Entièrement d'accord, dit Keogh.

— J'ai mis au point cette affaire il y a environ un an. Hugh, ici présent, a tout organisé du côté anglais. Malheureusement le Conseil militaire a refusé tout net, en disant que c'était trop risqué.

— C'est qu'une bande de dégonflés, dit Bell.

— Qu'est-ce que c'est que cette histoire de camion de viande ? demanda Keogh.

Ce fut Kathleen qui répondit.

— Il y a de l'or dedans, Martin. Des lingots d'or. Pour cinquante millions de livres.

— Mon Dieu ! s'écria Keogh, visiblement sidéré. Et pourquoi est-ce qu'il est transporté de cette façon ?

— Laisse-moi t'expliquer, dit Ryan. Autrefois, les lingots étaient débarqués aux Docks de Londres, sur la Tamise, mais depuis vingt-cinq ans le trafic maritime a décliné. Les armateurs préfèrent Amsterdam. Quant aux chargements d'or, ils ont été déroutés sur Glasgow.

— Ça fait combien de temps que ça dure ?

— Cinq ans. Depuis qu'ils ont construit un nouveau haut-fourneau à Barrow-in-Furness. Tu vois, sur la carte, au bout de la région des Lacs ? Il y a surtout des constructions navales par là. Le dernier sous-marin atomique est sorti d'un de ces chantiers.

— Quel rapport avec le haut-fourneau ?

— Ils fondent l'or pour en faire des lingots

plus petits. Les banques le préfèrent sous cette forme. L'or est un métal plutôt lourd.

— Je vois, dit Keogh.

— Le camion va de Glasgow à Carlisle, puis gagne Maryport sur la côte et suit ensuite la route côtière jusqu'à Barrow.

— Et nous, on l'intercepte quelque part sur cette route ?

— Exactement. Vendredi qui vient.

— Comment est-ce qu'on fait pour l'arrêter et, plus important, comment est-ce qu'on fait pour pénétrer à l'intérieur ?

Ce fut Bell qui répondit.

— Ça n'est pas un camion ordinaire. En plus du chauffeur, il y a deux gardes armés dans la cabine, derrière lui. Le camion a l'air normal, mais il est blindé, bourré d'électronique et équipé d'un système radio ultra-performant.

— Comment on fait, alors ? demanda Keogh.

Bell ouvrit un tiroir et en tira un petit ordinateur noir, qui tenait dans la main, avec un minuscule écran et plusieurs rangées de touches.

— Ça ressemble à une télécommande de télévision, mais c'est un joli bijou qui s'appelle un Howler. Grâce à des informations obtenues de l'intérieur, on connaît le code de sécurité du camion. Il est déjà mémorisé dans le Howler. On appuie trois fois sur le bouton rouge, et tout le système de sécurité du camion est neutralisé, y compris le verrouillage électronique des portes et la radio. Ça veut dire que les portes seront ouvertes.

— Mais comment est-ce que vous avez obtenu un machin pareil ? demanda Keogh.

— Oh, grâce à un jeune prodige en électronique de la Queen's University de Belfast, un sympathisant.

Keogh hocha lentement la tête.

— Et le chauffeur, et les gardes ?

— Avec une grenade incapacitante, ils devraient se tenir tranquilles, répondit Ryan.

Il demeura un instant silencieux, puis ajouta :

— De toute façon, s'il le faut, je les tuerai. C'est pas de la rigolade.

Keogh opina du chef.

— Bon, et qu'est-ce qu'on fait, ensuite ?

— On conduit le camion à Marsh End, où l'*Irish Rose* nous attendra. (Il sourit.) La police fouillera toute la région, mais nous, on sera déjà en haute mer.

Un long silence suivit ses paroles. Keogh hochait à nouveau lentement la tête. Finalement, il déclara :

— Tu sais, je crois que tu as raison. Ça peut marcher.

Ryan éclata de rire.

— Bravo, Martin ! Allez, ça s'arrose !

Bell se leva et sortit d'un placard une bouteille de Bushmills et trois verres. A ce moment-là, on entendit dans la cour le fracas d'une poubelle renversée.

Lorsque Ryan proposa de trinquer, Tully décida qu'il était temps pour lui de s'en aller. Il ouvrit la porte de derrière, se glissa dans la

50

cour... et heurta une poubelle, renversant sur le sol le couvercle en métal. Il se rua dehors et se mit à courir dans le passage. Lorsque Keogh surgit à son tour, il était trop tard : Tully traversait la grande artère et se perdait dans la foule.

En revenant, Keogh trouva Bell dans la cour éclairée, en compagnie de Ryan et de Kathleen.

— Tu as vu qui c'était ? demanda Ryan.

— Oh oui ! Et ça ne va pas te plaire. J'ai eu le temps de l'apercevoir au moment où il traversait l'avenue. Je suis à peu près sûr que c'était Tully.

— Ce salaud nous espionnait, dit Ryan en retournant à l'intérieur.

— Qu'est-ce qu'on fait, maintenant ? demanda Bell. Ça fout tout par terre.

— Non, je ne suis pas d'accord, dit Keogh. Il a intérêt à ce que l'affaire se fasse, parce qu'il veut le reste de son argent.

— Ça me paraît logique, dit Ryan.

— A mon avis, dit Keogh, il venait fouiner par ici pour en savoir plus.

— Ce qui veut dire que c'est une ordure, dit Kathleen.

— Et qu'il en sait plus qu'il ne le devrait s'il a réussi à entendre notre conversation, ajouta Keogh en enfilant son caban.

— Où vas-tu ? demanda Ryan.

— Je retourne à l'*Irish Rose*. (Il tira son Walther et vérifia qu'il était chargé.) Je vais aller fouiner, moi aussi.

— Je viens avec toi, dit Ryan.

— Pas besoin. Je peux me débrouiller seul. (Il sourit.) Après tout, c'est pour ça que tu me payes.

Comme il atteignait la porte, Kathleen lui lança :

— Fais attention à toi, Martin.

— Je fais toujours attention à moi, répondit-il en souriant.

Keogh régla sa course au taxi et s'engagea sur Cable Wharfe. Il pleuvait à nouveau et des écharpes de brume flottaient dans l'air. Il marcha à l'ombre des entrepôts désaffectés et s'arrêta lorsqu'il atteignit la passerelle. Aucun signe de vie. Après un instant de réflexion, il décida de tenter sa chance, et se dirigea vers la poupe du navire qui se trouvait à ce moment-là plus bas que le quai.

Il sauta sur le pont, demeura immobile. Les lumières de la timonerie brillaient dans l'obscurité. Keogh grimpa l'échelle de fer, puis, courbé en deux, s'approcha. Des voix lui parvinrent, ainsi qu'une odeur de fumée de cigarette. Ils étaient là, Tully et son équipage. Dissimulé par un canot de sauvetage, Keogh se redressa et écouta.

— De l'or ? dit Dolan. Tu plaisantes, Frank ?

— Que dalle ! Le camion qu'on va embarquer à Marsh End sera plein d'or. Ils vont l'intercepter sur la route, avant qu'il arrive au haut-fourneau de Barrow-in-Furness.

— Mais c'est qui, ces mecs ? demanda Dolan.

— Ce qui est sûr, c'est que c'est des Irlandais. Au début, je pensais qu'ils étaient de l'IRA, mais je ne le crois plus.

— Pourquoi ?

— Deux choses. D'abord, notre destination. Kilalla. C'est en Ulster, pas en république d'Irlande. Et puis le William and Mary, à Kilburn. C'est un pub protestant, pas catholique. A mon avis, ils sont probablement de l'autre bord.

— Des loyalistes ? demanda Dolan.

— Pour moi, ça revient au même, dit Tully. Je me fous éperdument de savoir de quel côté ils sont. Ce qui m'intéresse, c'est l'or.

Un murmure parcourut l'équipage.

— Tu veux dire qu'on va le leur faucher ? demanda Dolan.

— Va savoir ! répondit Tully en riant. Après tout, n'importe quoi peut arriver, en mer. Bon, allez, au travail ! Préparez tout pour le départ. On n'a que deux jours pour aller là-bas.

Keogh s'accroupit à nouveau derrière le canot, tandis que l'équipage regagnait le pont. Il demeura un instant songeur, puis gagna à son tour la timonerie.

Tully était penché sur sa table lorsqu'il sentit un petit courant d'air qui souleva légèrement la carte de la côte cambrienne. Il leva les yeux et vit Keogh appuyé dans l'embrasure de la porte, qui allumait une cigarette.

— Comme on dit dans les vieilles pièces d'Agatha Christie, tout est découvert. J'étais dehors, mon vieux, et j'ai entendu ce que vous avez raconté à votre bande.

Tully fit mine d'ouvrir un placard, mais Keogh tira le Walther de sa poche.

— Ne faites pas l'idiot !

Tully se contenta de le fixer du regard.

— Qu'est-ce que vous voulez ?

— Eh bien, je sais que vous étiez au William and Mary. Je pourrais vous coller une balle entre les deux yeux, mais je me contenterai des cinquante mille livres que Ryan vous a données tout à l'heure.

— Allez vous faire foutre !

Keogh leva son arme et fit feu. Il y eut un bruit sourd, et le lobe de l'oreille droite de Tully éclata. Il poussa un hurlement et porta la main à son oreille sanguinolente.

— Ça, c'était le hors-d'œuvre. Allez, l'enveloppe !

Tully ouvrit le tiroir de la table avec la main gauche, prit l'enveloppe et la lui tendit. Keogh la mit dans sa poche. Tully sortit alors un mouchoir et l'appliqua contre son oreille.

— Bon Dieu, regardez ce que vous avez fait !

— Qu'est-ce que ça change ? Vous ne pouvez pas être plus moche que ce que vous êtes déjà !

— Allez vous faire foutre !

D'une main, Tully tira une bouteille de scotch d'un tiroir, ôta le bouchon avec les dents et en avala une longue gorgée.

— Et maintenant ?

— Maintenant, rien, répondit Keogh. On se retrouve vendredi à Marsh End.

Tully eut l'air sidéré.

— Vous voulez dire que ça tient toujours ?

— Il est trop tard pour trouver quelqu'un d'autre, dit Keogh. Disons qu'on est dans la situation, je-sais-que-tu-sais-que-je-sais. Alors tenez-vous à carreau, et vous récupérerez cette enveloppe, plus les autres cinquante mille livres quand on sera arrivés à Kilalla.

— Va te faire mettre !

— Oui, oui, c'est ça ! En attendant, soyez à Marsh End vendredi.

— Oui, connard, j'y serai.

— A la bonne heure ! Et maintenant accompagnez-moi jusqu'à la passerelle pour que nous prenions congé.

Au même moment, les machines se mirent à gronder. Tully le précéda dehors et descendit l'échelle avec peine, l'oreille toujours dégoulinante de sang. Seuls Dolan et Muller, l'Allemand, travaillaient sur le pont. Muller était occupé à hisser les amarres, et Dolan s'apprêtait à remonter la passerelle lorsqu'il les aperçut.

— Hé ! Qu'est-ce qui arrive ?

— Ce qui arrive, c'est que vous laissez la passerelle jusqu'à ce que je sois descendu, dit Keogh.

Dolan se rua sur lui, mais Keogh le frappa violemment au visage avec le Walther. Dolan poussa un cri et recula en titubant. Keogh descendit la passerelle et, arrivé en bas, leva la tête vers Tully en souriant.

— A bientôt, à Marsh End.

— Espèce de salopard ! lança Tully.

Keogh éclata de rire et s'éloigna sous une pluie battante.

Jack Barry était assis à sa table, dans son bureau, lorsque la sonnerie du téléphone portable retentit.

— C'est moi, dit Keogh.

— Où es-tu ?

— Dans Wapping High Street, à Londres.

— Alors, qu'est-ce qui se passe ?

— Tu avais raison, pour l'or.

— Vraiment ? Raconte.

— C'est assez compliqué, mais voilà où ça en est...

Et Keogh lui fit un récit détaillé des derniers événements.

— Dis donc, t'es un vrai dur, toi ! s'écria Barry lorsque Keogh eut terminé. Tu crois que Tully jouera le jeu ?

— Oui. Il a cent mille livres à gagner. Il va pas refuser ça.

— Tu as raison. Imaginons que tout se passe comme prévu. Une fois à bord de l'*Irish Rose,* ils vont essayer de vous faire la peau.

— Bien sûr, mais on s'y attend.

— Toi, Ryan et sa nièce ? A trois seulement ? Je vous souhaite bien du plaisir !

— Je suis sûr qu'on en aura ! Et ensuite, à Kilalla ?

— Oh, je te promets une réception intéressante. Ça représente une contribution inestimable pour l'IRA. Ça pourrait nous faire gagner la guerre.

— On peut toujours rêver, dit Keogh. Ça ne dure que depuis sept cents ans, après tout.

Barry se mit à rire.

— Vas-y, chevalier noir, et garde le contact.

Et il raccrocha.

Assis à une table, dans l'arrière-salle du William and Mary, Ryan, Bell et Kathleen écoutaient Keogh raconter sa visite à l'*Irish Rose*. Keogh se servit un verre de Bushmills.

— Tu lui as tiré dessus ? demanda Bell.

— Rien de grave. Je lui ai juste arraché le lobe de l'oreille droite.

Le visage de Kathleen était rouge d'excitation.

— Ça lui servira de leçon, à ce salaud !

— Tu crois qu'il viendra quand même ? demanda Ryan.

— Bien sûr qu'il viendra. Il a envie de toucher ses cent mille livres.

— Pendant le voyage, il va essayer de s'emparer de la cargaison.

— Oui, mais on le sait. On sera prêts.

Ryan prit une profonde inspiration.

— On peut voir les choses comme ça. Eh bien, on partira par l'express de Glasgow demain matin. On descendra à Carnforth et on prendra la correspondance locale pour Barrow.

— Et ensuite ?

— On nous attend, là-bas, répondit Ryan. Il y a quelque chose que je ne t'avais pas dit. J'ai une cousine qui a un élevage de moutons dans la région des Lacs, près de Ravenglass. Mais assez parlé de ça ! Tout le monde au lit. Demain on se lève tôt.

Tully se tenait à la barre, tandis que l'*Irish Rose* descendait la Tamise. Dans la lumière de l'habitacle, sa tête semblait comme détachée du corps, et son oreille droite était recouverte d'un pansement. La porte de la timonerie s'ouvrit, et Dolan fit son entrée, tenant à la main une tasse qu'il posa près de la barre.

— Tiens, voilà du thé. Ça va ?

— Très bien.

— Alors, ce petit salaud ? demanda Dolan.

— Le moment venu, je lui couperai les couilles, à celui-là ! (Tully avala une gorgée de thé.) Il y a un vieux proverbe du Sinn Fein qui dit : « Notre jour viendra. » Eh bien, je peux te dire que pour ce qui est de Keogh, le mien viendra aussi.

Il tourna la barre et augmenta la vitesse.

3

Il n'y avait guère de monde dans l'express de Glasgow.

Keogh était assis face à Kathleen, à une table en coin. Ryan s'installa dans l'autre siège, ouvrit presque aussitôt sa serviette et en sortit un dossier. Les lunettes perchées au bout du nez, il se mit au travail.

La fille, elle, prit dans son sac *La Cour de minuit,* et un dictionnaire d'irlandais qu'elle posa à côté. Drôle de fille, songea Keogh. Et il regarda par la vitre, se demandant comment elle réagirait si elle apprenait qu'il était catholique et militant de l'IRA. Tout ce qu'elle haïssait. Ce jour-là, ça barderait !

Ils avaient quitté Londres depuis environ une heure lorsqu'un serveur apparut, poussant devant lui un chariot avec du thé, du café, des sandwichs et des journaux. Ryan interrompit son travail et prit un café. Keogh et la fille demandèrent un thé. Keogh acheta aussi le *Times* et le *Daily Mail,* et passa l'heure suivante à lire.

On ne parlait guère de la situation en Irlande.

Une bombe avait explosé à Londonderry, détruisant six magasins ; il s'agissait de représailles suite à la mort de deux catholiques sur Falls Road, eux-mêmes abattus après l'assassinat d'un protestant à Shankill. Un hélicoptère militaire qui rentrait à sa base à Crossmaglen avait également été pris sous le feu d'une mitrailleuse. Comme d'habitude, disait-on en Ulster.

Puis il tomba sur un article du *Times* intitulé : « Combien de temps encore ? », écrit par un ancien ministre à l'Irlande du Nord, qui estimait, avec assez de raison, que seize années de tueries en Irlande suffisaient amplement. La solution qu'il préconisait ? Une Ulster indépendante et membre du Commonwealth. Keogh ne put s'empêcher de penser que, sur ce sujet, les hommes politiques ne faisaient que rivaliser de naïveté.

Il referma son journal, alluma une cigarette, s'enfonça dans son siège et se mit à contempler la jeune fille. Amusé, il se rendit compte qu'elle consultait fréquemment le dictionnaire. Elle leva les yeux et le vit sourire.

— Qu'y a-t-il de si drôle ?

— Oh, pas grand-chose. Tu sembles seulement avoir un peu de difficulté à lire ce livre.

— C'est pas facile. J'ai commencé à apprendre il y a juste trois mois. Il y a une phrase, là, que j'ai beaucoup de mal à comprendre.

Keogh, qui parlait couramment l'irlandais, aurait pu l'aider, mais c'eût été une erreur lourde de conséquences. Ceux qui parlaient irlandais étaient catholiques et nationalistes, voilà tout !

Ryan, lui, termina son dossier, le remit dans sa serviette, s'enfonça dans son siège et ferma les yeux.

— Il a l'air fatigué, fit remarquer Keogh.

— Il en fait trop ; il brûle la chandelle par les deux bouts. Il y croit, tu sais. Notre cause, ça représente tout pour lui.

— Pour toi aussi, j'ai l'impression.

— Dans la vie, il faut croire à quelque chose.

— C'est la mort de ta famille qui t'a amenée à ça ?

— L'assassinat de ma famille, Martin, l'assassinat.

A cela, il ne pouvait y avoir aucune réponse. Elle avait le visage livide, les yeux remplis de haine.

— Calme-toi, ma grande, calme-toi. Vas-y, reprends ta lecture.

Lui-même prit le *Daily Mail* et s'y plongea.

Une demi-heure plus tard, le serveur refit son apparition. Ils prirent à nouveau du thé et des sandwichs au jambon. Ryan dormait toujours.

— Il ne faut pas le réveiller, dit-elle.

Ils mangèrent en silence. Lorsqu'ils eurent fini, Keogh alluma une nouvelle cigarette.

— Tu as seize ans, Kate, et toute la vie devant toi. Qu'est-ce que tu aimerais faire, si la paix revenait en Irlande ?

— J'ai toujours voulu être infirmière. Ça a commencé au moment de mon premier séjour à l'hôpital, après l'attentat. Je suis restée trois mois au Royal Victoria. Les infirmières étaient fabuleuses.

— Infirmière ! Pour ça, il faudrait que tu passes des examens, mais tu n'es jamais allée à l'école.

Elle éclata de son rire caractéristique.

— Vous vous trompez, cher monsieur. En général, on passe son premier bac à seize ans, moi je l'ai passé à quatorze. Le deuxième se passe à dix-huit, et moi je l'ai passé il y a quatre mois en littérature anglaise, français et espagnol. Tu vois, je suis plutôt douée pour les langues. (Il y avait un air de défi dans ses propos.) Si j'en ai envie, je peux entrer à l'université, et je n'ai que seize ans.

— Et tu en as envie ?

Elle haussa les épaules.

— J'ai des choses plus importantes à faire. Pour l'instant, tout ce qui m'intéresse c'est notre lutte. Et maintenant, Martin, tais-toi et laisse-moi continuer mon livre.

Et elle se replongea dans la lecture de *La Cour de minuit.*

Ils descendirent du train à Carnforth. L'endroit semblait désolé, il n'y avait presque personne et le quai était battu par la pluie.

Ryan consulta sa montre.

— Il y a une correspondance pour Barrow-in-Furness dans quarante minutes. On va boire un thé, il faut que je vous parle, à tous les deux.

Le café était désert, et il n'y avait qu'une vieille femme derrière le comptoir. Kathleen alla chercher le thé et le ramena sur un plateau.

— Je me rappelle l'époque où cette gare recevait des trains vingt-quatre heures sur vingt-quatre, dit Ryan. Les locomotives à vapeur se succédaient les unes aux autres. (Il secoua la tête.) Ah là là, tout change dans la vie.

— Tu connais bien la région ? demanda Keogh.

— Oh oui. Je suis venu très souvent dans la région des Lacs. J'y étais d'ailleurs il n'y a pas plus tard qu'un mois.

— Je ne le savais pas, oncle Michael ! s'écria sa nièce, visiblement surprise.

— Tu croyais que j'étais allé à Dublin, dit Ryan. Eh bien, ce n'était pas ça. J'étais ici pour mettre au point cette affaire, et il y a encore beaucoup de choses que vous ne savez pas, tous les deux ; le moment est venu de vous en parler.

— Je t'écoute, dit Keogh.

Ryan déplia la carte d'état-major de la région, celle qu'ils avaient étudiée à Londres.

— Voici Ravenglass, sur la côte. Il faut suivre un bout de route sinueuse depuis Barrow pour y arriver. Une quarantaine de kilomètres. Marsh End se trouve à environ huit kilomètres au sud de Ravenglass.

— Et alors ? dit Keogh.

— Vous voyez, ici, à côté de Ravenglass, la vallée qui va jusqu'aux montagnes ? On l'appelle Eskdale. J'ai des amis là-bas.

— Tu ne me l'avais jamais dit ! s'exclama Kathleen.

— Je te le dis maintenant, non ? Voilà... mon cousin, Colin Power, a épousé une Anglaise nommée Mary, la fille d'un paysan d'Eskdale.

Colin était métayer dans le comté de Down, mais à la mort de ses parents Mary a hérité de leur ferme à Eskdale.

— Et ils se sont installés là-bas ?

— Exactement. C'était il y a vingt ans. Ils ont emmené avec eux un jeune garçon, Benny, le neveu de Colin. Il a subi des dégâts au cerveau au moment de sa naissance. Ses parents voulaient le mettre dans un institut spécialisé, mais comme Mary n'avait pas d'enfant elle a décidé de le garder et de l'élever.

— Et ils sont à Eskdale ? demanda Kathleen.

— Oui, à l'entrée de la vallée. C'est un endroit éloigné, désolé. Ça s'appelle Folly's End. Il y a tout le temps du vent et de la pluie. Ça n'est pas bon pour les moutons. (Ryan haussa les épaules.) C'était trop dur pour Colin. Il est mort il y a cinq ans, d'une crise cardiaque. Il ne reste plus que Mary et Benny pour faire tourner la ferme.

— Ça fait beaucoup de travail pour deux personnes, fit remarquer Keogh.

Ryan éclata d'un grand rire.

— Attends de voir Benny.

Au même moment, le train s'immobilisa le long du quai.

— C'est le nôtre ! lança Ryan. On y va.

Il se leva et sortit, suivi des deux autres.

Seuls quelques rares voyageurs descendaient à Barrow-in-Furness.

Ils passèrent le portillon et se retrouvèrent devant la gare.

— Oncle Michael, c'est moi, lança une voix.

Des mots heurtés, mal articulés.

Une Land Rover était garée de l'autre côté de la rue, et l'homme qui se tenait à côté était assez extraordinaire. Il mesurait au moins un mètre quatre-vingt-treize, il était taillé en Hercule, avec des épaules énormes. Il portait un complet en tweed élimé avec des protège-coudes, et une casquette également en tweed. Il s'élança vers eux, une expression de joie enfantine sur son large visage.

— C'est moi, oncle Michael, répéta-t-il.

Michael le serra brièvement dans ses bras.

— Ça fait plaisir de te voir, Benny. Ta tante va bien ?

— Très bien. Elle a hâte de te voir.

Les mots sortaient lentement, avec difficulté.

— Je te présente ma nièce Kathleen, dit Ryan. Vous êtes cousins.

Benny ôta sa casquette, révélant une tignasse blonde ébouriffée. Il hocha la tête et se courba en avant.

— Bonjour, Kathleen.

Elle se dressa sur la pointe des pieds et l'embrassa sur la joue.

— Je suis contente de te connaître.

Il semblait sidéré. Ryan lui présenta alors Keogh, qui lui tendit la main. Benny avait une poigne si forte que Keogh grimaça de douleur.

— Hou là... du calme, mon garçon. (Il se tourna vers Ryan.) Je vois ce que tu voulais dire pour la ferme. Ce gaillard doit abattre le travail de dix hommes.

— Au moins. Bon, allez, on y va !

Benny prit les valises de Kathleen et de Ryan

et se précipita vers la Land Rover. Ryan se tourna vers Keogh et sa nièce.

— Dans une bagarre de pub, il est capable de flanquer une raclée à cinq bonshommes, mais au fond de lui c'est un enfant. Ne l'oubliez pas, et laissez-lui le temps quand il parle. Parfois, il a du mal à trouver ses mots.

Benny déposa les bagages à l'arrière, et Keogh y mit également son sac de marin. Puis Benny ouvrit la portière avant, côté passager, ôta sa casquette et s'inclina en direction de Kathleen.

— Monte, Kate, lui dit Keogh. Ça lui fera très plaisir. Nous on s'installera derrière.

Ils prirent place dans la Land Rover, et Benny s'installa au volant.

— C'est un excellent conducteur, dit Ryan lorsque Benny eut mis le contact. (Il lui tapota l'épaule.) On y va, Benny. Le camion est prêt ?

Benny hocha la tête.

— Oh oui.

— De quel camion parles-tu ? demanda Kathleen.

— Plus tard, Kate, plus tard. Admire plutôt le paysage. C'est un des plus beaux d'Angleterre.

Lorsqu'ils atteignirent la route côtière, il se mit à pleuvoir.

— Il pleut très souvent, ici, dit Ryan. Je suppose que c'est à cause des montagnes.

Sur la droite, on apercevait les sommets recouverts de nuages et, sur la gauche, la mer en colère dont les innombrables moutons se détachaient sur l'épais brouillard barrant l'horizon. Ryan n'avait pas menti : le paysage était spectaculaire.

— Là-bas il y a l'île de Man, et plus loin, notre chère vieille Irlande, dit Ryan.

— Je ne sais pas si tu as vu la météo de vendredi, dit Keogh, mais s'il fait mauvais temps le ferry Siemens va en baver.

— On verra bien.

Trois quarts d'heure après avoir quitté Barrow, ils atteignirent une région où, sur leur gauche, de vastes étendues marécageuses, noyées dans le brouillard, s'étendaient jusqu'à la mer. Avisant une pancarte, Ryan posa une main sur l'épaule de Benny.

Le colosse ralentit l'allure.

— Voilà Marsh End, dit Ryan. Allons jeter un coup d'œil rapide, Benny.

Ils s'engagèrent sur une piste qui traversait un paysage désolé de hautes herbes perdues dans le brouillard. On voyait un vieux cottage sur la droite, puis une jetée d'une centaine de mètres qui avançait dans la mer. Benny coupa le moteur.

— Alors c'est ça ? dit Keogh.

Ryan opina du chef.

— Oui, c'est ça. Il n'y a qu'un bateau comme le Siemens, avec un faible tirant d'eau, qui peut aborder ici.

— Tu parles ! Quand la marée est basse, il ne doit plus y avoir que du marécage et des laisses de vase.

Ryan administra une petite tape sur l'épaule de Benny.

— Allez, on y va.

Obéissant, le grand gaillard fit demi-tour.

Vers l'extrémité de la vallée d'Eskdale, alors que les montagnes se dressaient face à eux, Benny rétrograda pour s'engager sur une piste qui descendait en pente raide. Au pied des escarpements gris, les moutons se serraient les uns contre les autres pour se protéger de la pluie.

— Quel endroit désolé ! observa Keogh.

— Oui, et on y mène une vie rude, dit Ryan.

Lorsqu'ils arrivèrent devant un panneau en bois portant l'inscription *Folly's End*, Ryan ajouta :

— Voilà qui résume bien les choses.

Quelques instants plus tard, ils parvinrent en vue d'une ferme bâtie en pierre grise, flanquée de deux vastes granges. Benny coupa le contact et descendit de voiture. Au même moment, la porte de la maison s'ouvrit, livrant le passage à un chien de berger noir et blanc, suivi d'une femme vêtue d'un gros chandail, d'un pantalon d'homme, et chaussée de bottes en caoutchouc vertes. En dépit de ses cheveux gris, son visage avait quelque chose d'étrangement juvénile. Ryan s'avança vers elle et ils s'étreignirent. Puis il se tourna vers Keogh.

— Je te présente ma cousine, Mary Power.

Un feu brûlait dans la cheminée de la cuisine. Ils étaient tous assis autour de la table, et Mary leur servait un ragoût d'agneau aux pommes de terre.

— Ça fait plaisir de te voir, ma fille, dit-elle

à Kathleen. A mon âge, on reçoit rarement la visite de la famille.

— Moi aussi je suis contente de te voir, dit Kathleen.

— Et vous, monsieur Keogh, qu'est-ce que vous faites dans la vie ?

— Oh, des tas de choses, mais je peux vous dire que je ne cuisine pas aussi bien que vous.

Ryan repoussa son assiette.

— Je te ressers ? proposa Mary.

— Non, merci, mais je prendrais volontiers une tasse de thé.

Kathleen se leva pour aider Mary à débarrasser la table.

— Est-ce que je pourrais savoir quel est exactement le rôle de chacun, ici ? demanda alors Keogh.

— Tu veux dire quel est le rôle de Mary ? C'est pas compliqué. Elle est engagée à fond dans cette histoire. Si ça tourne bien, elle touchera cent mille livres, et pourra quitter cet endroit pour retourner dans le comté de Down.

Mary ne fit aucun commentaire, finit de débarrasser les assiettes et alla préparer du thé. En revenant, elle déclara :

— Tout est prêt. Le camion est dans la grange, derrière. J'ai aéré le cottage de Marsh End et allumé le poêle. De toute façon, il faudra que quelqu'un reste ici.

Ryan opina et prit sa tasse de thé.

— Kathleen pourrait rester avec toi, pendant que Martin et moi on irait au cottage.

— Très bien. (Elle tira un cake d'une boîte en métal.) Tenez, goûtez-moi ça, c'est moi qui l'ai fait.

Avec un couteau elle se mit à couper des tranches.

A l'intérieur de la grange, une moto reposait sur sa béquille ; sur la moto étaient posés un casque et un blouson de cuir.

— Dis donc ! s'écria Keogh. C'est une moto de cross Montesa. Elle est magnifique !

— Tu connais ce modèle ? demanda Ryan.

— Bien sûr. C'est une marque espagnole. Elle peut rouler à quatre-vingts à l'heure sur le terrain le plus difficile.

— Où est l'intérêt ? demanda Kathleen.

— C'est utile pour un berger dans les collines, répondit Keogh. Ces engins vont partout. (Il se tourna vers Ryan.) Tu l'as achetée pour Benny ?

— Pas vraiment. Elle est un peu petite pour lui. Je pensais plutôt qu'elle pourrait nous servir. Je t'expliquerai plus tard. Allez, Mary, montre-nous le camion.

Celle-ci se tourna vers Benny.

— Vas-y, Benny.

Le grand gaillard, visiblement ravi, se précipita au fond de la grange et déplaça des bottes de foin, révélant un loquet sur la paroi de bois. La porte pivota et, dans une extension de la grange, apparut un gros camion vert et blanc.

Sur les flancs du camion étaient inscrits les mots *Shelby Meat Importers*.

Devant l'air interrogateur de Keogh, Ryan expliqua :

— C'est l'exacte réplique du camion que nous allons détourner.

— A quoi nous servira-t-il ?

— C'est un leurre. Benny le balancera à la mer, les portières fermées. Ça occupera la police un bout de temps, et ça nous permettra d'avoir de l'avance pendant qu'on se tirera avec le vrai.

— Très malin. Et Benny saura s'occuper de ça ?

— Benny fait ce qu'il veut avec n'importe quel engin. Il aurait pu être pilote de formule 1, mais il est trop grand.

Le visage radieux, Benny hocha vigoureusement la tête.

— Bon, allez, on va se prendre une tasse de thé à l'intérieur, et ensuite Benny nous amènera sur la ligne de front, si j'ose dire.

En contrebas, au coin d'un bois, une route secondaire rejoignait la route côtière. La Land Rover s'arrêta, et Ryan en descendit, suivi de Keogh, Kathleen et Benny.

— Alors c'est ici, dit Keogh.

— Oui, répondit Ryan. Le camion arrivera à ce carrefour vendredi à quatre heures de l'après-midi. A cinq minutes près. Tout a été soigneusement repéré.

— Il y a une chose que je ne comprends pas, dit Keogh. J'admets que, grâce au Howler, on arrive à neutraliser le système de sécurité du camion, mais comment on va le forcer à s'arrêter ?

— Bonne question. C'est là qu'intervient

Kathleen. (Ryan lui passa le bras autour des épaules.) Je t'expliquerai tout quand on sera de retour.

Dans la deuxième grange, à côté d'un grand nombre de machines agricoles, se trouvait une vieille camionnette Ford.

— Dis-moi, Martin, dit Ryan, imagine que tu roules sur une route de campagne, et brusquement tu vois une camionnette en flammes et une jeune fille étendue sur la route, le visage en sang. Est-ce que tu t'arrêterais ?

— J'ai l'impression que oui.

— Eh bien, eux aussi. (Il passa à nouveau le bras autour des épaules de Kathleen.) Il va falloir jouer la comédie, ma grande.

— Je ferai de mon mieux.

— Je le sais. Bon, maintenant on va mettre ça au point dans les moindres détails.

— Comme je vous l'ai dit, le camion doit arriver au carrefour vendredi vers quatre heures de l'après-midi.

Ils se trouvaient tous réunis dans la cuisine. Mary, Kathleen et Ryan étaient assis à table, Keogh près de la cheminée, tandis que Benny se tenait à côté de la porte.

— Kathleen et moi gagnerons les lieux dans la camionnette, reprit Ryan. Toi, Martin, tu suivras avec la Montesa. J'ai deux transmetteurs radio dans la malle. Tu en auras un. Tu continueras sur quelques kilomètres et tu attendras le camion. Quand tu le vois, tu m'appelles.

Comme nom de code, tu utiliseras Aigle un ; moi je serai Aigle deux.

— Ensuite, qu'est-ce que je fais ?

— Tu dépasses le camion et tu nous rejoins. On met le feu à la Ford et Kathleen s'allonge sur la route. J'ai de ce produit rouge qu'utilisent les acteurs pour simuler le sang. On lui en barbouillera le visage.

— Donc ils s'arrêtent, enfin on espère qu'ils s'arrêtent, et toi tu utilises le Howler pour neutraliser leur système de sécurité.

— Ils seront totalement coupés de l'extérieur.

— Et s'ils se défendent ?

— Pas de problème. J'ai deux AK dans la malle, des grenades incapacitantes et des grenades lacrymogènes. J'ai même du Semtex et des crayons détonateurs, mais de toute façon les portes seront déverrouillées grâce au Howler. Un quart d'heure après notre départ de la ferme, Benny ira jeter le faux camion dans la mer, en bas de la route côtière, et reviendra à pied.

— Bon, on neutralise les convoyeurs. Et ensuite ?

— Kathleen et toi vous vous tirez avec la Montesa et vous vous rendez à Marsh End. Moi, je suivrai avec le camion.

— Pourquoi ne pas monter tous dans le camion ? demanda Keogh.

— Parce que c'est sur le camion que vont se concentrer les recherches. Si ça tourne mal, je ne veux pas que Kathleen soit mêlée à tout ça. Si vous arrivez a rejoindre l'*Irish Rose*, elle aura au moins une chance de s'en tirer.

— Qu'est-ce que tu en penses, Martin ? demanda Kathleen.

— J'en pense qu'on va avoir un vendredi plutôt chargé.

En fin d'après-midi, à Kilburn, Hugh Bell était assis à son bureau lorsque la porte s'ouvrit. Le barman passa la tête à l'intérieur.

— Vous avez de la visite, monsieur.

Quelqu'un le poussa sur le côté, et un homme très grand, les mains dans les poches de son imperméable bleu marine, pénétra dans la pièce.

— Alors t'es là, vieille crapule !

— Scully ! Qu'est-ce que tu veux ?

Bell avait peur.

— Je t'ai amené un de tes vieux amis.

Il s'écarta d'un pas, et un homme, de petite taille celui-ci, pénétra à son tour dans le bureau. Il avait le visage étroit, le nez chaussé de lunettes à monture métallique, et portait un vieil imperméable et un chapeau fatigué.

— Oh, monsieur Reid, dit Bell, la gorge sèche.

— Content de vous voir, Hugh, dit l'homme avec un fort accent de Belfast. J'aurais un mot à vous dire.

— Un mot ? dit Bell. Je ne comprends pas.

— Ah bon ? (Il ôta son chapeau et s'assit à la table.) Alors que je viens spécialement de Belfast, et que je suis mandaté par le Conseil militaire.

— Qu'est-ce qu'ils me veulent ?

Reid tira d'un étui d'argent une cigarette que

74

Scully, avec déférence, alluma à la flamme de son briquet.

— N'essayez pas de jouer au plus fin avec moi, Hugh. L'année dernière, Michael Ryan est venu nous proposer un coup foireux : attaquer un camion rempli de lingots d'or dans le nord-ouest de l'Angleterre. Ne dites pas le contraire, parce que vous étiez partie prenante dans cette histoire. Mais le Conseil militaire a rejeté cette proposition.

— C'est vrai, dit Bell. Je me rappelle vaguement cette histoire.

— Ne racontez pas de conneries, Hugh. Le bruit court, à présent, que Michael a décidé de monter cette opération, mais pour son propre compte. (Il sourit.) Il me semble que si quelqu'un doit être au courant, c'est bien vous. (Il se tourna vers Scully.)

— Qu'en pensez-vous, Scully ?

— Oh, je suis tout à fait d'accord, monsieur Reid, répondit celui-ci avec un terrible sourire.

Bell se rendait parfaitement compte qu'il était dans de sales draps ; pourtant, d'un autre côté, il n'aurait guère amélioré sa situation en révélant ce qu'il savait. La seule présence de Scully signifiait que l'affaire devait mal se terminer : on ne le surnommait pas pour rien le Boucher de Shankill. En un instant, sa décision fut prise.

— Je ne peux pas nier que je suis au courant d'un certain nombre de choses, dit Bell. Michael est venu ici l'autre jour pour discuter avec moi de certains détails de l'opération.

— On raconte qu'il veut détourner un camion rempli de lingots d'or. C'est vrai ?

— Eh bien, ça faisait partie du plan proposé au Conseil militaire.

— Et que ce camion doit ensuite être transporté par bateau quelque part dans le comté de Down. Vous savez où, exactement ?

— Je vous jure que non.

— Scully ! dit Reid.

Le colosse tira un Browning de sa poche et s'avança.

— Non, non, c'est inutile ! lança Bell précipitamment. Je sais où Ryan se trouve en ce moment, à Londres. Je vais vous y conduire.

Scully se détendit et Reid se prit à sourire.

— Voilà qui est raisonnable, Hugh.

— Je vais chercher mon manteau.

Bell se rendit dans sa chambre, prit sa veste, puis gagna le couloir par l'autre porte, sortit dans l'allée qui longeait le pub, et rejoignit la rue en courant.

Lorsque la sonnerie du téléphone retentit à Folly's End, ce fut Mary Power qui décrocha.

— C'est pour toi, dit-elle à Ryan. C'est M. Bell.

Ryan gagna le couloir et prit le combiné.

— Allô, Hugh ?

— Ça tourne mal. Reid est venu me voir, envoyé par le Conseil militaire. Il était accompagné par ce salopard de Scully. Ils sont au courant, Michael. Il y a eu des fuites.

— Tu leur as dit quelque chose ?

— Que dalle ! Je me suis tiré, mais ils sont au courant de ton projet. Faut dire que c'est pas bien difficile, tu le leur avais proposé, non ?

— Seulement dans les grandes lignes. Je n'avais parlé ni de Folly's End ni précisément de la cible. Et à l'époque, l'idée d'embarquer le camion n'était encore qu'une hypothèse parmi d'autres. Tu leur as parlé de l'*Irish Rose* ? Tu leur as dit qu'on devait débarquer à Kilalla ?

— Bien sûr que non.

— Bon, dans ce cas, on peut s'en tirer. Prends garde à toi, Hugh, mets-toi au vert pendant quelque temps.

Ryan reposa le combiné sur l'appareil, alluma une cigarette et demeura songeur un instant. Inutile d'inquiéter les autres.

Il retourna à la cuisine.

— C'était Hugh Bell. Rien d'important. (Il sourit à Keogh.) Je reste ici au cas où Bell appellerait à nouveau. Il faudra que tu passes la nuit seul au cottage de Marsh End. Ici, il n'y a pas de place. Tu n'as qu'à prendre la camionnette Ford.

— Bon, j'y vais. (Keogh termina sa tasse de thé et se leva.) A demain matin.

Bell ne savait où aller. Il hésita un moment avant de s'engager sur Kilburn High Street. Au même instant, une vieille Mercedes déboucha d'une rue latérale. Scully était au volant, Reid à ses côtés.

— Il est là ! s'écria Reid. Il traverse la rue. Fonce !

Scully écrasa la pédale d'accélérateur. Alerté par le bruit du moteur, Bell tourna la tête. En voulant s'enfuir, il glissa sur le macadam trempé de pluie. La Mercedes le heurta à

80 kilomètres-heure et le projeta dans le caniveau, avant de disparaître.

Une passante se mit à hurler, un attroupement se forma. Une femme policier en uniforme s'agenouilla auprès de Hugh Bell, mais celui-ci était déjà mort.

4

De lourds nuages s'accrochaient au flanc des montagnes, la matinée s'annonçait blafarde. Après le petit déjeuner, Ryan demeura à la table de la cuisine devant une tasse de thé, songeant à ce que lui avait raconté Bell. Evidemment, il y avait la présence de Reid et de ce salaud de Scully mais, tant que Bell parvenait à leur échapper, ils ne couraient aucun danger. En présentant son projet au Conseil militaire, il était resté suffisamment vague, se contentant d'évoquer un transport de lingots d'or dans le nord-ouest de l'Angleterre, et l'idée de transporter le camion en bateau jusqu'en Ulster. Sans Bell, Reid ne pouvait rien contre eux.

Il décida tout de même d'en savoir plus, et gagna le couloir pour téléphoner au William and Mary. Le barman décrocha à la première sonnerie.

— Bonjour, Angus. Ryan à l'appareil. Je voudrais parler à Hugh. Il est là ?

— Il est mort, monsieur Ryan. Il a été tué hier soir sur Kilburn High Street.

— Que s'est-il passé ?

— Il a été renversé par une voiture en traversant la rue. Le chauffard s'est enfui, mais la police a retrouvé la voiture abandonnée un peu plus loin.

— Ils ont réussi à savoir qui c'était ?

— Le sergent qui est venu tout à l'heure a dit que la voiture avait été volée à Hampstead il y a un an. D'après lui, elle a dû être mise à l'abri dans un garage pendant tout ce temps.

— C'est terrible, dit Ryan.

— Oui, terrible. Vous comptez venir, monsieur Ryan ?

— Non, j'ai du travail.

— Eh bien, dites-moi où on peut vous joindre, ou alors donnez-moi un numéro de téléphone, je vous tiendrai au courant.

A l'autre bout du fil, Ryan sourit.

— Je vais vous laisser, maintenant. Mais avant cela, Angus, voulez-vous me passer M. Reid ?

— Monsieur Reid ? Euh... je ne comprends pas.

— Arrêtez de jouer au con et passez-le-moi !

Reid, qui se tenait au côté d'Angus et n'avait pas perdu un mot de la conversation, fit signe au barman de rejoindre Scully.

— Salut, mon vieux Michael. Tu ne crois pas que le moment est venu de te montrer un peu raisonnable ?

— C'était toi ou Scully, au volant ? De toute façon, peu importe. Le moment venu, je vous ferai la peau à tous les deux.

— Tu as toujours été un peu théâtral, Michael. Alors, comme ça, tu as l'intention de mener à bien ton ridicule projet ?

— Au revoir, Reid, dit Ryan en raccrochant.

Il ouvrit la porte de derrière, alluma une cigarette, et se prit à penser à Hugh Bell, son ami et camarade de combat depuis tant d'années. Au moins, Scully n'avait pas réussi à le faire parler. C'était déjà ça.

La porte de la cuisine s'ouvrit, et Kathleen risqua un coup d'œil.

— Ah, tu es là. Tout va bien ?

— Oui, oui, très bien.

— Je crois que je vais porter quelque chose à manger à Martin, au cottage. Benny a proposé de m'y conduire.

— Parfait. Quant à moi, j'ai à revoir en détail le déroulement de l'opération, alors ne te préoccupe pas pour moi.

— Dans ce cas, à tout à l'heure.

Elle retourna à la cuisine, laissant Ryan face à la pluie qui continuait de tomber. Seul avec ses pensées. Il songeait à Reid et à Scully. A présent, ils allaient rentrer en Ulster, ils n'avaient plus rien à faire en Angleterre. Mais, le jour venu, il s'occuperait d'eux.

Il revit le visage osseux de Reid, avec ses lunettes cerclées d'acier, et un sourire terrible apparut sur les lèvres de Ryan.

— Espèce de salopard, grommela-t-il à voix basse. Tu voulais tout le magot pour toi, hein ? Plutôt crever !

Keogh ne prit même pas la peine de s'installer dans la chambre du cottage de Marsh End. Il alluma un bon feu dans la cheminée et s'allongea sur le canapé. Il dormit fort bien (ce qui ne laissait pas d'être surprenant), se leva à sept heures et mit la bouilloire sur le feu.

Puis il ouvrit la porte. Il pleuvait. Sur la droite, il remarqua une petite anse et, mû par une subite impulsion, il retourna à l'intérieur, se déshabilla, attrapa une serviette dans le cabinet de toilette et traversa la cour au pas de gymnastique, nu comme un ver.

Il jeta la serviette sur un buisson, plongea dans l'eau et se mit à nager vigoureusement. Pour gagner l'autre rive, il passa au milieu des roseaux, dérangeant des oiseaux de toutes espèces qui s'envolèrent en poussant des cris furieux. L'eau salée était froide et revigorante.

— Voilà une excellente façon de commencer la journée, murmura-t-il en sortant de l'eau.

Il revint au cottage en s'essuyant énergiquement, puis s'habilla et se prépara une tasse de thé. Dans le garde-manger, il trouva du lait, du pain, des œufs et du bacon. Il hésitait à se préparer quelque chose lorsqu'il entendit un bruit de moteur dans la cour : c'était Kathleen et Benny, venus avec la Land Rover.

A Londres, au William and Mary, Reid et Scully s'apprêtaient à partir, après avoir fouillé en vain le bureau de Bell.

— Rien, monsieur Reid, dit Scully. Qu'est-ce qu'on fait ?

— On rentre à Belfast. Ne vous inquiétez pas, Ryan sera obligé de rentrer, lui aussi. Il n'a pas d'endroit où se cacher. On y mettra peut-être le temps, mais on finira par l'avoir, ce salaud.

Puis, d'un ton plus fort, il lança :

— Angus, venez ici !

Angus trébucha sur le seuil de la pièce.

— Oui, monsieur Reid.

— Vous ne vous souvenez vraiment d'aucun détail ?

— Ils ont pris le train, c'est tout ce que je sais. Je les ai entendus parler de l'express de Glasgow.

— Glasgow ? dit Scully. Qu'est-ce qu'ils iraient faire là-bas ?

— Ils ne vont pas forcément à Glasgow, espèce d'idiot ! C'est la ligne qui traverse le Nord-Ouest. Ils peuvent descendre en route. (Il se tourna vers Angus.) Rien d'autre ?

— Je ne crois pas... (Son visage s'éclaira.) Oh, si ! La semaine dernière, j'ai surpris une conversation de M. Bell au téléphone. Il devait appeler un transporteur maritime parce qu'il voulait louer un ferry à fond plat. Un peu plus tard, je l'ai entendu mentionner le nom d'un bateau, l'*Irish Rose*, et le nom du capitaine : Tully ; le bateau se trouvait à Londres.

— Vous l'avez entendu prononcer à nouveau ce nom-là ?

— Juste avant leur départ, je vérifiais les bouteilles à l'office quand j'ai entendu Ryan dire à M. Bell que l'*Irish Rose* était parti à présent, et qu'ils ne le reverraient que le vendredi matin.

— Il n'a pas dit où ?

— Non.

— Bon, dit Reid. Vous avez mon numéro. Si vous apprenez quoi que ce soit, téléphonez-moi à Belfast.

— Bien, monsieur.

— Autre chose. Ne parlez à personne de tout ça. Un seul mot, et je vous envoie Scully. On vous repêchera dans la Tamise, avec les couilles en moins.

Reid quitta la pièce. Angus demeura sur place, terrifié. Scully lui tapota la joue d'un air protecteur.

— C'est un bon garçon, ça : il va faire exactement ce qu'a dit M. Reid.

Et il sortit à son tour.

Assis à la table, Keogh mangeait le sandwich au jambon que Kathleen lui avait apporté. Elle-même se tenait face à lui, devant une tasse de thé. Benny, lui, était retourné à la ferme. Après avoir terminé son sandwich, Keogh alluma une cigarette.

— Qu'est-ce que tu penses de tout ça ? demanda-t-il.

— Du boulot ? (Elle haussa les épaules.) J'assurerai. J'ai déjà fait des choses dangereuses pour oncle Michael. Je sais me débrouiller toute seule.

— A ton âge, tu ne devrais pas y être obligée. (Il se leva.) Allez, viens, on va respirer un peu dehors.

Un paysage étrange et inquiétant, noyé de brume, s'offrit à leurs regards. Des roseaux se dressaient des deux côtés de l'anse, on entendait le murmure de l'eau dans les laisses de vase, et des oiseaux courroucés s'envolaient sur leur passage.

— Drôle d'endroit, remarqua Keogh.

84

— Oui. Je ne suis pas sûre de beaucoup l'aimer. Ça me rend mal à l'aise.

— Je comprends ce que tu veux dire.

Arrivés à la jetée, ils s'arrêtèrent. La marée basse découvrait des poutrelles métalliques rongées par la rouille.

— Je me demande à quoi servait cette jetée, dit-elle.

— Va savoir. Apparemment, elle doit dater de l'époque victorienne, mais elle tient encore le coup.

Ils s'avancèrent sur la jetée, tandis qu'en dessous d'eux les vagues frappaient les poutrelles avec un bruit sourd. Il n'y avait de rambardes que sur les côtés, mais aucune à l'extrémité. Jetant un coup d'œil au fond de l'eau, Keogh aperçut des blocs de granit.

— Voilà la réponse à ta question, dit-il. Autrefois, on devait charger des blocs de granit, ici.

— Je vois.

Les mains agrippées à la rambarde, elle regardait la haute mer, silhouette étrangement mélancolique avec son imperméable et son béret.

Keogh vint s'appuyer à côté d'elle.

— Qu'est-ce que tu attends de la vie, Kate ?

— Dieu seul le sait. Je suis née l'année où les Evénements ont commencé. Je n'ai connu que les attentats à la bombe et les tueries. J'ai vu mourir ma famille et mes amis. (Son visage demeurait de marbre.) En fait de vie, je ne vois que la mort autour de moi. Tu comprends ?

— Parfaitement, dit Keogh en hochant la tête. C'est terrible, et tu es si jeune !

Elle se mit à rire.

— Toi-même, tu n'es pas vraiment un vieux jeton !

— Trente-deux ans quand même, c'est vieux, rétorqua-t-il en riant lui aussi.

Ils entendirent des pas derrière eux. C'était Ryan.

— Quel temps de cochon !

Keogh désigna la mer.

— Espérons que demain la marée sera haute.

— J'ai vérifié deux fois. C'est même une grande marée. (Il prit une cigarette.) Autre chose. Hugh Bell est mort.

— Mon Dieu ! s'écria Kathleen. Qu'est-ce qui s'est passé ?

Ryan leur raconta tout.

Alors qu'ils remontaient la jetée, Keogh déclara :

— Quand tu seras de retour avec le camion, Reid ne pourra plus te toucher. Peut-être que votre Conseil militaire n'aime pas que les gens agissent sans ordre, de leur propre initiative, mais tu feras malgré tout figure de héros. Quand ils verront les lingots d'or, ils t'accueilleront à bras ouverts.

— Espérons. Mais c'est Reid qui m'inquiète. A moins que je ne me trompe, il aimerait bien mettre lui-même la main sur ce chargement.

— Qu'il aille se faire mettre ! lança Kathleen.

— Reste polie, veux-tu ! lui dit Ryan.

— De toute façon, s'il n'est pas au courant

pour Kilalla, il ne représente pas une menace, dit Keogh.

— Pas au moment du débarquement, mais après. (Ryan haussa les épaules.) Enfin, on n'est sûrs de rien ! Allez, on rentre à la ferme. La Land Rover est au cottage.

A une heure de l'après-midi, Mary Power leur servit un déjeuner des plus simples : une soupe de légumes, une salade au fromage, et l'inévitable thé. Puis, tandis qu'elle débarrassait, elle lança à Benny :

— Faut t'occuper de ton travail, à présent, aller voir les moutons dans le pré du nord.

Il acquiesça joyeusement, mit sa casquette et sortit. Un instant plus tard, Keogh le vit traverser la cour, un sac sur les épaules pour se protéger de la pluie, le chien sur ses talons.

— Je dois reconnaître que ce gars est un bosseur.

— Mais d'esprit, dit Mary, c'est encore un enfant. Il faut tout lui dire.

Ryan termina sa tasse de thé et se leva.

— Je veux revoir les lieux. Kathleen et moi irons dans la Ford. Toi, tu suivras avec la Montesa. Je vais te donner une des radios. Quand on sera arrivés, tu continueras sur deux ou trois kilomètres, et tu me contacteras. Utilise le nom de code Aigle un, comme je te l'ai dit. Moi, je serai Aigle deux.

— D'accord.

La camionnette s'engagea sur le chemin menant à la route d'Eskdale, avec Kathleen au volant. Elle glissa un coup d'œil en direction de son oncle.

— Tu sais que je n'ai même pas l'âge de conduire ?

— Et pourtant, tu conduis depuis l'âge de quatorze ans comme si tu étais née avec un volant dans les mains. Ça me rappelle la nuit où je me suis pris une balle et où je me suis planté avec ma voiture près de Kilkelly.

— Et tu m'as téléphoné d'une cabine publique pour me demander de dire aux copains de venir te chercher.

— Et c'est toi qui es venue, chipie, et dans une voiture volée, en plus !

— Mais qui m'avait appris à voler une voiture ?

— Je sais, c'est moi. A ma grande honte ! (Il se mit à rire.) Dans quel état j'étais, quand tu es arrivée ! J'avais une balle dans l'épaule, et j'étais allongé dans un fossé, trempé jusqu'aux os. Et ensuite, tu as forcé le barrage de la police.

— Ah, c'était le bon temps, oncle Michael.

— Tu crois ? (Il alluma une cigarette et ouvrit la vitre.) Parfois, je n'en suis plus aussi sûr. Je dois me faire vieux. (Il sourit.) En tout cas, il y a une chose dont je suis certain : tu es une fille remarquable, Kathleen, et tu mérites mieux que ce que tu vis en ce moment. Quand je pense que tu pourrais déjà entrer à l'université !

— Ne dis pas ça ! J'ai des choses plus importantes à faire, dans la vie.

Ryan, songeur, ne répondit rien, et quelques instants plus tard ils arrivaient au carrefour.

Keogh les suivait, deux cents mètres en arrière, sur la Montesa. Malgré la pluie, il goûtait fort le voyage et la moto répondait bien.

La camionnette s'immobilisa à quelques mètres du carrefour. Keogh les salua, le poing levé, et poursuivit sa route.

La radio à la main, Ryan ouvrit la porte de la camionnette et considéra la petite aire de stationnement.

— Ça ira. D'abord on n'a pas besoin de bloquer complètement la route, et en plus, comme on va mettre le feu à la camionnette, il ne faut pas qu'elle m'empêche de repartir avec le transport de fonds.

A ce moment-là, la voix crachotante de Keogh se fit entendre dans l'émetteur-récepteur.

— Ici Aigle un, tu m'entends, Aigle deux ?

— Très bien. Rien à signaler ?

— Rien, à part les oiseaux, la mer et cette saleté de pluie. Je peux repartir, maintenant ?

— On se revoit à la ferme. Terminé.

Ryan coupa le contact et adressa un sourire à Kathleen.

— J'en ai vu assez pour aujourd'hui. On retourne à Folly's End.

Mary Power servit le dîner à sept heures du soir : agneau rôti, accompagné de pommes de terre, de chou et de carottes. Keogh se montra fasciné par la quantité de nourriture que Benny était capable d'engloutir.

— Bon Dieu, on dirait qu'il n'a pas mangé depuis huit jours !

— Comme il abat le boulot de quatre hommes, remarqua Kathleen, il a le droit de manger comme quatre.

— Mais il n'est pas obligé de se tenir mal à table ! lança Mary en lui tapant sur les doigts avec une cuiller en bois. Et maintenant, sois gentil et va traire les brebis.

Un morceau de pain et de fromage dans une main, il mit sa casquette.

— Oui, Tatie, bougonna-t-il en sortant.

— Passez donc au salon, dit alors Mary, je vous servirai le thé là-bas.

Kathleen s'apprêtait à débarrasser la table lorsque Keogh s'interposa.

— A mon tour, maintenant ! Sois gentille, va avec ton oncle.

— Gentille, gentille, grommela-t-elle.

Mais elle rejoignit docilement Ryan au salon.

— Je n'ai jamais vu un Irlandais proposer d'aider une femme pour les tâches ménagères, dit Mary Power. J'imagine donc que vous voulez me parler.

— En quelque sorte, dit Keogh en empilant les assiettes. Dites-moi, vous êtes heureuse, malgré votre isolement ?

— Heureuse ? (Elle remplit l'évier d'eau chaude et y plongea les assiettes.) J'ai oublié le sens de ce mot-là. Quand nous sommes venus nous installer ici, nous étions enthousiastes, mon mari et moi, mais c'est un endroit mortel. C'est terrible, on ne peut y faire que de l'agriculture de subsistance. La terre est un maître cruel, vous savez.

— Je m'en rends compte.

— Alors quand Michael est venu me proposer son coup, j'ai eu l'impression qu'on me lançait une bouée. Si ça marche, Benny et moi pourrons retourner en Ulster.

— Et si ça ne marche pas ?

— Eh bien, on sera piégés pour toujours. En tout cas, Michael m'a promis que, de toute façon, on n'aurait aucun ennui avec la police. Qu'il n'y aurait pas moyen de remonter jusqu'à nous.

— Avec un peu de chance, ça devrait effectivement se passer comme ça.

— Espérons ! Moi, je ne m'intéresse pas du tout à la politique, mais Michael est quelqu'un de bien, et je lui fais confiance.

Keogh gagna à son tour le salon. Kathleen, assise sur la banquette qui se trouvait sous la fenêtre, lisait *La Cour de minuit*. Ryan, lui, installé au coin du feu, allumait sa pipe avec une petite bougie.

— C'est une femme courageuse, dit Keogh. Elle mène une vie dure.

— Très dure, dit Ryan. Mais avec l'aide de Dieu, les choses vont changer pour elle. Bon, on ferait bien d'aller vérifier les armes dans la grange... après avoir terminé notre tasse de thé, quand même.

— D'accord.

— Et moi, dit Kathleen, j'aimerais essayer ce colt que m'a donné M. Bell.

— On verra, dit Ryan.

Au même moment, Mary Power fit son entrée dans la pièce avec un plateau.

Un peu plus tard, dans la grange mal éclairée, Keogh et Ryan sortirent les armes de la malle apportée par ce dernier. Il y avait les deux fusils d'assaut AK, des chargeurs, les grenades fumigènes et incapacitantes, ainsi que le Semtex et les crayons détonateurs. Keogh découvrit également un Walther dans un étui de cheville.

— D'où ça vient ? demanda-t-il.

— Oh, je me suis dit que ça pourrait être utile. J'aime bien l'idée d'avoir un atout dans la manche.

Keogh examina les AK, passant une main experte sur les différentes parties de l'arme. Il en chargea un et le tendit à Ryan.

— Leur dernier silencieux est très efficace. Essaye, pour voir.

Il alla poser une planche au fond de la grange et revint, sous l'œil intéressé de Kathleen et Benny.

Ryan leva son AK et tira trois fois. On entendit le bruit étouffé, caractéristique du silencieux, et trois trous apparurent dans la planche.

Keogh chargea le deuxième AK et le lui donna.

— Celui-ci, maintenant.

Ryan pressa à nouveau la détente, obtenant

le même résultat. Il posa l'arme sur la table à tréteaux.

— C'est bon.

Kathleen s'avança alors, tenant à la main son colt automatique de calibre 25.

— A moi, maintenant.

— Vas-y, dit Keogh.

Elle serra le colt entre ses deux mains, visa soigneusement et tira... faisant jaillir des brins de paille à côté de la planche.

— Essaye encore, dit Ryan.

Visiblement furieuse, Kathleen tira à nouveau mais obtint le même résultat.

— Ecoute, dit Keogh, en voyant l'air dépité de la jeune fille, la plupart des gens sont incapables d'atteindre une porte de grange avec une arme de poing, alors ne prends pas ça trop à cœur. Tiens, viens avec moi. (Il s'avança à environ deux mètres de la planche.) Si j'étais toi, je n'essayerais pas de plus loin. Braque ton arme et tire.

Au premier coup elle atteignit la planche, mais la deuxième fois la manqua.

— Ça s'améliore, dit Keogh. Mais le mieux, c'est encore de poser le canon sur la cible et d'appuyer sur la détente.

Il retourna à son point de départ. Ryan riait, et même Benny souriait. Kathleen était furieuse.

— Et toi, monsieur le donneur de leçons ? s'écria-t-elle. On ne te voit pas beaucoup à l'œuvre !

Keogh se tourna vers elle, le visage impassible, et Kathleen remarqua pour la première fois à quel point son regard pouvait être glacial.

Il glissa la main sous sa veste, au creux des reins, et tira son Walther. Il fit feu six fois, arrachant des éclats de bois à la planche qui finit par tomber à terre.

Bien que l'arme fût équipée d'un silencieux, Benny avait mis les mains sur ses oreilles, tandis que la stupéfaction se lisait sur le visage de Kathleen. Sans un mot, Keogh éjecta son chargeur et y remit des balles.

— Fin de la leçon ! lança alors Ryan. On rentre. On aura une rude journée, demain.

A huit kilomètres environ au sud de Marsh End, et à une dizaine de kilomètres au large, l'*Irish Rose* affrontait une mer houleuse. Muller, l'Allemand, tenait la barre. Tully était assis à la table des cartes, devant une boîte en carton, l'équipage rassemblé autour de lui.

— Il y a là sept ou huit pistolets. Je veux que chaque homme soit armé.

Dolan choisit un Smith & Wesson de calibre 38.

— Celui-ci me convient, dit-il.

Puis les autres se servirent, chacun à son tour.

— A quelle heure est-ce qu'on devrait arriver ? demanda Jock Grant, le mécanicien.

— Vers onze heures du matin, mais on ne peut pas en être sûr. Je ne connais pas ce coin, Marsh End, et il faut être prudent. En plus, il faudra accoster à marée haute.

— Et après ? demanda Dolan.

— J'en sais rien. Bell m'a dit qu'il faudrait se tenir prêts à appareiller en fin d'après-midi, parce que la marée commencerait à redescendre et que le temps était compté. On verra. Ryan est bien capable de réussir son coup.

— Mais il doit aussi s'attendre à avoir des ennuis ensuite, insista Dolan.

— Ecoutez, il n'a pas le choix. Une fois qu'il s'est emparé du camion, il faut qu'il disparaisse. Je lui dirai que c'était un malentendu, que je ne voulais pas le doubler, seulement m'assurer que l'affaire était réglo, c'est tout. Maintenant, ce qui se passera en mer... c'est une autre histoire.

— Moi, celui qui m'inquiète c'est ce Keogh, dit Dolan. Tu as vu ce qu'il t'a fait à l'oreille ?

— J'ai vu, mais vous, n'oubliez pas que nous sommes cinq, et qu'ils ne seront que deux, plus la fille. Si on arrive à mettre la main sur elle, Ryan sera obligé de céder. Il faudra agir pendant la traversée. On n'atteindra pas la côte d'Irlande avant l'aube. Je trouverai un moyen mais, d'abord, il faut que je puisse compter sur vous, les gars.

— Je ne sais pas, dit Bert Fox, visiblement hésitant. Ça pourrait tourner vinaigre.

Tully laissa éclater sa colère.

— Jamais vous pourrez vous faire autant de fric ! Mais je dois savoir sur qui compter. Décidez-vous !

Ce fut Dolan qui répondit au nom de l'équipage :

— On est avec toi, Tully, y a pas de problème. N'est-ce pas, les gars ?

Les marins approuvèrent bruyamment, et Tully lança :

— Maintenant, retournez au travail !

Ils quittèrent tous la timonerie, sauf Muller qui demeura à la barre. Tully sortit sur le pont et laissa son regard se perdre dans la nuit. Puis il porta la main à son oreille. Il avait affreusement mal, et il songea à ce qu'il ferait subir à ce salopard de Keogh, le moment venu.

5

Lorsque Keogh se leva, à sept heures du matin, le temps s'était encore dégradé. Un brouillard épais enveloppait les marais, et la pluie tombait toujours sans discontinuer.

Il se prépara une tasse de thé et se rasa à l'évier de la cuisine. Il alluma ensuite le petit poste de radio qui se trouvait sur l'appui de la fenêtre et finit par tomber sur les informations de la BBC. Il termina de se raser et s'essuyait le visage lorsque vint le bulletin de la météo. Pour la mer d'Irlande, on annonçait des vents de force trois à quatre, du brouillard et des bourrasques de pluie.

Cela aurait pu être pire. Il but sa tasse de thé et, alors qu'il s'habillait, entendit un bruit de moteur à l'extérieur. Il jeta un coup d'œil et vit Kathleen descendre de la camionnette Ford.

Il prit son caban au portemanteau et ouvrit la porte.

— Encore un sale temps, dit-il gaiement.

— On s'est dit que tu aimerais prendre un vrai petit déjeuner. Je suis venue te chercher.

— Ah, ça c'est gentil, dit-il en s'installant à

l'avant de la Ford. Mais d'abord, j'aimerais qu'on aille jusqu'à la jetée. Je voudrais voir comment ça se présente.

— D'accord.

Elle roula un moment sur le large chemin puis s'engagea sur la jetée, ne s'arrêtant qu'à quelques mètres de l'extrémité. Keogh descendit de la camionnette, suivi de Kathleen.

— Il n'y a pas beaucoup d'eau, fit-il remarquer. Ça doit être une grande marée.

— Et ça pose un problème ?

— Le bateau pourrait ne pas arriver jusqu'ici. Enfin... la marée remontera vers dix heures et demie. Dommage qu'il y ait cette saleté de brouillard : l'*Irish Rose* attend peut-être au large, mais on ne peut pas le voir. (Un sourire éclaira son visage, et il étreignit l'épaule de la jeune fille.) T'en fais pas, ça va bien se passer. J'ai un bon pressentiment. Et maintenant, allons prendre ce petit déjeuner.

L'*Irish Rose* était effectivement en panne à environ un mille de la côte. Tully se tenait sur le pont en compagnie de Dolan, qui cherchait à percer le brouillard.

— Saleté de temps ! dit Dolan. On n'y voit rien. C'est vraiment là ?

— Bien sûr ! s'emporta Tully. S'il y a une chose que je sais faire, c'est naviguer, tu me connais ! Il n'y a plus qu'à attendre que la marée soit haute. Rien ne m'empêchera de mettre la main sur ce camion. Rien !

Et il retourna dans la cabine de pilotage.

Vers dix heures et demie, Keogh et Ryan se rendirent dans la grange pour vérifier une dernière fois leur armement. Keogh attrapa le Walther dans son étui de cheville.

— Je peux le prendre ? C'est une arme que j'ai toujours aimée.

— Je t'en prie.

— Je le mettrai avant de partir.

Et il le mit dans la poche de son caban.

— Nous emporterons le reste dans la grosse valise, dit Ryan. Je l'apporterai dans le camion.

— Au cas où il faudrait impressionner notre ami Tully ?

— Exactement.

Kathleen passa la tête dans l'embrasure de la porte.

— Je descends à Marsh End dans la Ford avec Benny. Il manque des moutons, et il pense qu'ils sont peut-être partis par là-bas.

— Très bien, dit Ryan. Mais si jamais tu vois l'*Irish Rose,* ne t'en approche pas. Martin et moi on vous rejoint bientôt dans la Land Rover.

— A tout à l'heure, dit-elle.

Kathleen laissa la camionnette près du cottage et, en compagnie de Benny, descendit le chemin menant aux marais. Il pleuvait encore beaucoup, et le brouillard était épais. Soudain, on entendit un bêlement sur la droite. Benny s'immobilisa, un sourire se peignit sur son visage et il se mit en route à grands pas dans la direction d'où venaient les bêlements.

Ils découvrirent cinq moutons avec de l'eau

jusqu'au ventre, comme pétrifiés, l'allure misérable. Benny éclata de rire, descendit dans l'anse et ramena le premier mouton sur la terre ferme.

— Bon, moi je vais jusqu'à la jetée, annonça Kathleen tandis que Benny s'apprêtait à chercher les autres moutons.

Un chien aboya dans le brouillard et, brusquement, la proue de l'*Irish Rose* sembla jaillir contre la jetée. La passerelle n'avait pas été descendue car la marée était encore trop basse, et un garçon d'environ douze ans, vêtu d'un anorak, observait le bateau. Il tenait une canne à pêche à la main, et un petit chien de terrier le suivait aux talons.

Les mots *Irish Rose* se détachaient clairement sur la coque, mais l'enfant s'approcha pour mieux les lire. En le voyant, Tully bondit par-dessus la rambarde.

— Qu'est-ce que tu veux, espèce de petit voyou ?

Il attrapa l'enfant par le devant de son anorak et le secoua. Kathleen s'avança, indignée.

— Lâchez-le, espèce de brute !

Elle frappa Tully sur le bras, et celui-ci, surpris, lâcha l'enfant qui s'enfuit sans demander son reste.

Tully saisit la jeune fille par le poignet.

— Alors c'est toi, hein ?

— Lâchez-moi.

Elle le gifla. Alertés par le bruit, Dolan et Fox apparurent à la proue. Ils se mirent à rire.

— Elle a du chien, la petite ! Elle a besoin d'être dressée. Tu t'en charges, Tully, ou tu veux de l'aide ?

Kathleen le gifla à nouveau.

— Espèce de petite salope ! hurla Tully. Je vais t'apprendre, moi !

Il la saisit par les deux poignets et l'attira à lui mais, au même moment, on entendit un cri terrible, et Benny fit son apparition. Il saisit Tully par-derrière et le jeta à terre. Puis il se tourna vers la fille.

— Sauve-toi.

Tully se releva et lui lança un coup de poing dans le dos. Benny se retourna et lui administra un formidable coup de poing dans la figure, qui l'envoya à nouveau rouler sur le sol.

— Dolan, descends ! s'écria-t-il.

Dolan et Fox sautèrent sur la jetée. Fox tenait à la main une barre de fer. Dolan frappa Benny au visage, ce qui ne sembla pas l'incommoder le moins du monde, mais celui-ci répliqua par un coup violent dans la poitrine qui précipita son adversaire à terre.

— Arrêtez ! hurla Kathleen.

Fox se rua alors sur Benny en brandissant son arme. Benny reçut le coup sur le bras gauche, mais réussit à saisir le poignet de Fox et à la lui faire lâcher. Puis, d'un revers de main, il l'envoya rouler à terre.

— Benny, attention ! s'écria Kathleen.

Tully avait ramassé la barre de fer, mais Benny réussit à esquiver le coup qu'il lui porta à la tête. La barre de fer rebondit sur son épaule. Benny la lui arracha et la jeta au loin, puis saisit à deux mains son adversaire à la gorge et le souleva de terre.

Un coup de feu éclata tout près. Keogh et Ryan jaillirent du brouillard.

— Non, Benny ! hurla Ryan.

Benny s'immobilisa, tenant toujours Tully à bout de bras, puis le reposa lentement sur le sol. Tully s'effondra en poussant un grognement, la tête sur les genoux.

— Que s'est-il passé ? demanda Ryan.

Kathleen lui fit le récit des événements.

— Donc il y a un enfant qui a vu le bateau, dit Keogh lorsque Kathleen eut terminé. Ça tirera peut-être à conséquence plus tard, mais pour l'instant on ne risque rien.

— Je suis de ton avis, dit Ryan. (Il se tourna vers Benny.) C'est bien d'avoir défendu Kathleen, Benny. Maintenant, raccompagne-la à la ferme. On réglera ça là-bas, ajouta-t-il à l'adresse de sa nièce.

— Excuse-moi, oncle Michael.

— C'est pas de ta faute, ma fille. C'est ce qui arrive quand on traite avec des crapules.

Elle prit la main de Benny et s'éloigna avec lui. Tully, Dolan et Fox étaient à présent debout, mais en piteux état.

— Quelle bande de salauds vous êtes, tous ! s'écria alors Ryan en les dévisageant avec mépris. Allez, on monte à bord avant que je m'énerve et que je vous descende !

Dans la timonerie, Tully s'assit à la table des cartes, l'équipage autour de lui.

— Si je prends encore la peine de vous parler, dit Ryan, c'est que j'ai besoin de vous. Nous serons de retour ici entre quatre heures et demie et cinq heures avec le camion de transport de fonds. Vous serez prêts à prendre la mer ?

Un mouvement parcourut l'équipage. Ce fut Tully qui répondit.

— Oui, nous serons prêts.

— M. Keogh m'a dit que vous êtes venu espionner au William and Mary, dit Ryan. Pour quelle raison ?

— J'étais inquiet, répondit Tully. Je voulais être sûr que tout était réglo.

— Alors je vais vous prouver que je suis réglo : je vous préviens que si vous tentez quoi que ce soit pendant la traversée je vous fais sauter la cervelle. C'est clair ?

— Oui.

— Bon. Nous, on y va. Soyez prêts à l'heure dite.

Keogh et lui descendirent l'échelle et se retrouvèrent sur la jetée.

— Qu'en penses-tu ? demanda Keogh.

— Oh, ils vont essayer de nous couper la gorge au cours de la traversée.

— Et ça ne t'inquiète pas ?

— Pourquoi ? C'est pour ça que je t'ai engagé, mon vieux.

— Qui c'était le gorille qui nous est tombé dessus, l'espèce de King Kong ? demanda Dolan.

— J'en sais rien, répondit Tully en se massant la nuque. J'ai bien cru que j'allais y passer.

— Bon, qu'est-ce qu'on fait, maintenant ? demanda Fox.

— On attend. On fait comme il a dit. N'oubliez pas qu'une fois en mer, il n'y aura plus King Kong. L'avantage aura changé de camp.

Un peu avant trois heures, Keogh, qui se trouvait dans la grange à côté de la Montesa, enfila son blouson de cuir. Après quoi, il releva la jambe droite de son pantalon de velours côtelé noir et attacha à sa cheville l'étui contenant le Walther. Puis il glissa l'autre Walther, avec le silencieux, au creux de ses reins.

Kathleen, elle, était vêtue d'un pantalon et d'une veste en jean, et emportait dans la poche intérieure de sa veste le colt 25. Ryan jeta un dernier coup d'œil à la valise contenant les armes, puis la referma et la porta dans la camionnette.

Ensuite, après avoir embrassé Mary, il prit la main de Benny.

— On y va, maintenant, Benny. Tu comprends ?

Benny hocha la tête d'un air enthousiaste.

— Oui, oncle Michael.

— Tu feras comme te dira ta tante Mary.

— Oui, oncle Michael.

— Tu es un brave garçon. (Il se tourna vers Kathleen et Keogh.) Allez, le moment est venu. C'est l'heure des braves.

En suivant la Ford sur la Montesa, Keogh maudissait la pluie. Elle ne cesse donc jamais, ici ? se demandait-il. La camionnette s'arrêta enfin sur la petite aire de stationnement. Ryan descendit, en fit le tour, et ouvrit la grosse valise. Il en sortit un des fusils d'assaut AK, crosse repliée, s'avança vers Keogh, ouvrit la fermeture à glissière de son blouson et lui glissa le fusil à l'intérieur.

— Vas-y !

Keogh démarra, et grimpa à 130 kilomètres-heure en quinze secondes. Trois minutes plus tard, il atteignait le carrefour.

Lorsque le camion vert et blanc portant les mots *Shelby Meat Importers* sur les flancs fit son apparition, Keogh éprouva une étrange impression d'irréalité, tant il était semblable à la réplique qu'il avait vue à la ferme. Il se hâta de brancher sa radio.

— Aigle un à Aigle deux. La cible est en vue.

Il y eut un moment de silence, puis un craquement.

— Ici Aigle deux. Message reçu. Revenez au bercail.

Keogh rangea sa radio, démarra et se lança à la poursuite du camion. Il le suivit ainsi pendant quelques minutes, puis, avec un grand salut, le bras levé, il le dépassa et disparut.

— Quel cinglé ! lança le conducteur aux deux gardes installés dans la cabine derrière lui.

Ils portaient des bleus de travail, car des uniformes auraient éveillé des soupçons, mais chacun d'eux était armé d'un Browning, glissé dans un étui sous l'aisselle.

— Un de ces jours, il se tuera, dit l'un des

gardes. Ces gars-là, ils finissent toujours comme ça.

— C'est son problème, dit l'autre. Allez, on se prend un café.

Au moment où il ouvrait le thermos, ils entendirent devant eux une explosion sourde, et une colonne de fumée s'éleva dans l'air.

— Qu'est-ce que c'est que ça ? demanda le conducteur en débouchant sur le carrefour, au sortir du virage.

Keogh franchit la clôture du champ et descendit de moto. La valise contenant les armes se trouvait par terre, contre le muret. Il jeta un coup d'œil par-dessus, et aperçut Kathleen allongée sur le bas-côté de la route, le visage recouvert de liquide rouge. Ryan, lui, courait en direction de la camionnette. Quelques secondes plus tard, il y eut une explosion et les flammes se mirent à lécher les flancs de la camionnette. Ryan se mit à courir, et une deuxième explosion, plus forte, se fit entendre, tandis qu'un panache de fumée noire montait vers le ciel.

Le camion s'arrêta net. Keogh tira son AK de sous son blouson et déplia la crosse, mais ce ne fut pas nécessaire : Ryan appuyait déjà sur les boutons du Howler.

— La porte ! cria-t-il à Keogh. La porte !

Keogh se rua en avant et ouvrit la porte latérale du camion. En un éclair, il aperçut le conducteur, puis les deux gardes, dont l'un tenait son arme à la main. Ryan balança à l'intérieur une grenade incapacitante. Ce fut suffisant. Quelques instants plus tard, il tirait du camion le conducteur sonné et médusé. Keogh, lui, fit sortir les deux gardes armés. Il les conduisit dans le champ, derrière le muret, et les entrava avec des menottes en plastique.

Kathleen se remit debout et essuya le sang sur son visage.

— C'est bon, tu as mérité ton Oscar, lui dit Ryan.

Il courut alors à l'arrière du camion et ouvrit les portières, révélant les conteneurs.

Keogh lui tendit la valise contenant les armes, que Ryan déposa à l'intérieur.

— Allez, Martin, file, maintenant !

Keogh replia son AK et le glissa sous son blouson.

— Viens, Kathleen.

Il grimpa sur la moto, et Kathleen s'installa derrière lui en l'enserrant de ses bras. Dès qu'ils se furent éloignés, Ryan se mit en route à son tour avec le camion, tandis que, derrière le muret, les convoyeurs de fonds reprenaient lentement leurs esprits. Une demi-heure plus tard, un paysan, à bord de son break, arrivait sur les lieux du carnage.

Lorsque Keogh et Kathleen arrivèrent à Marsh End, la passerelle de l'*Irish Rose* était déjà baissée. Ils gagnèrent le pont du navire à moto, sous l'œil de Tully, Dolan et Fox. Dès qu'il fut descendu de moto, Keogh tira son AK de sous son blouson et en déplia la crosse.

— Pas besoin de sortir ça, dit Tully. Ça a marché ?

— Comme sur des roulettes.

— Alors où est le camion ? Il faut ficher le camp d'ici. Les machines sont déjà en route.

— Du calme, dit Keogh. Il va arriver. Assurez-vous que tout est prêt.

Tully s'éloigna à regret. Keogh adressa un sourire à Kathleen et tira une cigarette de son paquet.

— On a réussi, Kate, on a réussi.

— Je sais, je sais, dit-elle, au comble de l'excitation. Mais où est donc oncle Michael ?

— Il va arriver, ma grande. Le camion n'est pas aussi rapide que la Montesa.

Mais il leur fallut attendre encore vingt minutes avant de voir surgir du brouillard le camion vert et blanc, qui gagna en cahotant le pont du bateau. Ryan en descendit.

— J'ai cru que c'était foutu. Le moteur refusait de démarrer.

Dolan et Bert Fox fixaient déjà les grosses roues du camion sur le pont.

— Que s'est-il passé ? demanda Kathleen.

— Il y a un starter automatique. Il était bloqué, peut-être à cause de l'explosion de la grenade incapacitante. J'ai dû trafiquer dans le moteur, mais il a fini par repartir.

— On peut y aller, oui ou non ? lança Tully.

— Quand vous voudrez, répondit Ryan.

L'*Irish Rose* glissa lentement sur l'eau de l'estuaire et disparut dans le brouillard.

— On a réussi, dit Ryan.

— Ça, c'est sûr, répondit Keogh en lui offrant une cigarette. Il reste quand même un problème à résoudre.

— Lequel ?

— Oh... simplement savoir à quel moment de la traversée ils décideront d'attaquer.

— Eh bien, le meilleur moyen d'y parer, c'est de les impressionner, dit Ryan. Sors ton AK, je vais faire la même chose. On les garde tout le temps bien en évidence.

— Moi aussi je suis armée, dit Kathleen. J'ai mon colt dans la poche intérieure de ma veste.

— Je t'en prie, Kathleen, reste en dehors de tout ça ; laisse-nous faire, Martin et moi.

Ryan alla chercher son AK dans le camion, le plaqua contre sa cuisse et s'approcha du bastingage. De part et d'autre de la proue se trouvaient deux chaloupes suspendues, et un radeau pneumatique en plastique jaune, avec un moteur hors-bord.

— Pratique pour les livraisons clandestines, fit observer Ryan.

— Le hors-bord m'a l'air tout neuf, dit Keogh.

— Connaissant Tully, il doit être volé.

— Bon, qu'est-ce qu'on fait, maintenant ? demanda Keogh.

— Laissons-lui un peu de temps, il a des choses à faire pour le départ. Quand on sera en haute mer, on ira lui dire deux mots.

Il leva les yeux et aperçut Tully qui les observait par la vitre de la timonerie. En souriant, Ryan lui adressa un signe de la main.

En haut, Muller tenait à nouveau la barre. Tully était assis à la table des cartes, tandis que Dolan se trouvait debout à ses côtés. Grant et

Fox, eux, s'occupaient dans la salle des machines.

— Vous avez vu ce qu'ils ont ? demanda Dolan.

— Des AK.

— Ils peuvent nous hacher menu avec ça.

— Je sais. Il faut jouer serré. Mets ton pistolet dans le tiroir des cartes, toi aussi, Muller. Ensuite, va dire à Fox et à Grant de planquer les leurs quelque part dans la salle des machines. Je garderai le mien dans ma poche.

— Je ne comprends pas.

— Ecoute, visiblement, ils nous laissent gagner la haute mer, mais ensuite ils vont monter ici, et vu la façon dont ils sont armés, on ne pourra rien faire. S'ils nous fouillent, ils ne trouveront rien.

— Sauf ton arme.

— Ce qui fera croire à Ryan que c'est la seule qu'on a.

Dolan avait l'air dubitatif, mais Tully lui adressa une bourrade.

— Vas-y. Il faut que je calcule notre route.

Dolan sortit et Muller se tourna vers Tully.

— Alors on va quand même à Kilalla ? demanda-t-il avec un fort accent anglais.

— On peut pas mettre le cap plein sud. Ryan n'est pas idiot. Pour l'instant, on poursuit en direction de la côte du comté de Down. Ensuite, on verra.

— Avec les armes qu'ils ont, ça risque d'être difficile.

— T'inquiète pas. Ça va marcher. D'une façon ou d'une autre, je te promets que je mettrai la main sur ce camion.

Ryan attendit une heure.

— Bon, dit-il à Kathleen. Toi, tu attends dans le camion, tranquillement, pendant que Martin et moi on va s'occuper des méchants.

— Je ne sais pas ce que je donnerais pour avoir une tasse de thé.

— Dans la valise, à côté des armes, tu trouveras une grande Thermos. Cadeau de Mary. Et il y a aussi une boîte en métal avec des sandwichs au jambon et au fromage.

— Oncle Michael, tu es un ange. Tu penses à tout.

— Ce n'est pas moi qu'il faut remercier, c'est Mary. (Il se tourna vers Keogh.) Allez, Martin, le moment est venu.

Tully les regarda monter l'échelle en fer et l'espace d'un instant il songea à abattre Ryan, mais il y renonça quand il vit que Keogh le couvrait avec son AK. Ryan ouvrit alors la porte de la timonerie et braqua son arme sur Tully, Muller et Dolan.

— Bien le bonjour, messieurs.

Puis, d'une voix plus forte :

— Tu peux monter, Martin.

Quelques instants plus tard, Keogh se tenait à ses côtés.

— Ah, vous voilà, Tully. Comment va votre oreille ?

Tully le fusilla du regard.

— Ça pourrait aller mieux.

— Désolé pour vous.

— Fouille-le, lui dit Ryan.

Keogh palpa rapidement Muller et Dolan, avant de trouver un revolver Smith & Wesson dans la poche de Tully.

— Ça, c'est très méchant, dit Ryan. Ça m'étonne de vous.

— Je suis le capitaine, protesta Tully. Vous vous attendiez à quoi ?

— De votre part, à presque tout ! Où sont les deux autres ?

— Grant et Fox sont dans la salle des machines.

— On va leur rendre une petite visite, et en chemin on visitera le rafiot.

— Comme vous voudrez.

Tully s'approcha du chadburn et siffla. Fox répondit.

— M. Ryan veut jeter un coup d'œil à la salle des machines, dit Tully. On descend.

— Parfait, dit Ryan. On y va. (Il adressa un geste du menton à Dolan.) Vous aussi.

Depuis le pont situé sous la passerelle, un escalier menait à un étroit passage sur lequel donnaient deux portes. Sur l'une des portes était peint le mot « Toilettes ». Keogh l'ouvrit. Il vit une cabine de WC, une douche et un lavabo.

— C'est la seule pour tout le bateau ?

— Non, j'en ai une pour moi, dans ma cabine, sous la passerelle.

— Et l'autre porte ?

— C'est le quartier de l'équipage.

112

Keogh ouvrit cette porte et aperçut des couchettes en désordre, et des vêtements épars.

— Qu'est-ce que ça pue ! Personne ne se lave, sur ce bateau ?

Tully semblait fou de rage, mais il ne dit rien.

— Où est la salle des machines ? demanda Ryan.

— Là-bas.

— Bon, passez devant, tous les deux !

Tully ouvrit une porte au fond de la coursive, et le vacarme devint presque assourdissant. Ils descendirent un escalier et se retrouvèrent dans la salle des machines proprement dite. Grant et Fox étaient occupés à graisser les pistons et d'autres pièces mobiles.

— Tout va bien ? demanda Tully.

— Comme ça peut aller sur ce vieux tas de ferraille, répondit Grant.

— Les mains en l'air, messieurs, dit Keogh.

Ryan leva son arme et, d'un air résigné, les deux hommes s'exécutèrent. Keogh les fouilla, puis recula d'un pas.

— Ils n'ont rien.

— Parfait, dit Ryan. On retourne.

6

Lorsqu'ils ressortirent sur le pont, le temps s'était gâté, et l'*Irish Rose* accusait un fort roulis. La pluie tombait mise à tomber, dissipant un peu le brouillard. Ils s'en retournèrent tous dans la timonerie.

Tully s'assit à la table des cartes.

— Et maintenant ?

— Deux fois, ces dernières années, j'ai fait la traversée entre la région des Lacs et l'Ulster, lui dit Ryan.

— Ah, vraiment ?

— Oui, donc je sais où se trouve l'île de Man : à mi-chemin entre les deux côtes, et on passe au sud, en longeant ce qu'on appelle le Calf of Man.

— Si vous le dites.

— D'ailleurs il figure là, sur votre carte. A mon avis, on devrait apercevoir le phare vers minuit.

— Et alors ?

— Ce qui fait qu'on devrait accoster à Kilalla vers trois heures.

— Ça dépendra du temps.

— C'est exact, mais je vous conseille de garder le cap. J'ai un compas de marine, et je serais très déçu si je m'apercevais qu'on ne se dirige pas plein ouest.

— C'est bon, dit Tully d'un air las. Et ensuite ?

— Eh bien, comme il n'y a aucun endroit où j'aie envie de dormir sur ce rafiot pourri, nous utiliserons la cabine du camion. Il y a même une couchette derrière le siège du conducteur. (Il se tourna vers Keogh.) Donne-lui ta radio, Martin.

Keogh tira l'appareil de sa poche et le posa sur la table.

— Voilà.

— Qu'est-ce que c'est que ça ? demanda Tully.

— Un émetteur-récepteur. J'en ai un aussi, de sorte qu'on pourra rester en communication, nous en bas et vous en haut. Ah, autre chose. Je veux qu'un de vos hommes se tienne sur le pont, bien en vue, de façon à ce que je puisse le descendre au moindre coup tordu.

— Espèce de salaud.

— C'est vrai, j'ai toujours été un salaud, mais je tiens parole, et je vais vous donner une chance d'être raisonnable. (Il prit une enveloppe dans sa poche et la jeta sur la table.) Voici les cinquante mille livres que M. Keogh vous a reprises.

Tully eut l'air sidéré.

— Vous n'aurez qu'à recompter quand on sera partis. (Ryan eut un sourire diabolique.) Pas de coup bas, pas d'effusion de sang, et vous toucherez les autres cinquante mille à Kilalla, dans quelques heures. Réfléchissez. (Il adressa un signe de tête à Keogh.) On y va. Passe devant, Martin, on se couvre mutuellement.

Ils descendirent l'échelle l'un derrière l'autre. Tully, alors, ouvrit l'enveloppe et compta les billets.

— Quelle ordure ! lança-t-il.

— A quoi il joue ? demanda Dolan.

— Il m'offre une porte de sortie : si vous jouez le jeu, vous toucherez vos cent mille livres.

— Et tu comptes le faire ?

— Il y a cinquante millions de livres en or dans le camion, Dolan, cinquante millions !

— C'est vrai, mais c'est des durs, ces gars-là.

— Eh bien, moi aussi.

Tully, l'air buté, semblait absorbé dans la contemplation des cartes.

— Tu as une idée ? demanda Dolan.

— Pas pour l'instant. Si on ne passe pas au large du Calf of Man, il s'en rendra compte. En plus, il a un compas de marine. (Il secoua la tête.) Non, il faut garder le cap et attendre l'instant propice. Ça arrivera forcément. Peut-être au petit matin, quand on sera près des côtes d'Irlande.

— Oui, ils seront fatigués à ce moment-là.

— Et avec un peu de chance ils auront le mal de mer. Je ne l'ai pas dit à cette enflure, mais d'après la météo le temps va se gâter. Vers minuit, il soufflera des vents de force sept, et tu sais comment se comporte cette vieille barcasse par gros temps.

— Effroyable.

Un craquement dans la radio, et on entendit la voix de Keogh.

— Allô, le capitaine est là ?

Tully appuya sur le bouton.

— Qu'est-ce que vous voulez ?

— Un homme sur le pont.

— D'accord. (Il se tourna vers Dolan.) Vas-y, descends, Mick. Tu resteras deux heures, et je vous ferai relever par Muller. Et puis tu ferais bien de prendre un ciré. Tu vas en avoir besoin. (Un sourire cruel se peignit sur son visage.) Regarde, il a recommencé à pleuvoir.

Dolan avait terminé son quart, et c'était à présent Muller qui se tenait près de l'échelle, clairement visible dans les lumières glauques du pont, silhouette misérable cherchant à s'abriter de la pluie sous l'auvent de la timonerie.

— Ah, quel spectacle magnifique ! s'exclama Keogh en mordant à belles dents dans l'un des sandwichs au jambon de Mary.

En riant, Kathleen lui passa une tasse de thé.

— Tu es un type terrible, Martin.

— Je vais mettre un peu de chauffage, dit Ryan.

En quelques secondes, une douce chaleur se répandit dans la cabine du camion.

— Mmmm, qu'est-ce que c'est agréable, dit Kathleen.

Ryan prit un autre sandwich.

— Tu seras bien, là, dans la cabine. La couchette est confortable. Allez, dors un peu, Kathleen.

118

— Mais... et toi et Martin ?

— Oh, on peut rester comme ça une heure ou deux à bavarder. On dormira à tour de rôle.

Ils finirent de manger. Kathleen rangea le reste des sandwichs et la Thermos, puis elle se prit à contempler la mer déchaînée et l'obscurité déchirée par la crête blanche des vagues. L'*Irish Rose* roulait d'un bord à l'autre.

Elle étreignit le bras de Keogh.

— Excitant, n'est-ce pas ? dit-il d'un air sardonique.

— Arrête, Martin ! Je suis terrifiée, et tu le sais bien.

— Bah, après la pluie le beau temps, dit-il d'un air taquin.

Elle lui lança une bourrade dans l'épaule.

— Arrête, je te dis !

Ryan consulta sa montre.

— Neuf heures. Vas-y, allonge-toi sur la couchette et essaye de dormir. Tu te sentiras mieux, après.

— Bon, mais d'abord j'ai besoin d'aller aux toilettes.

— C'est la seule chose qu'on n'a pas, dit-il.

— Pour toi et Martin, c'est facile. Vous pouvez faire pipi à côté du camion, moi je ne peux pas.

— D'accord. (Il prit sa radio.) Tully ?

— Qu'est-ce que vous voulez ?

— Ma nièce a besoin d'aller aux toilettes. Keogh va l'accompagner, mais pour plus de précautions, il emmènera Muller.

— Entendu, dit Tully.

Keogh descendit du camion, son AK à la

main, la crosse repliée. Le vent charriait des paquets de pluie. Il se dirigea vers Muller.

— La demoiselle veut aller aux toilettes, alors vous passez devant et vous n'essayez pas de jouer au mariole.

Muller le regarda un instant droit dans les yeux, mais obtempéra. Il ouvrit la porte donnant sur l'escalier de la coursive et descendit le premier, suivi de Keogh et Kathleen. Puis, tandis que Kathleen s'enfermait, Keogh tint Muller au bout de son fusil d'assaut.

— Passez devant, dit-il lorsque la fille sortit.

Muller obéit d'un air résigné, et reprit son quart sous la timonerie tandis que Keogh et Kathleen remontaient à bord du camion.

— Et maintenant allonge-toi, lui dit Ryan. Tiens, il y a des couvertures. Essaye de dormir.

Elle s'exécuta. Son oncle et Keogh demeurèrent un long moment silencieux, à contempler la pluie ; elle fouettait le pare-brise du camion qui oscillait au rythme du roulis.

— On dirait les montagnes russes, dit finalement Ryan.

— Les Allemands l'ont construit pour le cabotage, répondit Keogh. Le fond est presque plat. (Il alluma une cigarette.) Au fait... je me suis dit que c'était drôlement pratique que Tully possède le seul pistolet qu'on ait trouvé.

— Je sais. Je n'y ai pas cru un seul instant.

— Pas mal, le coup de lui avoir rendu ses cinquante mille livres. Tu crois que ça marchera ?

— J'aimerais bien, mais j'en doute. C'est un animal cupide, mais ça valait quand même la peine d'essayer.

120

— Qu'est-ce qu'il va faire, à ton avis ?

— Oh, il va garder le cap, parce qu'il sait que je peux le contrôler sur mon compas de marine. J'imagine qu'il attendra qu'on soit près des côtes d'Irlande. Le mieux, pour lui, ça serait au petit matin. Ils supposent qu'on sera fatigués à ce moment-là, voilà pourquoi je te propose de dormir un peu pendant que je monte la garde.

Habitué, comme un soldat, à prendre une heure de sommeil quand c'était possible, Keogh inclina son siège, ferma les yeux et s'endormit presque instantanément. Un instant, Ryan l'observa, songeur. Un fonceur, ce type, et capable de tout, mais qui es-tu, Martin ? Qui es-tu vraiment ? Puis il reporta son attention sur Muller, jetant de temps à autre un coup d'œil à la lumière qui brillait dans la timonerie.

En sentant la main de Ryan sur son épaule, Keogh se réveilla en sursaut. Il consulta sa montre et vit qu'il était minuit.

— Tu aurais dû me réveiller avant, Michael. Toi aussi tu as besoin de sommeil.

— Moins que toi, je suis plus vieux. Tiens, regarde là-bas.

— Keogh aperçut une lueur intermittente qui trouait l'obscurité.

— C'est le Calf of Man ?

— Exactement. Et le cap est parfait. J'ai vérifié au compas.

— Donc, jusque-là ça va. Faut que je sorte un moment. Un besoin naturel.

Lorsqu'il descendit du camion, il dut lutter

contre la force du vent. C'était à nouveau Dolan qui se tenait sous la timonerie, et Keogh lui adressa joyeusement un signe de la main.

— Essaye de sourire, mon pauvre vieux ! lança-t-il.

Il se soulagea contre le camion, puis remonta à bord.

— A mon tour, dit Ryan.

Tully, qui assistait à tout ce manège depuis la timonerie, serra brusquement le poing, au comble de l'excitation.

— Voilà ! Voilà ! C'est ça ! (Il se tourna vers Muller.) Je vais prendre la barre. Va relever Dolan et dis-lui de monter ici. Vas-y vite, c'est important.

Muller s'exécuta et, quelques instants plus tard, Dolan fit son apparition, le ciré dégoulinant d'eau.

— Qu'est-ce qui se passe ? Je ne suis resté qu'une heure.

— Je crois que j'ai trouvé, dit Tully. La fille va vouloir retourner aux toilettes, c'est forcé.

— Et alors ?

— Dis-moi, Keogh a bien gardé Muller au bout de son fusil pendant qu'elle était dedans ?

— Oui.

— Qu'est-ce qui se passerait si quelqu'un attendait à l'intérieur des toilettes avec un flingue ? Il sortirait avec elle en lui collant le canon sous le menton. Qu'est-ce qu'il pourrait faire, M. Keogh la Terreur ?

— C'est pas bête, dit Dolan.

— Toi tu peux pas le faire. Ils finiraient par remarquer que tu n'es plus sur le pont. Descends dans la salle des machines et dis à Fox d'aller se poster dans les toilettes avec son flingue. Il n'a qu'à attendre. Explique-lui ce qu'on veut qu'il fasse.

— Combien de temps faudra qu'il attende ?

— Le temps qu'il faudra ! Et maintenant, file.

Tully dut s'agripper à la barre, car une soudaine bourrasque de vent du nord venait de frapper l'*Irish Rose*.

Il était un peu plus de deux heures, et le vent avait beaucoup forci. Ryan consulta sa montre.

— On ne doit plus être très loin. On devrait arriver vers trois heures.

Kathleen se réveilla avec un grognement et s'assit sur sa couchette.

— Hou là, je me sens mal. Quelle heure est-il ?

Ryan le lui dit, et elle descendit sur le siège.

— Il faut que je retourne aux toilettes.

— D'accord. Attends un instant.

Il appela Tully.

— Que voulez-vous ? demanda celui-ci.

— Ma nièce a besoin d'aller aux toilettes. On procédera comme la première fois.

— Entendu.

Tremblant d'excitation, Tully sortit les deux pistolets du tiroir et en passa un à Muller.

— Le moment venu, tu bloques la barre.

— Avec ce temps ? demanda l'Allemand.

— Ça ne durera pas longtemps. (Il siffla dans le chadburn.) Ça y est, Jock, c'est parti, dit-il à Grant. Prends ton pistolet et poste-toi au bout de la coursive de la salle des machines. La fille va aux toilettes.

— J'y vais, répondit Grant.

Tully frappa du poing sur la table des cartes.

— Ça va marcher ! Ça va marcher !

Dolan suivit la coursive, et s'immobilisa d'un air ennuyé sous la menace de l'AK de Keogh.

— Je ne serai pas longue, dit Kathleen.

En entendant des voix, Fox s'était dissimulé dans la douche et avait tiré le rideau. Lorsque Kathleen ressortit de la cabine des WC, il bondit sur elle, lui tordit le poignet gauche dans le dos et lui enfonça le canon de son pistolet dans la nuque.

— Maintenant, espèce de salope, ouvre la porte !

— Martin, fais attention ! cria-t-elle.

Fox la lâcha, ouvrit lui-même la porte et la poussa brutalement à l'extérieur, entre Keogh et Dolan, le pistolet toujours pointé sur sa nuque.

— Donne ce fusil à Dolan ! ordonna-t-il. Vas-y ! Donne-le-lui !

— Bute-les, Martin, bute-les tous les deux ! hurla-t-elle. Ne t'occupe pas de moi !

— Je la tue, je le jure ! s'écria Fox.

— Pas besoin. Calme-toi.

Keogh tendit l'AK à Dolan, crosse en avant. Ce dernier s'en empara et recula d'un pas. Un sourire mauvais éclairait son visage.

— Chacun son tour, salopard.

A l'extrémité de la coursive, la porte de la

124

salle des machines s'ouvrit, et Grant s'avança, un revolver à la main.

— C'est moi, les copains.

Fox se tourna pour le voir, et ce faisant baissa son arme. Kathleen plongea alors la main dans la poche de sa veste de jean et en tira le colt 25. Elle enfonça le canon dans le ventre de Fox et appuya deux fois sur la détente. Keogh, lui, releva rapidement la jambe de son pantalon, prit son Walther, mit un genou en terre et tira une première fois, touchant Dolan à l'épaule. Celui-ci lâcha le fusil d'assaut, pivota sur lui-même et reçut la deuxième balle dans la colonne vertébrale. Grant, paniqué, tira au jugé. Keogh riposta, le blessant à l'épaule. L'Ecossais réussit à battre en retraite dans la salle des machines.

Keogh ramassa l'AK et posa la main sur le bras de Kathleen.

— Ça va, Kate ?

— Très bien. (Elle éclata d'un rire nerveux.) J'ai fait ce que tu avais dit, et tu avais raison. Quand on tire à bout portant, on peut pas manquer sa cible.

— Allez, on se tire d'ici !

Il ouvrit la porte de la coursive et cria à l'adresse de Ryan :

— Michael, ils ont essayé de nous avoir !

— Vous êtes sains et saufs ? demanda Ryan en ouvrant la portière et en s'en servant comme bouclier.

— Tout va bien. Couvre-nous. On revient. (Il poussa Kathleen sur le pont.) Reste derrière moi, Kate.

Il se retourna et, apercevant du mouvement dans la timonerie, lâcha une courte rafale.

Kathleen réussit à regagner le camion sans encombre.

— Va dans la cabine arrière, lui dit Ryan. Tu seras plus en sûreté.

Il s'adressa alors à Keogh, qui s'abritait derrière la portière côté passager :

— Qu'est-ce qui s'est passé ?

Keogh lui raconta.

— Tu avais raison, déclara-t-il en conclusion.

— Oui, en général j'ai raison. C'est une mauvaise habitude.

Après un long détour par l'écoutille de la salle des machines, Grant réussit à rejoindre la timonerie. Il était pâle, les yeux révulsés, et du sang coulait de son épaule gauche. Il retira sa veste, et avec un morceau de chiffon s'efforça de bander son épaule.

— Cette petite salope a buté Fox : elle avait une arme. Et puis Keogh a tué Dolan et m'a tiré dessus. Qu'est-ce qu'on fait maintenant ?

— Ça, j'en sais vraiment rien, répondit Tully.

Il éteignit la lumière de la timonerie, puis ouvrit la fenêtre et guigna au-dehors. Voyant les deux portières du camion ouvertes comme des ailes, il se dit que Keogh et Ryan devaient s'abriter derrière. Choisissant le côté où se trouvait Keogh, il visa sous la portière, espérant le toucher aux pieds ou aux chevilles. Il tira six fois, vidant son revolver. La riposte fut terrible. Keogh et Ryan tirèrent chacun une longue rafale, et les vitres de la timonerie explosèrent en un ouragan de verre.

Tully et Grant n'eurent que le temps de se jeter sur le sol, mais Muller eut moins de chance. Il reçut plusieurs balles dans le dos et s'écroula. La barre se mit à tournoyer. Tully rampa jusqu'à la barre et, accroupi, réussit à la verrouiller.

— Ça tiendra un bout de temps.

— Mais combien de temps ? Et qu'est-ce qu'on fout, après ? demanda Grant.

— J'en sais vraiment rien.

Dix minutes plus tard, la radio émit un craquement.

— Vous êtes là, Tully ? demanda Ryan.

— Oui, on est encore trois, répondit Tully, dissimulant la mort de Muller. Il y a Muller, Grant et moi.

— Vous allez vous montrer raisonnable, maintenant ?

— Pourquoi ça ? Vous avez plus besoin de moi que moi de vous, Ryan. (Le roulis s'était accentué.) A moins que vous soyez capable de faire naviguer un bateau comme celui-ci, mais j'en doute, surtout avec le temps qu'il fait.

— Qu'est-ce que vous proposez ?

— J'en sais rien. En tout cas, une chose est sûre : tant qu'on se montre pas, vous ne pouvez pas nous atteindre, et c'est la même chose pour vous. Je dirais qu'on est dans l'impasse.

— Alors, qu'est-ce que vous proposez ?

— J'en sais rien. Je vais y réfléchir.

— Il a raison, lança Keogh depuis l'autre

côté du camion. On n'a aucun moyen de prendre d'assaut la timonerie. Ils nous tireraient comme des lapins.

— De toute façon, même si par miracle on arrivait à les dégommer, à quoi ça nous avancerait ? dit Ryan. Tu crois qu'on serait capables de faire marcher ce bateau tout seuls, toi et moi ? J'en doute.

— Tant que le moteur tourne, on pourrait toujours garder le cap sur l'Irlande.

— Sans personne pour s'occuper des machines ? (Ryan secoua la tête.) Je ne crois pas.

Il ne se passa rien pendant environ un quart d'heure, puis la voix de Tully se fit entendre dans l'appareil :

— Vous êtes là, Ryan ?

— Qu'est-ce que vous voulez ?

— On n'est plus qu'à trois milles de la côte de Down.

— Vous faites toujours route vers Kilalla ? Vous pourriez encore nous débarquer là-bas, prendre les cinquante autres mille livres et on en resterait là.

— Je n'ai pas confiance. Après ce qui est arrivé, vous allez vouloir m'abattre comme un chien. De toute façon, Kilalla est à plusieurs milles au nord.

— Alors qu'est-ce que vous proposez ?

— Je peux faire demi-tour quand je veux.

— Et on continuerait de naviguer indéfiniment, comme le vaisseau fantôme, vous là-haut dans la timonerie et nous en bas ? Et où ça nous mènerait ?

— Vous, nulle part !

Et Tully coupa à nouveau la communication.

— Ça ne me plaît pas, ça, dit alors Keogh. Il va falloir que je grimpe là-haut. Toi, tu tireras pour me couvrir.

— Tu es fou ou quoi ? rétorqua Ryan. Tu n'as pas la moindre chance, et tu le sais bien.

— Comment va ton bras ? demanda Tully à Grant.

— Ça fait horriblement mal, mais c'est superficiel, je n'en mourrai pas.

— Avec toi en bas aux machines et moi à la barre, on pourrait rentrer en Angleterre, tu crois pas ?

— J'imagine. A quoi tu penses ?

— Je vais lui faire une dernière proposition.

La voix de Tully retentit dans l'appareil :

— Ryan ?

— Qu'est-ce que vous voulez ?

— Je pourrais retourner en haute mer, comme je l'ai dit, et on continuerait à naviguer jusqu'à ce qu'on n'ait plus de gazole. Alors on se mettrait à dériver, et quelqu'un finirait par alerter les gardes-côtes. Et là, ça sentirait le roussi pour tout le monde.

— Exact. Que proposez-vous ?

— Pourquoi ne pas limiter la casse ? Vous prenez le gros canot pneumatique jaune, avec le moteur hors-bord. On n'est qu'à deux milles

129

de la côte : vous l'atteindrez rapidement, maintenant que le vent est un peu tombé.

— En vous laissant l'or ? Et nous, qu'est-ce qu'on a dans tout ça ?

— La vie sauve.

— Et vous, vous nous canardez dès qu'on est montés dans le canot.

— Depuis la timonerie, je ne peux même pas vous voir, à cause du camion. Réfléchissez. Je vous donne encore cinq minutes, ensuite je fais demi-tour.

Il coupa la communication.

— On ne peut pas faire ça, oncle Michael ! s'écria Kathleen, furieuse. Pas après ce qu'on a déjà fait !

— Je sais, ma grande, je sais. (Il se tourna vers Keogh.) Qu'est-ce que tu en penses, Martin ?

— Je pense que nous n'avons pas tellement le choix.

— Alors on remet ça à un prochain jour ? (Un sourire mauvais se peignit sur les traits de Ryan.) Evidemment, il y a une autre possibilité : faire en sorte que Tully non plus ne récupère pas l'or.

— Comment ça ? demanda Keogh.

Ryan leur exposa son plan.

Un moment plus tard, il appelait Tully.

— C'est bon, vous avez gagné. Accordez-moi quelques minutes, le temps que Keogh vérifie que vous ne pouvez vraiment pas voir le canot à cause du camion. Je vous rappelle tout de suite.

130

Dans la timonerie, Tully éclata d'un gros rire et se tourna vers Grant.

— Ça a marché. Ce salopard s'en va. On a gagné.

— Si c'est vraiment son intention.

— Il ne peut pas faire autrement. Il n'a plus rien à gagner à rester ici.

On entendit à nouveau la voix de Ryan :

— Ça va, Tully, tout est en ordre. On se retrouvera en enfer un de ces jours.

Il coupa la communication et Tully rit encore.

— Je l'ai eu, ce salaud ! Cinquante millions de livres rien que pour moi !

— Tu veux dire pour nous, corrigea Grant.

— Bien sûr. (Il sourit.) On a besoin l'un de l'autre. Allez, on fait demi-tour.

A l'abri du camion, Keogh et Ryan mirent le canot pneumatique à la mer et l'arrimèrent au bateau. Puis Keogh embarqua le premier pour s'occuper du moteur hors-bord, qui démarra du premier coup avec un énorme ronflement.

— A toi, Kathleen, dit Ryan.

Keogh aida la jeune fille à descendre, alors que la poupe du navire s'élevait et s'abaissait au-dessus d'eux au rythme des vagues menaçantes.

— Dépêche-toi, Michael ! lança Keogh.

— Attends, je dois d'abord laisser son cadeau d'adieu à Tully : une demi-livre de Semtex et un détonateur retard d'une minute.

Il ouvrit l'écoutille de poupe, balança le Semtex à l'intérieur et referma l'écoutille. Un instant plus tard, il sautait à bord du canot pneumatique et détachait l'amarre. Keogh fit ronfler le moteur.

Ils s'étaient éloignés d'une cinquantaine de mètres lorsque la poupe de l'*Irish Rose* explosa dans l'obscurité avec une flamme gigantesque. Ensuite, tout se passa très vite. Le navire prit de la gîte, la proue se dressa vers le ciel et il coula par l'arrière. Il disparut en quelques secondes, dans un bouillonnement d'écume.

— Vous voilà crevés avec votre or, bande de salopards ! lança Ryan en passant un bras autour des épaules de sa nièce. Allez, Martin, conduis-nous à la côte.

Il était quatre heures du matin, et le ciel s'éclairait à peine lorsqu'ils abordèrent à une vaste plage bordée d'arbres. Keogh coupa le moteur et sauta à terre avec le filin, suivi de Ryan et de Kathleen.

— Qu'est-ce qu'on fait du canot ? demanda Keogh.

Ryan braqua dessus le faisceau de sa torche électrique.

— Apparemment, il n'y a pas de nom dessus. Fais quelques trous dedans, Martin.

Keogh repoussa à l'eau le canot qui se mit à dériver. Puis il visa soigneusement avec son Walther équipé du silencieux, et tira deux fois. Quelques instants plus tard, le canot disparaissait.

— A ton avis, où est-ce qu'on est, oncle Michael ? demanda Kathleen.

— Je n'en ai pas la moindre idée, mais ça n'a

guère d'importance. On est en Ulster. (Il se tourna vers Keogh.) Et maintenant, Martin ?

— Je crois que le mieux c'est qu'on se sépare, répondit Keogh. Chacun reprend sa route.

— On ne peut pas rester ensemble ? demanda Kathleen, visiblement bouleversée.

— Je pense que non, Kate. Ton oncle a des projets, et désormais il doit faire attention à Reid et au Conseil militaire. Ce petit voyage d'agrément m'a suffi. Je te dis adieu, Michael.

Il serra la main de Ryan.

— Kathleen, alors, lui saisit le bras et l'embrassa sur la joue.

— Bonne chance, Martin, et merci encore pour tout ce que tu as fait.

— Je n'ai pas pu te payer ce que je te devais, dit Ryan. Je le regrette.

— Ne t'inquiète pas, dit Keogh en souriant. On a passé de bons moments.

Il s'éloigna, mais Ryan le héla.

— Qui es-tu, Martin, qui es-tu vraiment ?

— Il y a des jours où je n'en sais rien moi-même, répondit Keogh avant de disparaître au milieu des arbres.

— On y va, déclara Ryan. Dès qu'on voit une route, on la suit : elle nous mènera bien quelque part.

L'aube se levant, il leur fut relativement facile de trouver leur chemin à travers les arbres. Quelques minutes plus tard, ils atteignaient une petite route de campagne. Avisant un poteau indicateur à la sortie d'un virage, Ryan dit à sa nièce :

— Reste à couvert, je vais voir où on est.

Il gagna sous la pluie le poteau indicateur, lut l'inscription et revint se mettre à l'abri sous les arbres, où il alluma une cigarette.

— A cinq kilomètres d'ici, sur la gauche, il y a Drumdonald. Et à huit kilomètres, sur la droite, Scotstown. Autant aller au plus court.

Ils demeurèrent silencieux un moment, puis elle dit :

— Tout ça pour rien. On ne sait même pas où l'*Irish Rose* a coulé.

— Tu crois ça ? (Il éclata de rire, et tira de sa poche un petit instrument noir qui ressemblait au Howler.) Voila un autre gadget que m'a trouvé ce jeune génie de l'électronique de la Queen's University. Ça s'appelle un Master Navigator. Je lui ai donné les noms de Marsh End et de Kilalla et il a programmé leur position. Cet instrument m'a fourni le cap et notre position tout au long de la traversée. Je sais exactement où l'*Irish Rose* a coulé.

— Mon Dieu ! Et tu ne me l'as pas dit.

— Il y a des choses que je préfère garder pour moi.

— Bon, qu'est-ce qu'on fait maintenant ? demanda Kathleen. Reid et ce porc de Scully doivent être à notre recherche.

— Il y a aussi le Conseil militaire, renchérit Ryan. Je crois donc que le moment est venu de partir en voyage. On raconte que c'est très beau, l'Amérique, à cette époque de l'année. On a une planque à Bundoran, avec des faux passeports. Tu sais comme je suis prudent.

— Mais pour l'argent, oncle Michael ? Comment est-ce qu'on va faire ?

— Oh, je n'ai pas été tout à fait honnête avec Martin. J'ai encore sur moi les cinquante mille livres que je devais donner à Tully.

— Tu es formidable !

— Ça devrait nous permettre de tenir un certain temps. Quand ça sera fini, je trouverai quelque chose.

— Par exemple ?

— J'ai déjà braqué des banques en Ulster. Il n'y a pas de raison que je ne fasse pas la même chose aux Etats-Unis.

— Parfois je me dis que tu es complètement fou.

— Et parfois c'est vrai. Allez, on y va !

Il lui donna le bras, et ils prirent la route de Drumdonald.

Seule la pluie troublait le silence. Puis Keogh sortit de l'abri des arbres, où il avait écouté toute la conversation.

— Espèce de vieux renard, grommela-t-il avec une nuance d'admiration dans la voix.

Et il prit la direction opposée, vers Scotstown.

Il était six heures du matin, à Dublin, et Jack Barry était encore couché aux côtés de sa femme lorsque retentit la sonnerie du téléphone portable posé sur la table de chevet. Il se glissa hors du lit, prit l'appareil et gagna la salle de bains.

— Allô ?

— Un appel pour vous en PCV de la part de M. Keogh. Vous l'acceptez ?

— Bien sûr.

Un instant plus tard, Barry entendit la voix de Keogh.

— C'est toi, Jack ?

— Où es-tu ?

— Dans une cabine publique à Scotstown, sur la côte de Down.

— Que se passe-t-il ? J'ai vingt hommes de la brigade du comté de Down qui attendent à Kilalla.

— Renvoie-les chez eux. L'*Irish Rose* ne viendra pas.

— Raconte-moi !

Keogh s'exécuta.

— Bon Dieu, quelle histoire ! s'écria Barry lorsqu'il eut terminé. Quel dommage que ça se soit terminé comme ça !

— Oui. Mais quel type, ce Michael Ryan !

— Je me disais que... quand tu étais sous les arbres, tu aurais pu buter ce connard et récupérer ce Master Navigator. On aurait su l'endroit exact où avait coulé le rafiot.

— Un peu sanglant pour s'emparer de cet or, tu ne trouves pas, Jack ?

— Ça m'a tout l'air d'un prétexte. On s'amollit, mon vieux ?

— Je l'aime bien, Jack, et la fille aussi. L'or n'est pas arrivé à destination, les loyalistes n'auront pas de quoi déclencher une guerre civile. Restons-en là.

Barry éclata d'un rire mauvais.

— Toi, alors ! Mais tu as raison, comme toujours. Tu es à Scotstown, tu dis ? Ecoute, il y a un pub qui s'appelle le Loyalist, mais l'habit ne fait pas le moine et le patron, Kevin Stringer, est l'un des nôtres. Je vais lui passer un coup

136

de fil et lui dire de t'attendre. J'enverrai une voiture te chercher, plus tard.

— C'est bon.

— Fais quand même gaffe.

Keogh sortit de la cabine et demeura un moment immobile sous la pluie, songeant à Michael Ryan et à sa nièce. Un peu surpris lui-même, il se rendait compte qu'il souhaitait bonne chance à ses ennemis. Il alluma une cigarette et descendit la rue du village, à la recherche du pub.

Etat de New York
Irlande
Londres
Washington
Irlande

1995

7

Paolo Salamone marchait sur la pelouse en compagnie de son avocat, Marco Sollazo. En dépit de leurs noms siciliens, tous deux étaient de bons Américains, nés aux Etats-Unis. Là s'arrêtaient leurs points communs.

Salamone était un enfant de la rue, originaire de Little Italy, à New York, il avait suivi le chemin classique des membres de la Mafia. D'abord il avait fait partie des obscurs, des sans-grade, les *piccioti*, avant d'accomplir trois assassinats, ce qui lui avait valu d'entrer au sein de la famille de Don Antonio Russo, en qualité de *sicario*, de tueur à gages. Il avait été envoyé deux fois en prison pour des affaires relativement mineures, dont un trafic de drogue. Deux ans auparavant, alors qu'il procédait à l'exécution d'un rival de Don Antonio, il avait été surpris par l'arrivée inopinée d'une femme policier. Dans l'échange de coups de feu qui en était résulté, il avait reçu une balle dans la jambe, mais la femme policier avait été tuée. S'il n'avait été condamné qu'à vingt-cinq ans de prison et non à la réclusion à perpétuité, il le devait à l'habileté de son avocat, Marco Sollazo, le propre neveu de Don Antonio.

Tandis qu'il purgeait sa peine à l'Ossining Correctional Facility, il avait suivi une formation complète d'infirmier, et on l'avait donc transféré à Green Rapids, pensant qu'il serait plus utile dans l'infirmerie de cette prison.

Marco Sollazo, trente-cinq ans, plutôt bel homme, les cheveux noirs coiffés en arrière, de tempérament assez sombre, avait revêtu ce jour-là un complet rayé Armani et une cravate classique. Typique produit de Groton et de la faculté de droit de Harvard, il avait été couvé par son oncle Don Antonio dont il faisait la joie et la fierté.

— Marco, tu m'as dit au début que tu pourrais faire requalifier les faits en homicide involontaire, et maintenant tu m'annonces que je passerai peut-être encore vingt-trois ans ici.

— Je fais de mon mieux, dit Marco, mais c'est difficile.

— Eh bien, moi aussi je fais de mon mieux. Je sais plein de choses sur la Famille, mais je ne dis rien.

— Oh, Paolo, je crois que Don Antonio n'aimerait pas t'entendre parler comme ça. Ça lui ferait beaucoup de peine.

— Eh, faut pas me faire dire ce que j'ai pas dit, se hâta d'ajouter Paolo. Je ne trahirai jamais mon parrain. Je voulais juste dire que j'aimerais bien qu'on m'aide.

— Je sais, je sais, dit Marco d'un air compatissant. Je compte explorer tous les moyens possibles. Don Antonio a beaucoup d'influence. On ne sait jamais.

142

Salamone lui étreignit alors le bras.

— Et si je te donnais un bon tuyau, un très, très bon tuyau ?

— Vas-y, je t'écoute.

Salamone conduisit Sollazo jusqu'à un banc. Au milieu des prisonniers et des proches venus leur rendre visite, il lui montra un homme d'environ soixante-cinq ans, les cheveux gris, accompagné d'une jeune fille aux cheveux noirs, qui pouvait avoir vingt-cinq ans.

— Il se fait appeler Liam Kelly, dit Salamone. La femme, c'est sa nièce, Jean Kelly. Elle est infirmière à l'Hôpital général de Green Rapids.

— Eh bien ?

— Il a été condamné à vingt-cinq ans de prison pour avoir tué un policier en braquant une banque à Pleasantville, il y a dix ans. Je l'ai connu à Ossining, mais il a été transféré ici parce qu'il a eu une crise d'angine de poitrine, et qu'il y a l'hôpital à côté. Tu vois, c'est particulier : on a une excellente infirmerie à la prison, mais dès qu'il y a un problème ils envoient le patient à l'Hôpital général.

— Où veux-tu en venir ?

— Attends. Le mois dernier, il a eu une attaque. J'aurais dû te dire qu'il est irlandais, mais pas du genre habituel. Il a ce drôle d'accent qu'ils ont en Irlande du Nord. En tout cas, il allait pas bien, il avait de la fièvre. On lui a mis une perfusion et on l'a placé dans une chambre seul. J'étais infirmier de nuit, à l'époque, et je devais le surveiller.

— Et alors ?

— Il s'est mis à délirer, et il a débité des tas

de choses bizarres. Il n'arrêtait pas de parler d'un bateau nommé l'*Irish Rose,* et il disait qu'il était le seul à savoir où il avait coulé, le seul à savoir où se trouvait l'or.

Un long silence suivit ses paroles.

— Le seul à savoir où se trouvait l'or ? demanda Sollazo. C'est bien ça qu'il a dit ?

— Oui.

— Qu'as-tu fait ?

Visiblement, Salamone goûtait fort la situation.

— Je suis allé à la bibliothèque de la prison : ils ont beaucoup d'ordinateurs. J'ai tapé le nom d'*Irish Rose* et ça a marché.

— Continue.

— Il y avait un article dans le *New York Times,* à l'automne 1985. Apparemment, un camion transportant cinquante millions de livres en or avait été détourné dans le nord-ouest de l'Angleterre, près de la côte. D'après la police, le camion aurait été embarqué sur un bateau, l'*Irish Rose.*

— Et ensuite ?

— Le bateau a disparu, mais on a retrouvé sur la côte d'Irlande des gilets de sauvetage et les restes d'un canot pneumatique. Fin de l'histoire.

— L'article ne disait pas qui aurait pu être derrière tout ça ?

— Pas un mot.

— Intéressant, dit Sollazo. Viens, on va marcher un peu.

Ils se mirent à déambuler sur la pelouse et passèrent devant le banc où Kelly et sa nièce avaient pris place. Au moment où elle relevait un peu la tête, Salamone lança :

— Salut, Liam.

— Comment vas-tu, Paolo ?

Ils poursuivirent leur chemin, et Kathleen Ryan demanda à son oncle, avec un accent plus américain qu'irlandais :

— Qui est-ce ?

— Paolo Salamone. Il travaille à l'infirmerie. On a quelque chose en commun : on a été condamnés tous les deux à vingt-cinq ans pour le meurtre d'un policier, sauf que lui c'était une femme. A part ça, comment vas-tu, toi ?

— Ça va. J'ai beaucoup de travail à l'hôpital.

— Toujours pas d'homme dans ta vie ?

— Trop de soucis. (Elle sourit.) J'ai eu de la chance de trouver ce travail à Green Rapids. Au moins, je peux te voir régulièrement.

— Pendant combien de temps ? Quinze ans ? (Il secoua la tête.) Tu ne peux pas gâcher ta vie de cette façon, Kathleen.

Pris soudain par la colère, il se leva.

— Bon Dieu, comment ai-je pu être aussi bête ! Une banque dans une petite ville ! Je croyais que ça allait être du gâteau ! Et ce policier qui a tourné le coin de la rue...

— C'est le genre de choses qui arrivent.

— Encore heureux que tu aies eu le temps de t'enfuir avec la voiture !

Il alluma une cigarette.

— Tu sais que tu ne devrais pas fumer, dit-elle.

— Comme ça je pourrai passer un an ou deux de plus au centre de détention de Green Rapids ? (Il eut un sourire las et jeta la cigarette

sur le sol.) D'accord, je vais être obéissant.
Allez, je te raccompagne à la grille.

Dans la foule de ceux qui prenaient la même
direction, elle reconnut Salamone et Sollazo.
Devant le portique de sécurité, Ryan l'embrassa
sur la joue.

— Merci de ta visite.

— Je reviens te voir vendredi.

Elle gagna sa voiture et, en ouvrant sa portière, remarqua Sollazo qui se dirigeait vers
une Porsche gris métallisé. Il lui lança un
regard distrait qui, sans qu'elle sût pourquoi, la
mit mal à l'aise, et elle se hâta de monter en voiture.

En la regardant s'éloigner, Sollazo appela son
bureau sur son téléphone mobile.

— Allô, Rosa ? Voulez-vous me trouver un
article du *New York Times* relatant une attaque
de transport de fonds en Angleterre, et dans
lequel il est question d'un navire qui aurait
coulé, l'*Irish Rose*.

— Bien, monsieur. Rien d'autre ?

— Si. Appelez nos correspondants à Londres
et demandez-leur de nous trouver des articles
de presse relatifs à cette affaire. Ils seront probablement plus détaillés. J'ai besoin de ça tout
de suite.

— D'accord, je m'y mets à l'instant.

— Ce soir, je dîne tôt avec Don Antonio.

— Dans la maison de Long Island ?

— Non, dans l'appartement de la tour
Trump. Dès que vous aurez reçu les renseignements d'Angleterre, faxez-les-moi là-bas.

— Bien, monsieur.

En reprenant la route, Sollazo songea que le

prix de l'or avait beaucoup augmenté. Cinquante millions de livres de 1985, cela valait le double, à présent.

Dans sa chambre de l'Hôpital général de Green Rapids, Kathleen Ryan se déshabilla et prit une douche. Elle devait commencer son service de nuit une heure plus tard, aux urgences de chirurgie, et ne le quitter qu'à six heures du matin. Cela ne lui déplaisait pas : elle aimait son travail et l'accomplissait avec compétence.

Après sa condamnation, son oncle avait insisté pour qu'elle apprenne un métier, et elle avait travaillé d'arrache-pied pendant cinq ans pour obtenir son diplôme. La période d'Ossining avait été dure : elle ne l'avait vu que rarement, dans cette sinistre forteresse. D'une certaine façon, ses problèmes cardiaques avaient été une chance pour lui, puisqu'ils lui avaient valu un transfert à Green Rapids, où le régime était moins dur. Ensuite, après avoir trouvé ce poste à l'hôpital de la ville, elle avait pu lui rendre visite plus souvent.

Mais elle souffrait de le voir ainsi, lui qui n'était plus que l'ombre de ce qu'il avait été à l'époque glorieuse où ils s'attaquaient victorieusement à l'IRA et parfois même à l'armée britannique. A évoquer ces souvenirs, elle se sentit parcourue d'un frisson presque sexuel.

Elle s'essuya avec sa serviette, sécha ses cheveux courts et revêtit son uniforme. Puis elle se coiffa devant le miroir qui lui renvoya l'image d'un visage dur, aux yeux noirs, le visage d'une fille guère jolie mais aux traits saisissants, qui à l'âge de quatorze ans avait tué à la grenade deux membres de l'IRA et à seize tiré à bout portant sur un homme nommé Bert Fox.

Tout lui revint en même temps. La région des Lacs, la route déserte, l'assaut contre le camion de transport de fonds, Martin Keogh et l'affrontement final à bord de l'*Irish Rose*. L'excitation d'autrefois s'emparait à nouveau d'elle.

— Il faut qu'il sorte de là ! s'exclama-t-elle à haute voix. Il ne peut pas pourrir là-dedans pendant encore quinze ans !

Envahie par le désespoir, elle s'assit, ouvrit un tiroir de son bureau et en tira une pochette. A l'intérieur se trouvait une grande enveloppe contenant cinquante mille dollars en liquide. Cet argent, elle l'avait patiemment mis de côté depuis la condamnation de son oncle, dans le fol espoir qu'un jour il parviendrait à s'évader. Elle était même allée à New York voir un faussaire qui avait partagé la cellule de son oncle à Ossining, et qui lui avait fourni deux faux passeports irlandais à mille dollars pièce, un prix de faveur.

Elle les examina. Daniel et Nancy Forbes. Mais elle avait accompli tout cela en pure perte, elle s'en rendait compte à présent, car, en dépit de son régime libéral, à Green Rapids les mesures de sécurité étaient draconiennes.

En regardant la photo du passeport, elle eut l'impression d'observer une inconnue.

— Qu'est-il arrivé à Kathleen Ryan ? demanda-t-elle doucement.

Au même instant, la porte de sa chambre

s'ouvrit et une infirmière jeta un coup d'œil à l'intérieur.

— Tu es prête, Jean ?

— J'arrive. Je te suis.

Elle referma la pochette, la remit dans le tiroir et quitta la pièce.

Don Antonio avait soixante-dix ans et d'amples proportions, soulignées par son costume en lin de couleur crème. Ses longs cheveux gris coiffés en arrière révélaient un visage plein et arrogant. Cet homme avait toujours su imposer sa volonté. En voyant Sollazo entrer dans le somptueux salon de son appartement de la tour Trump, il se leva et s'avança vers lui, appuyé sur sa canne.

— Ah, Marco, je suis content de te voir. (Ils s'étreignirent.) Un verre de champagne ? (Don Antonio claqua des doigts à l'adresse d'un serviteur.) Ah, au fait, des fax sont arrivés pour toi. Est-ce que ton bureau ne pourrait pas te laisser tranquille au moins pendant une soirée ?

— Excuse-moi, mon oncle, mais c'est important. Je peux ?

— Bien sûr.

Sollazo alla chercher les fax dans le bureau et les parcourut rapidement. Puis il revint au salon, accepta le verre de champagne et s'assit en face de son oncle.

— Pouvons-nous parler affaires ?

— Toujours.

— Bon.

Et Sollazo lui rapporta en détail sa conversation avec Salamone.

— C'est plus qu'intéressant, déclara Don Antonio lorsqu'il eut terminé. Et les fax ?

— Ils confirment l'article du *New York Times*, mais donnent plus de détails. Evidemment, comme toujours avec les journaux, les versions diffèrent, pourtant, en gros, tous racontent la même histoire. Un camion contenant cinquante millions de livres en lingots d'or a été détourné sur une route de campagne, dans la région des Lacs, en Angleterre. Un jeune garçon a déclaré à la police qu'il avait été chassé après avoir aperçu un ferry-boat nommé l'*Irish Rose* amarré à une jetée désaffectée près de l'endroit où avait eu lieu l'attaque du fourgon.

Il a aussi déclaré avoir vu le même jour, plus tard, un camion correspondant à la description du fourgon quitter la route principale et s'engager sur la petite route menant à la jetée.

— Et alors ?

— Visiblement, le camion a embarqué sur le ferry.

— Et que s'est-il passé ?

— Fin de l'histoire. Quelques jours plus tard, on a retrouvé sur les côtes du comté de Down les restes d'un canot, des gilets de sauvetage, etc., qui portaient le nom de l'*Irish Rose*.

— Je vois. (Don Antonio demeura un instant songeur.) Et d'après Salamone, au cours d'un accès de fièvre, ce Kelly aurait confié qu'il était le seul à savoir où le bateau avait coulé ?

— C'est ça.

— Et tu dis qu'il y en avait pour cinquante millions de livres en lingots ?

— Oui, mais il y a dix ans. Depuis, le cours

150

de l'or a beaucoup grimpé. A présent, ça devrait représenter au moins cent millions de livres.

— Une somme qui n'est pas négligeable.

— Je me disais que de nos jours, avec les moyens modernes, on arrive assez facilement à remonter des épaves. Simplement, il faudrait savoir où se trouve le bateau, ce que les autorités ignorent.

Don Antonio écoutait en hochant la tête d'un air approbateur.

— Je me demande pour qui travaillait ce Kelly, finit-il par demander. Etait-ce pour son propre compte, ou bien pour l'IRA ou quelque chose dans ce genre ?

— Je ne sais pas, répondit Sollazo.

— Tu sais, il y a quelques années, j'ai fait des affaires avec l'IRA. Nous leur fournissions des armes grâce à des filières en Sicile. Leur chef d'état-major s'appelait à l'époque Jack Barry.

— En ce moment, il y a des pourparlers de paix avec l'IRA. Gerry Adams, le dirigeant du Sinn Fein, est venu à la Maison-Blanche.

— Et alors ? dit Don Antonio. Barry est un vieux renard. Si quelqu'un est au courant de cette affaire, c'est bien lui. Son numéro personnel à Dublin se trouve dans mon carnet spécial, premier tiroir à droite de mon bureau. Va me le chercher, s'il te plaît.

La pluie battait aux carreaux, et Jack Barry, dans sa maison de Dublin, lisait le journal près du feu lorsque la sonnerie du téléphone retentit.

— Allô ?

— Monsieur Jack Barry ? C'est vous ? Je suis un de vos vieux amis, du moins je l'espère. Don Antonio Russo à l'appareil.

— Mon Dieu, s'écria Barry. Que puis-je faire pour vous ?

— Dites plutôt que pouvons-nous faire l'un pour l'autre, monsieur Barry. Je viens vous parler affaires. Est-ce que le nom *Irish Rose* vous dit quelque chose ?

Barry déglutit avec difficulté.

— Pourquoi, ça devrait ?

— Que diriez-vous si je vous apprenais qu'un type qui se fait appeler Kelly a raconté, dans un accès de fièvre, qu'il était le seul à savoir où ce bateau avait coulé, le seul à savoir où se trouvait l'or ?

— Je dirais que c'est très intéressant.

— Bien. Il me semble donc que nous avons des intérêts communs. Mon neveu, Marco Sollazo, qui est aussi mon avocat, viendra vous voir demain.

— Je serai très heureux de le rencontrer.

Don Antonio raccrocha.

— On a un bon informateur au centre de détention de Green Rapids ?

— Oui, excellent.

— Téléphone-lui tout de suite. Il nous faut le plus rapidement possible la photo de Kelly. Ensuite, contacte l'aéroport et dis-leur de préparer le Gulfstream pour un départ immédiat. Disons pour minuit. Il y a quatre heures de décalage avec l'Irlande, en sorte que tu pourras voir Barry en fin de matinée.

— Bien, mon oncle.

— Et maintenant, allons dîner, dit Don Anto-

152

nio en souriant. Je me sens soudain de grand appétit.

Le lendemain, à Dublin, un peu avant midi, on sonna à la porte de chez Jack Barry. C'était Marco Sollazo.

— Monsieur Barry ?

— Vous devez être monsieur Sollazo.

— Oui, c'est moi.

— Entrez un instant, le temps que je prenne mon imperméable. Excusez le désordre, mais je vis seul en ce moment. Ma femme est morte l'année dernière.

Marco Sollazo attendit dans le petit salon. Il y avait un canapé, deux fauteuils, une cheminée et, un peu partout, des photos d'enfants à différents âges. Cet intérieur familial convenait parfaitement à cet homme affable d'une soixantaine d'années qui, pourtant, avait été, pendant des années, le chef d'état-major de l'IRA provisoire.

Il revint vêtu d'un imperméable et coiffé d'une casquette.

— Nous ferons un tour dans le parc, et ensuite nous irons boire quelque chose et manger un morceau au Cohan's Bar.

— Comme vous voudrez.

Dans l'entrée, Barry prit un parapluie accroché à la patère.

— Au cas où, dit-il. On est en Irlande, vous savez.

Le parc se trouvait de l'autre côté de la rue, derrière des grilles peintes en vert.

— On ne peut pas parler chez vous ?

demanda Sollazo. On a truffé votre maison de micros ?

— Pas du tout ! Oh, ils ont bien essayé, autrefois, et tous : les services secrets britanniques, l'Irish Intelligence et la Special Branch de Dublin. Mais mes propres experts venaient une fois par semaine et faisaient le ménage dans ma maison. J'imagine que votre oncle a dû prendre les mêmes précautions.

— Il continue, d'ailleurs.

— Eh bien moi, je ne suis plus chef d'état-major de l'IRA, dit-il en souriant. Le temps de faire la paix est venu, m'a-t-on dit.

— Alors l'IRA, c'est fini ?

Barry éclata de rire.

— Vous croyez au Père Noël ? J'ai été remplacé par un autre chef d'état-major, dans tout le pays notre structure de commandement est intacte, et comme le Président américain et le Premier ministre britannique s'en sont aperçus, à leurs dépens, nous n'avons pas du tout l'intention de déposer les armes.

— Oui, d'après les journaux, le refus de l'IRA de déposer les armes sera au centre des discussions de Londres entre le Président américain et le Premier ministre britannique, vendredi.

— Ils pourront discuter tant qu'ils voudront, ça ne changera rien. Quoi qu'il arrive, on ne lâchera pas nos armes.

— Vous ne croyez pas que cette période de paix va durer ?

— La paix n'a jamais tenu, dans le passé. (Ils franchirent les grilles du parc, et il se mit à pleuvoir. Barry ouvrit le parapluie.) Je vous l'avais dit. Bon, venons-en à nos affaires.

Sollazo lui montra la photo que leur avait transmise la veille leur informateur de Green Rapids.

— Vous connaissez cet homme ?

— Très bien. Il s'appelle Michael Ryan, un ancien homme de main loyaliste, un orangiste de Belfast.

— Seriez-vous étonné si je vous apprenais qu'il est en prison aux Etats-Unis depuis dix ans ?

— Quelle surprise ! dit Barry en souriant. Il a complètement disparu depuis 1985, et je n'ai jamais compris pourquoi. Qu'est-ce qu'il a fait ?

— Il a tué un policier au cours d'un braquage de banque. Il en a pris pour vingt-cinq ans.

— Pauvre type, dit Barry en émettant un petit sifflement. Il doit avoir soixante-cinq ans, maintenant. Il n'a pas beaucoup de chances d'en sortir, j'imagine.

— Pas vraiment. Il peut demander une mise en liberté surveillée après avoir purgé quinze ans de peine, mais il aura environ soixante-dix ans à ce moment-là, et de toute façon je doute qu'on la lui accorde. Il a quand même tué un policier.

— Quelle identité a-t-il prise ?

— Liam Kelly. Comme il a des problèmes cardiaques, on l'a transféré d'Ossining au centre de détention de Green Rapids. Ils ont une bonne infirmerie dans cette prison, et l'hôpital de la ville a une excellente réputation. Sa nièce, qui est infirmière à l'hôpital, lui rend visite régulièrement. Elle se fait appeler Jean Kelly. Je l'ai vue. Petite et plutôt laide, l'allure d'une paysanne. Les cheveux noirs, environ vingt-cinq, vingt-six ans.

— Ça doit être Kathleen Ryan, et c'est réellement sa nièce. Eh bien, qui aurait dit ça après toutes ces années ! (La pluie redoubla soudain de violence, et il prit Sollazo par le bras.) Venez, abritons-nous là-bas. J'ai très envie d'entendre ce que vous avez à me raconter à propos de l'*Irish Rose*.

Lorsque Sollazo eut fini de parler, Barry demeura un instant songeur.

— Dites-moi, pourquoi êtes-vous venu me voir ? demanda-t-il enfin.

— Pour affaires. Uniquement pour affaires, répondit Sollazo. Aujourd'hui, ces lingots doivent valoir dans les cent millions de livres.

— Et vous voudriez mettre la main dessus.

— Soyons plus précis. Mon oncle estime que nous pourrions entreprendre cette opération en joint-venture, nous, et vous pour le compte de l'IRA. Les bénéfices seraient partagés moitié-moitié. Ça paraît équitable, non ? Si les pourparlers de paix échouent, vous pourriez acheter beaucoup d'armes avec cinquante millions de livres.

— Certainement. J'ajouterai qu'avec son sens très sûr des affaires votre oncle vous a envoyé rencontrer précisément la personne qu'il fallait, mais pas pour les raisons que vous croyez.

— Comment cela ?

— Voyez-vous, j'en sais plus que n'importe

qui sur cette affaire de l'*Irish Rose*, et au moins autant que Michael Ryan lui-même.

— Ah bon ?

— Par des rumeurs, j'avais appris que Ryan préparait un coup, et je savais même qu'il s'agissait de lingots d'or. Alors j'ai infiltré un de mes hommes dans son organisation, un homme que nous appellerons Martin Keogh.

— Ça n'est pas son vrai nom ?

— Non. C'était un de mes meilleurs éléments. Il a participé à toute l'opération avec Ryan. Il était à bord de l'*Irish Rose* quand il a coulé.

— Racontez-moi, dit Sollazo. Racontez-moi tout.

Plus tard, tandis qu'ils étaient installés dans une stalle du Cohan's Bar devant un verre de Guinness et des sandwichs au jambon, Sollazo dit :

— C'est une histoire extraordinaire. Et ce Keogh ? Il est toujours dans les parages ?

— D'une certaine façon, oui. Il a quitté l'IRA il y a quelques années pour continuer en indépendant, comme mercenaire si vous préférez. Il a travaillé pour à peu près tout le monde, le KGB, l'OLP, même les Israéliens.

— Et que fait-il, maintenant ?

— Il opère pour les services de renseignements britanniques.

— Ça paraît curieux.

— En 1972, les Britanniques ont créé une unité ultra-secrète pour combattre le terrorisme et exécuter les basses besognes. Depuis cette époque, elle est dirigée par le même homme, le général de brigade Charles Ferguson, et il n'est pas responsable devant le directeur des services de sécurité mais uniquement devant le Premier ministre. Voilà pourquoi, dans le milieu, on parle de l'armée privée du Premier ministre.

— Et l'homme que vous appelez Keogh travaille pour ce Ferguson ?

— Eh oui. C'est le spécialiste des affaires difficiles. Il y a environ trois ans que le vieux renard l'a engagé en le faisant chanter. Il lui a proposé d'effacer son ardoise, d'oublier ses activités au sein de l'IRA. Il avait besoin d'un type comme ça dans son équipe. Il n'y a pas de meilleur gendarme qu'un ancien voleur, vous savez.

— C'est vrai. Et quel est le vrai nom de ce Keogh ?

— Dillon. Sean Dillon. A l'époque, c'était mon meilleur homme de main.

Ils s'en retournèrent à travers le parc.

— Sacré gaillard, ce Dillon, dit Sollazo, mais ça n'est pas le genre à nous donner un coup de main.

— Nous n'avons pas besoin de lui. Il m'a dit tout ce qu'il y avait à savoir à propos de cette affaire, et maintenant vous en savez autant que moi.

— Ce Reid, celui qui a tué cet homme à Londres, il est toujours en activité ?

— Il purge une peine de prison pour meurtre, en Ulster.

— Autre chose. Ce Conseil militaire loyaliste dont vous m'avez parlé ? J'imagine qu'eux aussi aimeraient mettre la main sur cet or.

— Certainement. Les loyalistes sont très mécontents de la façon dont se déroulent les pourparlers de paix. Ils ont l'impression d'être vendus. Les plus extrémistes se préparent à la guerre civile. Cet or leur serait très utile. Ils pourraient se procurer les armes dont ils ont besoin.

— Ce qui ne doit guère vous arranger. Puis-je en déduire que vous êtes désireux de participer à notre affaire ?

— Pour l'instant, pas officiellement. Laissez-moi vous expliquer. Ici, les gens ont vraiment envie de vivre en paix. On ne peut faire confiance à personne, pas plus au Sinn Fein qu'à l'IRA. Si j'en parlais à l'actuel chef d'état-major, il faudrait qu'il en discute avec le Conseil militaire, et tout le monde serait au courant en un rien de temps.

— Je vois. Alors que proposez-vous ?

— Pour l'instant, gardons ça entre nous. (Il sourit.) Et ne croyez pas que je cherche à ramasser la mise pour moi tout seul. L'argent ne m'intéresse pas, à mes yeux seule compte la cause que je défends. Débrouillez-vous pour que Ryan vous donne la position de l'*Irish Rose,* et ensuite on montera une première expédition de reconnaissance pour s'assurer que l'or est bien au fond. Il suffira d'un petit bateau et d'un plongeur.

— Et ensuite ?

— Là, ce sera à vous de jouer. Je suis sûr que vous pourrez monter une fausse expédition sous-marine afin de donner le change. (Il sourit à nouveau.) J'ai entièrement confiance en vous.

Devant la maison était garée une limousine noire, sur laquelle s'appuyait un homme à l'air dur, le nez cassé, vêtu d'un complet bleu marine de chauffeur.

— Je vous présente mon chauffeur.

— Et garde du corps, apparemment.

— Giovanni Mori, dit l'homme.

Sollazo serra la main de Barry.

— J'ai été très heureux de faire votre connaissance, monsieur Barry. Vous êtes une vraie légende, et on n'a guère l'occasion d'en rencontrer. Je vous tiens au courant.

Il prit place à l'arrière, tandis que Mori faisait le tour de la voiture et s'installait au volant.

— Ça s'est bien passé, monsieur ? demandat-il en démarrant.

— Très bien. A l'aéroport, Giovanni. On retourne à New York.

Il s'enfonça dans son siège et récapitula tout ce que lui avait appris Jack Barry.

Il était neuf heures du soir lorsque Sollazo retrouva Don Antonio à son appartement de la tour Trump. Assis dans un fauteuil, les deux mains appuyées sur le pommeau d'argent de sa canne, le vieil homme écouta attentivement le récit de son neveu.

— Quelle histoire extraordinaire, dit-il lorsque Sollazo eut terminé.

— Alors on y va ?

— Bien sûr. C'est une affaire très lucrative.

160

D'abord, il faut que ce Ryan nous dise où a coulé l'*Irish Rose*.

— C'est vrai. Mais pourquoi traiterait-il avec moi si je n'ai rien à lui offrir en échange ?

— Tu pourrais obtenir sa libération ?

— J'en doute. N'oublie pas qu'il a tué un policier.

Don Antonio opina du chef

— Il y a plusieurs façons de plumer un canard. Je suis sûr que tu trouveras quelque chose, et puis tu as Salamone dans cette prison. Son aide peut se révéler précieuse. Je te fais confiance. (Il sourit.) Et maintenant, buvons un verre de vin. Au fait, j'ai vu que le Président doit se rendre à Londres.

8

Don Antonio avait raison : à la fin de la semaine, le président des Etats-Unis devait rencontrer le Premier ministre britannique. Le général Charles Ferguson ne pensait plus qu'à cela et, dans sa Daimler bloquée par la circulation, manifestait une agitation croissante.

— Parfois, j'ai l'impression que cette ville est entièrement paralysée.

— C'est vrai que ça arrive, dit Sean Dillon, assis sur le strapontin en face.

C'était un homme de petite taille, pas plus d'un mètre soixante-cinq, les cheveux si blonds qu'ils en paraissaient presque blancs, plutôt beau, un demi-sourire perpétuellement accroché aux lèvres, comme s'il considérait d'un air moqueur le monde qui l'entourait. Il était vêtu d'un complet de flanelle bleu décontracté et d'un polo de soie bleu marine.

— Je vous rappelle que j'ai rendez-vous avec le Premier ministre, Dillon, je peux difficilement être en retard.

— Bah, c'est un brave type, dit Dillon. Il ne vous en voudra pas.

La femme assise à côté de Ferguson portait un ensemble pantalon Armani et des lunettes à monture noire qui contrastaient avec ses cheveux roux. Elle n'avait pas trente ans et elle était suffisamment attirante pour figurer dans les pages de *Vogue*. Il s'agissait, en réalité, de l'inspecteur principal de la Special Branch de Scotland Yard Hannah Bernstein, détachée auprès de lui en qualité d'adjointe.

— Vous êtes désespérant, Dillon, dit-elle. Vous n'êtes qu'un Irlandais, vous ne respectez personne.

— C'est toute cette pluie, ma chère, répondit Dillon.

— Ne perdez pas votre temps, dit Ferguson à Hannah. C'est une cause perdue.

La Daimler franchit les barrières de sécurité à l'extrémité de Downing Street et s'immobilisa devant le numéro dix.

— Ça ne durera pas plus de vingt minutes, leur dit Ferguson.

— Ce vieux crabe de Simon Carter sera-t-il là ? demanda Dillon.

— Ce n'est pas une manière de parler du directeur adjoint des services de sécurité, dit Ferguson.

— C'est vrai. En tout cas, dites-lui que son dispositif de sécurité pour la visite du Président américain est complètement naze.

— Voilà qui ne serait guère courtois, Dillon. Bon, essayez de prendre patience en m'attendant.

Le policier en faction le salua, et Ferguson pénétra à l'intérieur du bâtiment.

— Un vrai gentleman, dit Dillon. Nul doute que l'Empire soit entre de bonnes mains.

Il prit une cigarette dans un boîtier en argent et l'alluma.

— Nous n'avons plus d'Empire, Dillon, dit Hannah.

— Ah bon ? Et le gouvernement est au courant ?

Elle secoua la tête.

— Vous êtes un cas désespéré, Dillon, et vous allez vous tuer en continuant de fumer ces machins.

— C'est vrai, mais j'ai toujours su que je finirais mal.

Lorsque Ferguson fut introduit dans le bureau du Premier ministre, Simon Carter était déjà assis. Plutôt petit, ancien professeur d'histoire, il avait la cinquantaine et les cheveux d'un blanc de neige. Sans avoir jamais travaillé lui-même sur le terrain, il faisait partie de ces quelques hommes sans visage qui tenaient entre leurs mains les services de sécurité britanniques. Il détestait Ferguson depuis toujours, lui enviant sa position privilégiée et le fait qu'il ne devait de comptes qu'au seul Premier ministre.

— Excusez-moi d'être en retard, monsieur le Premier ministre.

— Ce n'est rien, dit le Premier ministre en souriant. (Il prit un dossier.) Voici le détail des mesures de sécurité que le directeur adjoint et son équipe ont mises au point. Vous les avez lues ?

— Evidemment.

— C'est la visite de vendredi matin à la Chambre des communes qui m'inquiète le plus. On servira des rafraîchissements sur la terrasse à dix heures et demie.

— Il n'y a aucun problème, monsieur le Premier ministre, déclara Carter. S'il y a un endroit au cours de ce voyage qui ne causera aucune inquiétude, c'est bien la Chambre des communes. (Il se tourna vers le général, avec son arrogance coutumière.) Vous n'êtes pas d'accord, Ferguson ?

En d'autres circonstances, Ferguson n'eût rien ajouté, mais la suffisance de Carter l'agaça.

— Alors, général ? demanda le Premier ministre.

— Apparemment, tout va bien, mais pour être franc, monsieur le Premier ministre, Dillon ne trouve pas ce plan très fameux. Il estime que les mesures de sécurité à la Chambre des communes sont notoirement insuffisantes.

— Dillon ? s'écria Carter, l'air furieux. Cette canaille ? J'élève la plus vive protestation, monsieur le Premier ministre, contre le fait que le général Ferguson continue à utiliser les services d'un ancien tueur de l'IRA, un homme qui a trempé dans toutes les affaires de terrorisme en Europe.

— A mon tour de protester, dit Ferguson. Comme vous le savez, monsieur le Premier ministre, Dillon a rendu des services considérables à la Couronne, y compris à la famille royale elle-même.

— Oui, je le sais. (Il fronça les sourcils.) Mais cette affaire est trop importante pour qu'elle

166

donne lieu à un affrontement personnel, messieurs. (Il se tourna vers Carter.) J'aimerais que vous rencontriez le général Ferguson et Dillon à la Chambre des communes, et que vous écoutiez les remarques qu'ils pourraient avoir à vous faire.

— Si telle est votre décision, monsieur le Premier ministre, dit Carter qui avait du mal à maîtriser sa colère.

— Je le crains. Et maintenant, messieurs, je vous demanderai de bien vouloir m'excuser, j'ai une réunion avec le gouvernement.

Devant la Chambre des communes s'étirait une file, non seulement de touristes, mais aussi d'électeurs venus voir le député de leur circonscription. Ferguson, Dillon et Hannah Bernstein attendaient avec les autres, mais Ferguson montrait une certaine impatience.

— Quel endroit immense ! soupira Dillon. On m'a dit qu'il y avait vingt-six bars et restaurants et que tous les repas et les consommations étaient à la charge du contribuable. C'est un bon boulot que d'être membre du Parlement.

— En tout cas, ils ne sont pas obligés de faire la queue pour entrer, dit Ferguson.

Un sergent de police taillé en Hercule et qui examinait la foule attentivement reconnut Hannah et s'avança.

— Inspecteur Bernstein ! Content de vous voir, inspecteur. Je vais vous faire passer directement. Mais je suis sûr que vous ne vous souvenez pas de moi.

— Mais si, je me souviens très bien de vous. Vous êtes le sergent Hall, n'est-ce pas ?

— Oui, inspecteur. C'est moi qui suis arrivé le premier sur les lieux quand vous avez descendu ce salaud qui s'était retranché dans le supermarché. Vous vous rendiez à l'ambassade des Etats-Unis.

— Votre honteux passé vous rattrape, murmura Dillon.

— Je vous présente un collègue, M. Dillon, et mon supérieur, le général Ferguson.

Aussitôt, le sergent Hall adopta un ton très militaire.

— Je vais vous éviter d'attendre ainsi, mon général.

— Très aimable de votre part, sergent.

Il leur fit franchir la barrière et les salua au passage. Ferguson et ses deux subordonnés gagnèrent le hall central.

— Nous avons eu de la chance de vous avoir avec nous, inspecteur, dit Ferguson. Sans vous, nous en aurions eu pendant des heures.

— Humiliant, n'est-ce pas ? fit Dillon.

Après avoir suivi de nombreux couloirs, ils parvinrent sur la terrasse dominant la Tamise. On apercevait le pont de Westminster sur la gauche, et l'Embankment de l'autre côté du fleuve. Une rangée de hauts lampadaires victoriens courait le long du parapet. Il y avait une foule nombreuse de visiteurs et de parlementaires venus boire un verre au bar de la Terrasse.

Dillon héla un serveur.

— Une demi-bouteille de Krug non millé-simé et trois verres. (Il sourit.) Vous êtes mon invité, mon général.

— C'est très généreux de votre part, dit Ferguson. Cela dit, quand je me rappelle les six cent mille livres que vous avez empochées en 91 au moment de l'affaire Michael Aroun, je me dis que vous pouvez vous le permettre.

— Tout à fait vrai, mon général, tout à fait vrai.

Dillon se pencha alors au-dessus du parapet et regarda les eaux de la Tamise.

— Avez-vous vu, dit-il à Hannah, que la moquette plutôt synthétique que nous foulons est de couleur verte ?

— Oui.

— Vous avez remarqué l'endroit où elle devient rouge ? C'est là où se termine la Chambre des lords, là où les escaliers descendent vers le fleuve.

— Je vois.

— Vous aimez les traditions, vous les Britanniques.

— Je suis juive, Dillon, comme vous le savez parfaitement, d'ailleurs.

— Mais oui, je le sais. Vous avez un grand-père rabbin, un père professeur de chirurgie, et vous, vous avez passé une maîtrise à l'université de Cambridge. Quoi de plus britannique ?

A ce moment-là, Carter fit son apparition, visiblement de fort méchante humeur.

— Bon, Ferguson, ne perdons pas de temps. Qu'avez-vous à dire ?

— Dillon ? interrogea Ferguson.

— Votre dispositif est plein de trous, expliqua Dillon à Carter. Il y a trop de monde, vingt-six bars et restaurants, des dizaines et des dizaines d'entrées et de sorties, non seulement pour les membres du Parlement, mais aussi pour le personnel et les ouvriers.

— Enfin, ces gens ont une carte de sécurité, tout le monde est contrôlé.

— Alors il reste la Tamise.

— La Tamise ? C'est absurde. Il y a la marée, Dillon, et le courant est mortel. Pas moins de trois nœuds, et parfois cinq.

— Ah bon ? Dans ce cas, j'ai dû me tromper.

— C'est bien ce qu'il me semblait. (Carter se tourna vers Ferguson.) Puis-je m'en aller ?

Ferguson se tourna vers Dillon qui eut un léger sourire.

— Vous avez une très haute opinion de vous-même, monsieur Carter, n'est-ce pas ? Mon général, je vous propose de parier avec ce monsieur. Je me fais fort d'apparaître sur cette terrasse vendredi matin, lorsque le président des Etats-Unis et le Premier ministre y seront, et tout cela de la façon la plus illégale. Si j'échoue, M. Carter recevra cinq cents livres, et cinq livres si je réussis.

— Pari tenu, lança Carter en tendant la main à Ferguson. (Il se mit à rire.) Vous êtes un petit drôle, Dillon.

Et il s'éloigna.

— Vous savez ce que vous faites, Dillon ? demanda Ferguson.

Penché à nouveau sur le parapet, Dillon observait l'eau qui tourbillonnait à cinq mètres en dessous.

— Oh oui. Surtout si l'inspecteur principal

ici présent peut me fournir les renseignements nécessaires.

Les bureaux de Ferguson se trouvaient au troisième étage du ministère de la Défense et donnaient sur Horse Guards Avenue ; une heure plus tard, Dillon et Hannah pénétraient dans le bureau de cette dernière.

Elle s'assit à sa table.

— Que voulez-vous ?

— Le meilleur expert de la Tamise. Pensez-vous qu'il travaille à la Douane ou dans la police fluviale ?

— J'essayerai les deux.

— Bon. Pendant que vous téléphonez, je prépare du thé.

Il gagna en sifflotant la petite salle qui servait d'office et mit la bouilloire sur le feu. Puis il disposa sur un plateau la théière, les tasses et un pot de lait, et l'amena dans le bureau. Hannah était encore au téléphone.

— Merci, inspecteur, dit-elle en raccrochant.

Elle s'enfonça dans son siège tandis que Dillon versait le thé dans les tasses.

— Quel homme d'intérieur vous faites ! Je viens d'avoir la police fluviale : ils m'ont dit qui était le plus grand expert de la Tamise. (Elle se tourna vers l'écran de son ordinateur et se mit à pianoter sur le clavier.) Voilà, le nom s'affiche, Dillon. Il n'appartient ni à la Douane ni à la police fluviale : c'est un truand de Londres.

Dillon se mit à rire.

Les informations se déroulèrent sur l'écran.

— Harry Salter, soixante-cinq ans, lut Hannah, condamné à sept ans de réclusion criminelle pour attaque de banque alors qu'il avait un peu plus de vingt ans. Depuis lors, n'est plus retourné en prison. Propriétaire de bateaux de plaisance sur la Tamise, du pub le Dark Man à Wapping, et d'un ensemble d'entrepôts valant plus d'un million de livres.

— Un malin, lui, fit Dillon.

— Un contrebandier, qui touche à tous les trafics qui ont lieu sur les bords de la Tamise. Cigarettes, alcools, diamants de Hollande. N'importe quoi.

— Pas tout à fait, rétorqua Dillon. Regardez ce qui est écrit. Pas de trafic de drogue, pas de prostitution, pas de clubs de strip-tease. (Il se renfonça dans son siège.) Nous avons affaire à un truand à l'ancienne mode. Il ne doit pas aimer qu'on jure devant les dames.

— C'est quand même un truand, Dillon, soupçonné d'avoir éliminé d'autres truands.

— Où est le mal, s'il ne s'en prend pas aux civils ? Voyons un peu la tête qu'il a.

La photo apparut sur l'écran, et Dillon étudia attentivement le visage plutôt plein.

— Je m'y attendais. Plutôt bel homme.

— Moi, il me fait penser à Bill Sykes, dit Hannah.

— Des associés ?

— Billy Salter, son neveu, âgé de vingt-cinq ans. (Les informations s'affichèrent sur l'écran.) Condamné à six mois de prison pour agression, de nouveau six mois pour agression, un an pour une rixe.

— Un type qui a le sang chaud, observa Dillon.

— Et puis deux autres, Joe Baxter et Sam Hall, le même genre. Une vraie bande de crapules.

— Qui pourraient fort bien m'être utiles.

— Sauf qu'il y a un problème, dit Hannah.

— Ah bon ? Lequel ?

— La police fluviale a reçu un tuyau. Salter et sa bande seront à bord d'un de ses bateaux, le *River Queen,* ce soir à neuf heures. Le bateau sera à l'ancre devant Harley Dock. Un bateau hollandais, l'*Amsterdam,* passera devant eux, et l'un des stewards leur jettera un paquet. Des diamants non taillés pour une valeur de deux cent mille livres.

— Et la police fluviale va les intercepter ?

— Pas du tout. Ils vont attendre que le *River Queen* accoste à Cable Wharfe, près du pub de Salter, le Dark Man, à Wapping. Ils l'agraferont là-bas.

— Quel dommage ! Ça promettait d'être une relation délicieuse.

— Je peux faire quelque chose d'autre pour vous ? demanda Hannah.

— Pas vraiment. Je vois que vous m'avez complètement enfoncé, et que ça vous a plu. Je vais encore réfléchir à la question.

A huit heures et demie, Dillon attendait sur Harley Dock, à bord d'une vieille camionnette Toyota des plus banales, empruntée au parc du ministère de la Défense. Il avait déjà revêtu une combinaison de plongée noire, la cagoule sur

173

la tête. A l'aide d'une paire de jumelles à infrarouge, il observait les rares bateaux qui passaient sur la Tamise, et vit le *River Queen* arriver et jeter l'ancre. Il y avait deux hommes sur le pont, et deux autres dans la timonerie, sur le pont supérieur.

Quelques instants plus tard, il entendit un ronronnement de moteur : l'*Amsterdam*, un cargo de moyen tonnage. Grâce à ses jumelles, il vit l'homme qui se tenait contre le bastingage lancer un paquet qui atterrit sur le toit de la timonerie du bateau de plaisance.

Dillon fixa alors une bouteille d'air à son gilet stabilisateur, prit ses palmes et gagna le bord du quai. Là, il enfila ses palmes, ajusta son masque, mit l'embout entre ses lèvres et plongea.

Il refit surface près de la chaîne d'ancre du bateau. Il y attacha avec un filin ses palmes, son gilet stabilisateur et sa bouteille, attendit un moment et grimpa à la chaîne.

Une fois sur le pont, il s'accroupit, l'oreille aux aguets. Des rires montaient de la cabine de pont ; il s'approcha et regarda par le hublot. Il y avait là Salter, son neveu Billy, Baxter et Hall. Salter était occupé à ouvrir avec un couteau une ceinture de sauvetage jaune. Il en sortit un paquet.

— Deux cent mille livres !

Dillon descendit la fermeture à glissière de sa combinaison et prit son Walther équipé d'un silencieux. Il ouvrit la porte de la cabine et entra.

— Bonjour tout le monde !

Les quatre hommes rassemblés autour de la

table devant leurs verres de bière se figèrent comme dans un tableau.

— A quoi vous jouez, là ? demanda Salter.

— Ouvrez le sac.

— Et puis quoi, encore ? De toute façon, vous oserez pas vous servir de ce que vous tenez à la main.

Dillon tira à deux reprises, coup sur coup, faisant voler en éclats le verre de Salter et celui de Baxter. Billy Salter poussa un cri car un morceau de verre lui avait entaillé la joue droite.

Silence.

— Je remets ça ? demanda Dillon.

— Inutile. Vous vous êtes montré convaincant, dit Salter. Qu'est-ce que vous voulez ?

— Les diamants... montrez-les-moi.

— Dis-lui d'aller se faire mettre, lança Billy, la main sur sa joue ensanglantée.

— C'est ça, et ensuite ? rétorqua Harry Salter.

Il ouvrit le sac en tissu à l'intérieur duquel se trouvait une pochette en toile cirée fermée par une fermeture Eclair.

— Sortez-la, ordonna Dillon.

Salter obéit et lança la pochette aux pieds de Dillon. Celui-ci la ramassa et la glissa à l'intérieur de sa combinaison de plongée. Puis, d'un geste rapide, il ôta la clé de la serrure de la porte.

— Je vous retrouverai, dit Salter. Personne ne peut faire ça à Harry Salter sans en payer le prix.

— Il me semble avoir entendu cette phrase, prononcée par James Cagney dans un vieux film policier, à la télévision. C'était la semaine dernière, à la séance de minuit. Je sais que ça peut paraître bizarre, mais sachez que je vous ai rendu service. Peut-être qu'un jour vous pourrez me le rendre.

Il se glissa hors de la cabine et tira la porte derrière lui. Hall et Baxter se précipitèrent, mais déjà Dillon avait tourné la clé dans la serrure. Il sauta dans l'eau, récupéra son gilet stabilisateur, sa bouteille et ses palmes, disparut sous la surface de l'eau et s'en retourna vers Harley Dock.

Pendant ce temps-là, Baxter défonçait la porte de la cabine avec la hache de secours. Quelques instants plus tard, il parvenait à sortir du salon et ouvrait la porte à ses compagnons.

— Tu as vu ma joue ? dit Billy à son oncle.

Salter examina la blessure.

— Ça va, tu n'en mourras pas. Ce n'est qu'une égratignure. Il y a du sparadrap dans la boîte à pharmacie, dans la timonerie.

— Qu'est-ce qu'on fait ? demanda Billy.

— Trouver celui qui nous a balancés, répondit Salter. Il n'y avait que très peu de gens au courant de cette affaire. Plus vite on saura qui est la balance, plus vite on mettra la main sur celui qui a fait le coup. (Il se tourna vers Baxter et Hall.) Levez l'ancre. On retourne à Wapping.

Après avoir ôté sa combinaison de plongée, Dillon se rhabilla en tenue de ville : jean, chemise, et son vieux caban. Puis il prit la direction de Wapping. A dix heures et demie, il roulait le long des rues désertes, bordées d'entrepôts désaffectés, dans ce qui avait été le plus grand port du monde. Il finit par traverser un quartier plus animé, dépassa la Tour de Londres et atteignit Wapping High Street.

Il gara la Toyota et gagna à pied Cable Wharfe. Il était près de onze heures, et il décida d'aller boire un verre au pub de Salter, le Dark Man, ce qui lui donnerait un prétexte pour rester dans les parages. Deux femmes âgées étaient installées à une table à plateau de marbre, devant des verres de stout, et trois hommes accoudés au comptoir avec des bières. Les trois hommes avaient l'allure de marins, mais seulement l'allure.

Dillon fut accueilli par la barmaid, une femme d'une quarantaine d'années, blonde, lourdement maquillée.

— Qu'est-ce qui vous ferait plaisir, beau gosse ?

Dillon lui offrit le sourire charmeur dont il avait le secret.

— Eh bien, s'il ne s'agit que de la boisson, ça sera un Bushmills.

— Désolée, mais il faudra le boire rapidement, dit-elle en le servant. C'est l'heure de la fermeture et, comme il y a des flics dans les parages, il faut que je fasse attention à ma licence.

— Ah bon, où sont-ils, ces flics ?

— Les trois, au bout du comptoir. Si eux ce sont des marins, alors moi j'ai le cul en plomb !

— Qu'est-ce qu'ils fabriquent ici ?

— Allez savoir !

— Dans ce cas je m'en vais. (Il avala son Bushmills.) Bonsoir.

Les deux vieilles femmes sortirent du pub, et Dillon les suivit sur le quai, remarquant au passage une camionnette de police garée dans une cour, sur la gauche, et une voiture de police arrêtée en travers de la route.

— Un peu voyant, murmura-t-il.

Après avoir atteint Wapping High Street, il revint sur ses pas et trouva ce dont il avait besoin : un entrepôt désaffecté. Il grimpa au premier étage et s'accroupit sur une plate-forme de chargement, à côté d'une grue. De là où il se tenait, il voyait parfaitement le fleuve, le quai et le Dark Man. Il prit ses jumelles à infrarouge, effectua la mise au point, et le *River Queen* apparut dans son champ de vision.

Dès que le bateau eut accosté, les événements se précipitèrent. La camionnette et la voiture de police que Dillon avait vues en sortant du pub avancèrent sur le quai, tandis que deux vedettes de la police fluviale, dissimulées jusque-là dans l'ombre, se rangeaient contre les flancs du *River Queen*. Des policiers en uniforme montèrent à bord au moment où Hall et Baxter amarraient le bateau. Salter et Billy sortirent de la cabine et, en levant la tête, découvrirent les six ou sept policiers alignés sur le quai. Un homme d'une cinquantaine d'années, vêtu de l'uniforme des superintendants, fendit alors la rangée de policiers.

— Mais c'est le superintendant Brown, notre

vieil ami ! s'écria Salter. Comment allez-vous, Tony ?

Brown sourit.

— J'ai l'autorisation de venir à bord, dit-il.

Et il descendit sur le pont, suivi des agents de police.

— Que se passe-t-il ? demanda Salter.

— Je savais qu'il n'y aurait rien au pub, répondit le superintendant. Vous êtes trop malin pour ça, et puis on l'a fouillé suffisamment souvent. Pourtant, j'ai des raisons de croire que vous avez à bord des diamants de contrebande pour une valeur de deux cent mille livres. C'est idiot, Harry, de vous laisser prendre comme ça après toutes ces années. (Brown se tourna vers le sergent qui se trouvait à côté de lui.) Récitez-lui ses droits ; les autres, commencez à fouiller.

— Des diamants sur le *River Queen* ? (Salter éclata d'un gros rire.) Tony, mon cher, je crois que cette fois-ci vous vous êtes vraiment trompé.

La perquisition se termina un peu avant minuit. Salter et son équipage étaient occupés à jouer aux cartes dans la cabine lorsque le superintendant passa la tête par la porte entre-bâillée.

— Venez, Harry, j'ai un mot à vous dire.

Les policiers regagnaient à présent leur camionnette. Les deux vedettes s'éloignaient. Il pleuvait, aussi Salter et Brown se mirent-ils à l'abri sous l'avant-toit de la timonerie, sur le pont.

— Qu'est-ce que ça a donné ? demanda Salter.

— Ecoutez, Harry, je ne sais pas ce qui se passe, mais je croyais avoir reçu le tuyau le plus increvable de toute ma carrière.

— J'espère pour vous, en tout cas, que vous n'avez pas payé votre balance.

Brown secoua la tête d'un air réprobateur.

— Vous commencez à vous faire vieux, Harry, trop vieux pour passer dix ans à Parkhurst. Réfléchissez-y.

— C'est promis, Tony.

Brown regagna le quai par l'échelle métallique, puis se retourna.

— On se connaît depuis longtemps, Harry, alors je vais vous donner un conseil. Je serais vous, à l'avenir je me méfierais des Hollandais.

Il s'installa à l'avant d'une voiture de police, à côté du chauffeur, et disparut.

— Mon Dieu, dit alors Billy, on aurait pu plonger pour des années. Qu'est-ce qu'il a dit, l'autre tordu, quand il a raflé les cailloux ? Qu'il t'avait rendu service, c'est ça ?

— Drôle de coïncidence, tu ne trouves pas ? dit Salter. Sauf que je ne crois pas aux coïncidences. Allez, on va se boire un verre au pub.

Lorsque tout fut rentré dans l'ordre, Dillon quitta son entrepôt et se dirigea vers le pub. Par la fenêtre éclairée, il aperçut Salter assis sur un tabouret, au comptoir, tandis que Billy, Baxter et Hall étaient installés à une table. Dillon longea l'allée latérale et guigna dans la cuisine. La barmaid était en train de lire le journal en buvant une tasse de thé.

Lorsqu'il ouvrit la porte de la cuisine, elle leva les yeux, effrayée.

— Je vois que les flics sont partis, dit Dillon.

— Mais qui êtes-vous ?

— Un vieux copain de Harry. S'il est aussi intelligent que je le crois, il doit m'attendre. Je vais passer par le bar.

Harry Salter sirotait son scotch en observant son reflet dans le vieux miroir victorien accroché derrière le comptoir. Il sentit alors un courant d'air sur sa joue : la porte venait de s'ouvrir. Au même moment, la pochette en toile cirée jaune glissa sur le comptoir et s'immobilisa devant lui.

— Et voilà, lança Dillon.

Salter attrapa la pochette et tourna les yeux vers Dillon qui se tenait à l'extrémité du comptoir, avec son vieux caban. Les trois autres interrompirent aussitôt leur conversation. Dillon alluma une cigarette, et Salter, un vieux de la vieille, comprit immédiatement que les ennuis ne faisaient que commencer.

— A quoi vous jouez, mon vieux ? demanda-t-il.

— C'est lui ! s'écria Billy. C'est lui le salopard !

— Laisse tomber, Billy, lança Salter.

— Après ce qu'il m'a fait au visage ?

Billy s'empara de la bouteille de bière posée devant lui, la brisa contre le rebord de la table et se rua sur Dillon, un tesson à la main. Dillon pivota sur le côté, saisit au passage le poignet de Billy et lui martela le bras contre le comptoir. Avec un hurlement de douleur, Billy lâcha la bouteille. Dillon lui maintint le visage contre le comptoir en le bloquant avec son bras raide comme une barre de fer.

— Dites-moi, monsieur Salter, il n'a pas appris les bonnes manières, votre neveu.

— Ne sois pas bête, Billy, dit Salter. S'il ne nous avait pas fauché les cailloux, ce soir on serait au commissariat de Tower Bridge, avec la perspective d'en prendre pour dix ans. Tout ce que je veux savoir, c'est pourquoi il a fait ça. (Il sourit à l'adresse de Dillon.) Comment vous appelez-vous, cher ami ?

— Dillon. Sean Dillon.

Salter passa derrière le comptoir, tandis que Billy, que Dillon venait de relâcher, se massait le bras en regagnant sa table, avec Baxter et Hall.

— Vous n'êtes pas un flic, déclara Salter. Je les renifle à un kilomètre.

— Oh non, répondit Dillon. J'ai eu suffisamment d'ennuis avec ces emmerdeurs. Disons que je travaille pour un de ces services spéciaux qui sont censés ne pas exister.

Salter le regarda longuement d'un air songeur avant de lui demander :

— Qu'est-ce que vous prendrez ?

— Un champagne Krug, sans ça un Bushmills.

Salter éclata de rire.

— Ça me plaît bien, ça ! Le Bushmills je peux vous le servir tout de suite, le Krug ça sera pour la prochaine fois. (Il prit une bouteille sur une étagère et en versa une généreuse rasade dans un verre.) Alors, qu'est-ce que vous racontez ?

— A votre santé, dit Dillon en levant son verre. Eh bien voilà, j'avais besoin de m'entretenir avec le meilleur connaisseur de la Tamise, et sur l'ordinateur de la police c'est votre nom qui est apparu. Le problème, c'est qu'au même instant j'ai découvert que j'allais vous perdre. Un de mes collègues, un ponte de la Special Branch, m'a en effet appris que vous alliez vous faire agrafer par la police fluviale.

— Très ennuyeux, fit Salter.

— Effectivement, j'ai donc décidé d'intervenir. (Il sourit.) La suite, vous la connaissez.

Salter se versa un autre verre.

— Donc, vous voulez obtenir quelque chose de moi. Une sorte de renvoi d'ascenseur.

— J'ai besoin de votre connaissance approfondie de la Tamise, monsieur Salter.

— Pour quoi faire ?

— Vous avez dû apprendre par les journaux que le Président américain et le Premier ministre doivent se retrouver vendredi matin sur la Terrasse de la Chambre des communes.

— Et alors ?

— Le dispositif de sécurité est, à mon avis, très insuffisant, et je dois le prouver. Alors j'ai besoin que, vendredi matin, vous m'aidiez à gagner la Terrasse par le fleuve. Je me cacherai dans une des réserves derrière le bar, et j'apparaîtrai le moment venu, comme une bonne surprise.

Salter le contemplait d'un air incrédule.

— C'est complètement fou, votre histoire. Vous ne seriez pas un peu toqué, des fois ?

— On me l'a déjà suggéré, oui.

Salter se tourna vers les trois autres.

— Vous avez entendu ça ? On a un fêlé du bonnet, ici.

Puis, revenant à nouveau vers Dillon :

— Tu me plais bien. Et donc je vais t'aider, mon gars. Tu peux m'appeler Harry.

— Fabuleux. Je pourrais avoir un autre Bushmills ?

— J'ai mieux à te proposer. (Salter ouvrit un frigo derrière le bar, et en sortit une bouteille.) Du champagne Krug. Ça te va ?

9

Le lendemain, jeudi, il était près de midi lorsque Dillon pénétra dans le bureau de Hannah Bernstein, au troisième étage du ministère de la Défense.

— Bon sang, Dillon, vous avez vu l'heure ? Je vous ai fait chercher partout.

— J'ai eu une nuit épouvantable, répondit Dillon. En fait, je suis venu vous proposer de déjeuner avec moi.

— Vous êtes complètement fou. (Elle appuya sur le bouton de son interphone.) Il est ici, général.

— Envoyez-le-moi. (Un silence.) Et venez aussi, inspecteur.

Elle passa la première, et ouvrit à Dillon la porte du bureau. Celui-ci s'avança jusqu'au bureau où Ferguson travaillait, derrière une pile de papiers. Le général ne leva pas les yeux.

— Dieu bénisse le travail bien fait, dit Dillon.

Il attendit. Ferguson faisait mine de ne pas le remarquer, alors Dillon éclata de rire.

— La réplique, mon général, c'est : Que Dieu vous bénisse aussi.

Ferguson s'enfonça dans son siège.

— Je sais parfaitement que vous avez étudié à l'Académie royale d'art dramatique, Dillon, et que vous avez même joué au Théâtre national.

— Eh oui, j'ai joué Lyngstrand dans *La Dame de la mer*, d'Ibsen.

— Jusqu'à ce que vous optiez pour le théâtre de rue de l'IRA. Comme ma mère — que Dieu ait pitié de son âme — était irlandaise, je fais de mon mieux pour vous comprendre, mais votre propension à jouer constamment les Irlandais de service finit par être lassante.

— Je le reconnais, Votre Honneur, à l'avenir je m'efforcerai de m'améliorer.

— Oh, ne pouvez-vous être un peu sérieux ! Vous m'avez ridiculisé devant Carter, avec votre pari stupide. Vous savez à quel point l'Intelligence Service nous déteste. Ils seraient ravis de me faire passer pour un imbécile aux yeux du Premier ministre.

— Vous croyez que je ne le sais pas ? rétorqua Dillon. Voilà pourquoi c'est Carter lui-même que j'ai l'intention de faire passer pour un imbécile.

— Vous pensez vraiment en être capable ?

— Bien sûr.

Le général prit un air sévère.

— Au fait, où étiez-vous ? Il est presque midi.

— J'ai passé la nuit à préparer le terrain.

— Racontez-moi.

— Il vaut mieux que vous ne soyez pas au courant. Mais je vous promets que la prochaine fois que vous me verrez, ce sera demain matin à dix heures et demie sur la terrasse des Communes, en présence du président des Etats-Unis et du Premier ministre.

Ferguson s'enfonça dans son siège et riva son regard dans le sien.

— Mon Dieu, Sean, vous êtes sûr d'y arriver ?

— Tout à fait sûr, mon général. Mais... faites attention, vous venez de m'appeler Sean.

— Pouvez-vous me dire comment ?

— Je vais être obligé d'employer des moyens assez peu légaux, et il vaut donc mieux que vous n'en sachiez rien. Si vous me donnez l'autorisation de l'emmener déjeuner, je préférerais en parler avec cette charmante jeune femme.

Ferguson ne put s'empêcher de rire.

— Eh bien, allez-y, espèce de gredin. Sortez d'ici, mais je vous préviens : si ça doit me coûter cinq cents livres, je les retiendrai sur votre salaire.

Ils retournèrent dans le bureau de Hannah.

— Vous croyez réellement que vous y arriverez ?

— Rien n'est impossible pour le grand Dillon. Autrefois, en Ulster, les services de renseignements britanniques m'appelaient le magicien. Vos petits copains n'ont pas réussi une seule fois à me mettre la main dessus. J'étais le maître du déguisement. Vous ai-je déjà raconté comment un jour je me suis déguisé en femme ?

— Je préfère ne pas l'entendre, Dillon, parce que, sinon, il faudra que je me rappelle aussi le nombre de gens que vous avez tués.

— C'était la guerre, Hannah, mais tout ça

c'est du passé. Prenez votre manteau et on y va. Dites-moi, je ne me trompe pas, hein, les juifs ne peuvent pas manger de fruits de mer, mais pour le saumon fumé, ça va ?

— Bien sûr. Pourquoi ?

— Bon. Champagne Krug, œufs brouillés et saumon fumé, le meilleur de tout Londres.

— Où ça ?

Il lui tendit son manteau.

— Mais c'est pas possible ! Quand donc cesserez-vous de poser tout le temps des questions ?

Il l'emmena au Piano Bar du Dorchester, le meilleur de Londres, avec ses magnifiques plafonds en miroir, où il fut accueilli par le directeur, un vieil ami, qui les conduisit à une stalle. Comme d'habitude, Dillon commanda une bouteille de Krug non millésimé, des œufs brouillés, du saumon fumé, et une salade pour deux.

— Vous vivez sur un grand pied, Dillon, fit-elle remarquer. Vous portez un costume Armani et vous êtes capable de vous offrir de pareils restaurants.

— J'essaye toujours de dépenser un peu de ces six cent mille livres que j'ai gagnées à Michael Aroun en ne parvenant pas à éliminer le Premier ministre ni le cabinet de Guerre pendant la guerre du Golfe.

— N'éprouvez-vous jamais la moindre honte ?

— Pourquoi faire semblant ? Je suis comme je suis. Et comme j'ai toujours été. D'ailleurs,

Hannah, mon amour, vous vous en êtes parfois félicitée.

On servit le champagne. Il lui porta un toast.

— A la plus belle femme policier de Londres.

— Ce genre de flatteries ne vous servira à rien. Et maintenant racontez-moi ce qui se passe.

Lorsqu'il eut terminé, elle le regarda d'un air horrifié.

— Vous vous êtes servi de moi. Vous avez utilisé des renseignements confidentiels pour éviter à un malfaiteur et à ses complices d'être arrêtés.

— Ce n'est pas un si mauvais bougre, rétorqua Dillon en avalant une gorgée de champagne. Et j'avais besoin de lui.

— Comment avez-vous pu faire une chose pareille ?

— Arrêtez un peu votre baratin, Hannah ! Ferguson n'arrête pas de faire des choses qui l'arrangent. Ce salaud de Lituanien, Platoff, le mois dernier ? S'il y a un type qui méritait d'être descendu, c'était bien lui, mais comme il pouvait être utile, Ferguson a conclu un marché avec lui, et, si mes souvenirs sont exacts, vous étiez partie prenante.

Elle le fusilla du regard.

— Vous êtes impossible, Dillon !

— Bien sûr, et vous, vous êtes adorable quand vous êtes en colère. (Le serveur arriva avec leurs plats.) Vous allez être très mignonne et faire honneur au déjeuner.

— Dillon, vous n'êtes qu'un horrible macho.

— Et vous une belle juive qui devrait avoir des bébés et faire le désespoir de son mari, au lieu de tuer des gens pour le compte de Scotland Yard.

Elle ne put s'empêcher de rire.

— C'est charmant. Maintenant, dites-moi comment vous comptez procéder.

— Je vais atteindre les Communes à la nage.

— Avec la marée, le courant peut être terrible. C'est du suicide. Ne faites pas ça.

— Oui, vous avez raison. Voilà pourquoi la Terrasse constitue le maillon faible du dispositif de sécurité.

— Comment espérez-vous vous en tirer ?

— C'est difficile, mais pas impossible.

Et il lui expliqua pourquoi.

Le *River Queen* était encore amarré à Cable Wharfe lorsque Dillon y arriva ce soir-là à onze heures, au volant de la Toyota. C'était l'heure de la fermeture, les derniers clients sortaient du pub et prenaient la direction de Wapping High Street. Demeuré dans la camionnette, il vit la barmaid discuter avec Billy sur le seuil, puis refermer la porte. Billy se dirigea vers le bateau.

Dillon descendit alors de la Toyota.

— Salut, Billy, tu pourrais me donner un coup de main ?

Billy le regarda avec un mélange d'agacement et d'admiration.

— Tu sais que t'es fou, toi ? Mon oncle m'a raconté ce que tu allais faire. C'est complètement dingue. Et d'abord t'arriveras même pas jusqu'à la Terrasse. Le courant est beaucoup trop fort par là-bas.

— Si je ne reviens pas, tu n'auras qu'à vendre la Toyota. Tope là.

Il lui tendit la main, que Billy serra sans hésiter.

— Espèce de cinglé ! Bon, qu'est-ce qu'il y a, là-dedans ? dit-il en ouvrant la porte arrière de la camionnette.

Sous l'œil de Salter et des autres, Dillon déposa son équipement dans le salon. Il y avait sa lourde combinaison en nylon, avec sa cagoule, les chaussons et les gants.

— Tu en auras besoin, lui dit Salter. L'eau est glaciale, ce soir.

— Je n'imaginais pas qu'elle allait être chaude.

Dillon sortit ses palmes et fixa la bouteille d'air au gilet stabilisateur. Puis il vérifia sa ceinture de plomb, ouvrit un sac dont il tira une petite lampe à halogène et une pochette imperméable.

— T'auras pas besoin de cette lampe, dit Salter. J'ai souvent longé la Terrasse à l'aube, et ils laissent les lampadaires allumés. Même si t'arrives jusque-là, tu risques de te faire prendre. Il doit y avoir des gardes. Un coup d'œil en bas, et t'es bon.

— Je sais.

Dillon ouvrit la pochette imperméable et en examina le contenu.

— Et ça, qu'est-ce que c'est ?

— Des rossignols. J'en ai besoin pour pénétrer dans une des réserves et y passer le reste de la nuit.

Salter secoua la tête.

— Tu sais te servir de ces machins ? Oh, et puis non, ne réponds pas. Mais dis-moi, avec l'accent que tu as, tu es sûr que tu ne vas pas descendre le Premier ministre ?

— Jamais de la vie !

Dillon ouvrit la fermeture à glissière d'un sac imperméable et en examina également le contenu.

— Qu'est-ce que c'est ? demanda Salter.

— Chemise blanche, nœud papillon, veste blanche, pantalon et chaussures noires. (Il sourit.) Après tout, je suis censé être un serveur.

Il referma le sac et Billy ne put s'empêcher de rire.

— Dillon, je t'aime bien. Non, c'est vrai. Tu es fou, t'en as rien à foutre, exactement comme moi.

— Je prendrai ça comme un compliment. (Dillon se leva et jeta un dernier regard à son barda.) Bon, ça y est. (Il se tourna vers Salter.) Maintenant, Harry, je m'en remets à toi.

— Très bien, on y va.

Ils se rassemblèrent autour de la table sur laquelle était étalée une grande carte.

— Voilà, dit Salter. Ici, il y a la Chambre des communes, en face l'Embankment, et là le pont de Westminster. Je peux te dire que c'est le plus mauvais moment de l'année. Une marée très haute, qui redescend vers trois heures du matin, et pour que tu puisses arriver là où tu veux il faut que la marée descende, mais le courant est beaucoup plus rapide que d'habitude. Au moins cinq nœuds. Il faut y penser.

— Je le sais, répondit Dillon.

— Impossible de lutter contre le courant à la nage. Il est trop fort. Mais si tu te tiens à la poupe et que je te lâche au bon instant, tu as tes chances.

— Ça me convient.

— C'est complètement fou, dit Salter en secouant la tête. Complètement fou.

Dillon sourit, tira un paquet de cigarettes de sa poche et gagna le pont. Salter le retrouva sous l'avant-toit de la timonerie où il s'était installé pour se protéger de la pluie.

— J'aime bien la Tamise, dit Salter en s'appuyant contre la cloison. Quand j'étais gamin, j'étais toujours fourré dans le coin. Mon vieux faisait de la contrebande, et ma mère de temps en temps des ménages, pour joindre les deux bouts. Moi je trafiquais tout ce que je pouvais, les clopes, l'alcool.

— T'as fait des progrès, après.

— Mais jamais la drogue ni les femmes, pour moi, c'est dégueulasse. J'peux te dire que je suis quand même pas un cave. Il m'est arrivé de tuer, mais chaque fois c'était un salaud qui voulait me tuer, moi.

— Je vois.

— Et toi ?

— Oh, pendant plus de vingt ans j'ai été en guerre avec le monde entier.

— Avec ton accent, est-ce que c'est ce que je pense ?

— C'est fini, ça, Harry. Maintenant je bosse

pour une branche plutôt secrète des services spéciaux. Je préfère ne pas en dire plus.

— Comme tu voudras, mon vieux. (Salter sourit.) Mais avec ce qui t'attend, mieux vaut que t'aies l'estomac calé. On va faire un tour dans Wapping High Street. Il y a le meilleur fish-and-chips de Londres, là-bas.

Un peu avant trois heures du matin, le *River Queen* passa sous le pont de Westminster et fit demi-tour, luttant contre le courant de la marée. Les lumières du pont étaient éteintes, seule la timonerie était allumée. Dillon et Salter se tenaient à la poupe.

— Je vais remplacer Billy à la barre, dit Salter. Il reviendra ici avec un émetteur-récepteur. Toi, tu te suspendras à un filin, sous la poupe. T'inquiète pas pour les hélices. Vu la construction du bateau, elles sont très en dessous.

— Et ensuite ?

— Au bon moment je préviendrai Billy par radio, et il te donnera le signal. Si je ne me suis pas trompé, le courant devrait te propulser sur la Terrasse. Si je me suis trompé, eh bien... bonne chance !

— Merci, Harry, dit Dillon en souriant. T'es un type réglo.

— Va te faire voir, espèce de cinglé ! lança Salter avant de s'éloigner.

Dillon se tourna alors vers Hall et Baxter qui attendaient sans rien dire.

— Allez, les gars, on y va.

Dix minutes plus tard, il était pendu à un filin accroché au bastingage de poupe, tout son matériel attaché à sa ceinture, tandis que Billy l'observait depuis le pont, juste au-dessus. La nuit était noire, l'eau agitée, et Dillon se rendait compte de la violence du courant. Et puis Billy lui cria d'y aller, et il lâcha le filin.

Il eut l'impression d'être immédiatement saisi par une main de fer et s'enfonça à un mètre cinquante ou deux mètres sous l'eau. Puis il fut projeté à nouveau à la surface, vit le *River Queen* disparaître dans l'obscurité, aperçut les lampadaires de la Terrasse et s'enfonça une nouvelle fois. Quelques instants plus tard, il heurtait violemment la maçonnerie de la Terrasse. Il refit surface et se rua sur les escaliers qui marquaient la limite entre la Chambre des communes et la Chambre des lords.

Il demeura un moment immobile, puis déboucla le gilet stabilisateur et la bouteille d'air, qu'il abandonna au courant. Il fit de même avec les palmes et le masque, et entreprit de gravir les marches. Il passa par-dessus le parapet avec ses deux sacs et s'accroupit dans l'obscurité.

Une porte s'ouvrit un peu plus loin et un garde apparut. Il s'avança jusqu'au parapet et alluma une cigarette ; la fumée avait une odeur âcre dans l'air humide. Dillon dut attendre cinq minutes qui lui parurent une éternité avant que l'homme jette son mégot dans la Tamise et fasse demi-tour.

Dillon ouvrit alors ses sacs, se débarrassa de

sa combinaison de plongée et se retrouva en maillot de bain. Il jeta la combinaison dans la Tamise et gagna les réserves du bar de la Terrasse. Il sortit d'un des sacs la lampe à halogène et les rossignols et se mit à l'ouvrage. Il lui fallut moins de cinq minutes pour ouvrir la porte.

Il se livra à une rapide exploration : il y avait là des piles de nappes et de serviettes, des cartons de verres à vin. Dans une pièce à l'arrière, il vit deux toilettes et un lavabo. Dans le plus grand de ses deux sacs, il prit une serviette de bain avec laquelle il s'essuya, ôta son maillot et revêtit ses vêtements de serveur.

Il consulta sa montre. Quatre heures moins le quart. Il lui restait environ quatre ou cinq heures à attendre. Dans un grand placard, il trouva des piles de linge. Comme il n'y avait pas de clé sur la porte, il le bloqua de l'intérieur, puis y confectionna un lit rudimentaire avec des nappes et des serviettes.

« Harry sera content », songea-t-il avant de s'endormir.

Il fut réveillé en sursaut par le bruit de la poignée qu'on manœuvrait furieusement. Un coup d'œil à sa montre, et il s'aperçut qu'il était presque neuf heures. Il entendit une voix qui disait : « Cette saleté de porte est fermée. Je vais essayer de voir si je trouve une clé. »

Des bruits de pas, puis une porte qui s'ouvre et se ferme. Dillon ouvrit rapidement la porte du placard et s'enferma dans l'une des cabines de toilettes. Après quelques minutes, la porte d'entrée s'ouvrit à nouveau. Il devait y avoir deux personnes car, après avoir ouvert la porte du placard, un homme dit :

— Bon, prenez ces serviettes et mettez-vous au boulot.

— Entendu, monsieur Smith, dit une voix de femme.

La porte d'entrée se referma avec bruit, puis l'homme se mit à siffloter et à remuer divers objets. Quelques instants plus tard, il s'installait dans l'autre cabine de toilettes et allumait une cigarette. Dillon tira la chasse et sortit. Il avisa la veste blanche de l'homme, suspendue à un cintre, près du lavabo, avec le badge en plastique qui y était accroché. Il le prit et l'accrocha à sa propre veste, de façon à ce que le revers le dissimulât en partie.

Lorsqu'il sortit à l'air libre, la Terrasse bourdonnait déjà d'activité, et une nuée de serveurs travaillaient au bar et dressaient les tables. Dillon plia une serviette sur son bras, rafla un plateau, et passa sans encombre devant deux gardes.

Pendant une heure il s'agita en tous sens, visitant les restaurants de la Chambre des communes et de la Chambre des Lords, son plateau à la main. Pas une seule fois il ne fut contrôlé. Qu'en penserait Ferguson ? Quant à Carter...

Un peu après dix heures, il retourna sur la Terrasse, où régnait toujours la même activité fébrile. Il passa devant les gardes et s'accorda un moment de pause. Un homme aux cheveux gris, vêtu d'une redingote noire et d'un pantalon rayé, distribuait les tâches aux serveurs.

C'est à peine s'il accorda un regard à Dillon lorsqu'il s'adressa à lui.

— Vous, allez chercher les canapés derrière la table.

— Bien, monsieur.

Puis Dillon resta le long du mur avec les autres serveurs et, quelques minutes plus tard, les membres du Parlement gagnaient la Terrasse en une foule compacte, et les serveurs se mirent à servir les rafraîchissements. Dillon circulait au milieu de la cohue avec son plateau de canapés lorsqu'il remarqua Ferguson, Hannah Bernstein et Carter.

Il se détourna, mais eut le temps d'entendre la réflexion de Carter :

— Désolé pour vous, Ferguson, mais cette petite fripouille vous a fait faux bond.

— Puisque vous le dites, répondit Ferguson.

Un peu plus tard, un appel retentit dans le système de sonorisation : « Mesdames et messieurs, le Premier ministre et le président des Etats-Unis. »

A leur arrivée sur la Terrasse, les applaudissements éclatèrent. Dillon prit alors un plateau de canapés muni d'un couvercle et se détourna un bref instant. Le Président et le Premier ministre s'avançaient au milieu de la foule, ralentissant de temps à autre pour échanger quelques mots avec les convives. Ils s'arrêtèrent devant le petit groupe que formaient Simon Carter, Ferguson et Hannah Bernstein.

— Ah, général Ferguson, dit le président des Etats-Unis. Je suis heureux de vous revoir.

Puis il salua Hannah Bernstein et Carter.

Dillon s'avança.

198

— Excusez-moi, messieurs.

La stupéfaction se peignit sur les traits de Carter, mais aussi sur ceux de Ferguson et de Bernstein. Dillon souleva le couvercle du plateau, découvrant un billet de cinq livres.

— Vos cinq livres, monsieur.

Carter était au comble de la fureur, mais ce fut le président Clinton qui eut la réaction la plus inattendue :

— Oh, mais c'est vous, monsieur Dillon ?

Ferguson, Hannah Bernstein et Dillon se retrouvèrent en milieu d'après-midi dans le bureau du général.

Une joie mauvaise se lisait sur le visage de Ferguson.

— Vous alors, quelle crapule d'Irlandais !

— N'oubliez pas que vous l'êtes à moitié.

— La tête qu'a faite Carter ! Un vrai régal. J'ai dû expliquer ce qui se passait au Président et au Premier ministre, ce qui bien sûr n'a pas arrangé les affaires de Carter. Le Président a trouvé ça extraordinaire. Je dois vous dire qu'après votre contribution au processus de paix en Irlande, l'année dernière, il a une haute opinion de vous, Dillon. Vous n'avez fait que monter dans son estime. Dites-moi, comment y êtes-vous arrivé ?

— Je suis passé par la Tamise, général, mais je préfère ne pas entrer dans les détails.

Ferguson se tourna vers Hannah Bernstein.

— Vous êtes au courant, vous, madame l'inspecteur principal ?

— J'en ai peur, monsieur.

— C'est aussi grave que ça ?

— Je dois dire que les méthodes employées constituent une infraction pénale particulièrement grave, et si je travaillais encore pour la Special Branch à Scotland Yard je n'aurais d'autre choix que de procéder à l'arrestation de Dillon. Cela dit, vu mon statut particulier auprès de vous, une telle attitude est sans objet.

— Mon Dieu, dit Ferguson en secouant la tête. Pourtant, je savais bien ce que je faisais en vous recrutant, Dillon, je n'ai qu'à m'en prendre à moi-même. Bon, retournez à votre travail, tous les deux, ajouta-t-il en ouvrant un dossier posé devant lui.

Au même moment, au centre de détention de Green Rapids, Kathleen Ryan et son oncle déambulaient dans le parc. L'administration de la prison pratiquant une politique libérale en matière de parloirs, il y avait comme d'habitude un grand nombre de visiteurs. Paolo Salamone les suivait à quelque distance ; un peu après le petit déjeuner, il avait reçu un coup de téléphone de son avocat, Marco Sollazo.

Le coup de fil avait été bref.

— A propos de l'affaire dont nous avons discuté l'autre fois, d'autres informations seraient nécessaires, ce qui ferait d'ailleurs avancer ton dossier.

Cela faisait longtemps que Salamone n'avait pas éprouvé une telle excitation. Maintenant que Sollazo et Don Antonio s'engageaient activement de son côté, il y avait des chances pour que sa condamnation soit revue. Il savait par son oncle que la fille travaillait surtout de nuit à l'hôpital, ce qui expliquait pourquoi elle venait le voir, parfois, jusqu'à quatre fois par semaine.

Ils se dirigeaient à présent vers l'un des abris rustiques aménagés près du lac. Salamone alla se dissimuler dans un petit bouquet d'arbres, derrière la hutte, d'où il les entendrait parfaitement.

— Tu as l'air déprimée, aujourd'hui, ma grande, dit l'oncle.

— Il y a de quoi, non, à te voir enfermé comme un animal en cage !

— Ni moi ni personne n'y pouvons rien.

— Quand tu as été transféré, j'avais bon espoir. C'est pour ça que j'ai demandé à Cassidy, celui qui avait partagé ta cellule à Ossining, de nous fabriquer des faux passeports. Je pensais qu'ici ça serait plus facile pour toi de t'évader.

— Ce n'est pas le cas. Les conditions de détention sont plutôt bonnes, mais en contrepartie les mesures de sécurité sont très strictes. Les murs sont truffés de gadgets électroniques, et nos moindres mouvements sont surveillés par des caméras. Il va pourtant falloir qu'on parle un jour de ton avenir, il va bien falloir que tu partes d'ici un jour ou l'autre ; ce jour-là j'aurai des choses à te dire.

— Lesquelles ?

— Ça peut attendre.

— Dans ce cas, ne dis pas de bêtises. Comment va ta santé ?

— Pas mal. Je fais ce qu'on me dit, je prends mes médicaments. Mardi matin, je vais être conduit à l'Hôpital général pour un nouveau scanner du cœur.

— Je travaille de nuit, mais je me débrouillerai pour être là et m'occuper de toi. De toute façon, je reviens te voir demain à onze heures, j'ai du temps dans la matinée.

— C'est gentil.

Ils se levèrent et s'éloignèrent. Salamone s'enfonça sous les arbres.

Alors qu'ils approchaient de la grille, Kathleen demanda :

— Tu prends toujours les mêmes médicaments ?

— Il y en a un nouveau. (Il sortit un flacon en plastique de sa poche.) Tiens, le voilà.

— Du Dazane ? Je ne le connais pas. Je vais me renseigner à l'hôpital. (Elle lui rendit le flacon et l'embrassa sur la joue.) Au revoir, à demain.

Salamone téléphona aussitôt à Sollazo en utilisant la borne d'un autre prisonnier. La secrétaire refusa d'abord de le lui passer, prétextant qu'il était occupé, mais, devant l'insistance de Salamone, elle finit par céder.

— Qu'arrive-t-il ? demanda Sollazo. J'espère que tu as de bonnes nouvelles.

— J'ai surpris une conversation entre Kelly et sa nièce. Elle espérait qu'il s'évaderait plus facilement d'ici que d'Ossining, mais pas de chance pour elle : depuis l'ouverture de cette prison, personne n'a réussi à s'évader.

— Et en quoi ça m'intéresse ?

— Elle parlait de faux passeports que lui

avait fabriqués un nommé Cassidy, qui partageait la cellule de Kelly à Ossining.

— Là, ça devient intéressant, dit Sollazo. Quoi d'autre ?

— Pas grand-chose. Si, mardi matin il sera conduit à l'Hôpital général de la ville pour un scanner du cœur. Je te l'avais dit, hein, il souffre d'angine de poitrine. Ah, et puis elle a dit qu'elle viendrait le voir demain matin à onze heures.

— Tu as fait du bon travail, Paolo, continue comme ça. Il y a une chose que je ne t'avais pas dite : Liam Kelly s'appelle en fait Michael Ryan, et c'était un militant loyaliste très connu en Irlande, alors fais attention. Ce type a tué je ne sais pas combien de bonshommes.

— Mon Dieu ! s'écria Salamone.

— Sa nièce s'appelle Kathleen Ryan, elle aussi a du sang sur les mains. Ce ne sont pas des voyous ordinaires, ce sont des révolutionnaires, c'est-à-dire des chats sauvages, un peu frappés du bonnet. Méfie-toi.

— Bien sûr. Et toi, Marco, tu continues à t'occuper de mon affaire ?

— Evidemment.

Sollazo raccrocha, l'air pensif, puis appuya sur le bouton de l'interphone pour appeler sa secrétaire.

— Trouvez-moi Mori, il devait être par là.

Il se replongea alors dans le dossier qu'il était en train d'étudier, et un petit sourire apparut sur ses lèvres car il venait de se rendre compte de l'erreur qu'avait commise l'accusation. On frappa à la porte et Mori entra.

— Vous m'avez demandé, monsieur ?

Sollazo s'enfonça dans son siège.

203

— Salamone m'a apporté d'autres informations à propos de Ryan et de sa nièce. Apparemment, elle a demandé des faux passeports à un dénommé Cassidy, qui partageait la cellule de Ryan à Sing-Sing. Trouve-le et amène-le-moi. Quelqu'un doit le connaître.

— Pas de problème, dit Mori. Je vais passer quelques coups de téléphone.

Il sortit.

Une heure et demie plus tard, Mori garait sa limousine devant une petite boutique de photographe, dans une rue du Bronx. Un jeune Noir travaillait à une machine qui tirait des photos de vacances.

— Vous désirez ?

— Je voudrais voir M. Cassidy.

— Il est derrière, je vais le chercher.

— Inutile, mon garçon, je m'en charge.

Mori passa derrière le comptoir et ouvrit la porte. Cassidy, un homme de petite taille, chauve, avec des lunettes cerclées d'acier, travaillait à ce qui ressemblait à des coupons d'actions.

— Toujours les mêmes combines ? lança Mori.

Cassidy se leva, visiblement inquiet.

— Que voulez-vous ? bredouilla-t-il.

— Je représente la famille Russo, et le neveu et avocat de Don Antonio, M. Marco Sollazo, aurait besoin de votre aide pour une affaire.

Cassidy blêmit et ôta ses lunettes d'une main tremblante.

— Bien sûr. En quoi puis-je lui être utile ?

— Je me disais bien qu'on pourrait compter sur vous. Voilà, vous fabriquez de très beaux faux passeports, et je suis sûr que vous êtes du genre à conserver des dossiers. Je me trompe ?

Cassidy se passa nerveusement la langue sur les lèvres.

— Non, pas du tout. De qui voulez-vous me parler ?

— D'un type qui a partagé votre cellule à Ossining, Liam Kelly. Sa nièce est venue vous voir, il y a quelque temps.

— Oui, dit Cassidy. J'ai tous les papiers.

— Eh bien, mettez-les dans un dossier et on y va. M. Sollazo n'aime pas attendre.

— Donc, des passeports irlandais ? demanda Sollazo à Cassidy qui se tenait debout devant son bureau.

— Oui, aux noms de Daniel et Nancy Forbes. Il n'y a pas eu de problème pour obtenir une photo de Kelly, parce qu'ils ont une machine à photos d'identité, dans la prison. Il y en a toujours besoin pour les badges de sécurité qu'utilisent les prisonniers.

— Quand était-ce ?

— Il y a dix-huit mois. Ce sont des passeports de la Communauté européenne, avec une couverture brune. Kelly est censé être un artiste. Je pensais que c'était bien, parce que dans sa cellule il peignait.

— Et la fille ?

— Infirmière. C'est son métier.

— Je sais, dit Sollazo. Et vous avez fait du bon travail ?

— Oh oui, avec des visas d'entrée et de sortie de plein de pays, depuis Hong Kong jusqu'au Royaume-Uni. Je leur ai même fait des visas pour l'Egypte. Je peux vous jurer que j'ai fait du bon travail, monsieur Sollazo.

— Je suis persuadé que vous dites la vérité. (Sollazo se tourna vers Mori.) S'il se révèle qu'il a menti, Giovanni, je te donne la permission de lui briser les bras et les jambes.

— Avec plaisir, répondit Mori sans un sourire.

Cassidy ruisselait de sueur.

— Je vous en prie, monsieur Sollazo, je suis un type honnête.

Sollazo éclata de rire.

— Sortez.

Mori le raccompagna à la porte, puis revint.

— Autre chose, monsieur ?

— Oui, je veux que tu ailles voir Salamone. Apparemment, mardi matin, Ryan va être conduit à l'Hôpital général de Green Rapids pour y passer un scanner du cœur. Essaye d'en apprendre le plus possible sur la façon dont ça se déroule quand on conduit un prisonnier là-bas. Ensuite, va te renseigner à l'hôpital. Inutile de te dire d'être discret. Tu l'es toujours.

— Merci, monsieur, dit Mori, le visage impassible.

Il sortit, et Sollazo revint à son travail.

Comme tout le monde, Salamone avait une peur bleue de Mori, car c'était le tueur le plus impitoyable de la famille Russo. Il l'accueillit avec appréhension. Ils marchèrent de conserve

206

en direction du lac, et Mori lui apprit quel était le but de sa visite.

Salamone, enchanté de pouvoir rendre service, se révéla être une mine de renseignements.

— Pour conduire les gars à l'hôpital, ils utilisent une ambulance spéciale. J'y suis allé moi-même un jour qu'ils avaient besoin d'un infirmier pour un gars qui restait couché.

— Combien de gardiens ?

— Le chauffeur et un gardien armé d'un fusil, assis à côté de lui. D'habitude, il y en a deux en plus à l'arrière avec les détenus, ça dépend du nombre. En tout cas, je peux te dire que, mardi matin, il n'y aura que Kelly — ou Ryan — et un type nommé Bryant, qui va se faire opérer de la prostate. J'ai vu le planning.

— Bon, dit Mori. Et où est-ce qu'ils emmèneront Ryan ?

— Au deuxième étage. Service de chirurgie cardiaque.

— Il y a combien de gardiens pour l'accompagner là-haut ? Un ou deux ?

— D'habitude, un seul. Faut dire qu'il a un problème cardiaque. Et puis, il a les menottes.

— Tout le temps ?

— Pas quand on le soigne.

— Bien, dit Mori. C'est tout ce que je voulais savoir. Tu te souviens du proverbe sicilien : « Garde ta langue dans ta bouche, sans ça on te la coupe » ?

— Mais enfin ! s'écria Salamone, visiblement terrifié. J'aime Don Antonio.

— Bien sûr, dit Mori en lui tapotant la joue.

Et il s'en retourna vers la grille.

Le parking de l'hôpital était complet, mais quelqu'un démarra à l'arrivée de Mori, libérant une place que celui-ci occupa aussitôt. En descendant de voiture, il s'aperçut que la place était réservée au chef du service de chirurgie. Mori pénétra alors dans le bâtiment par l'entrée principale. C'était un hôpital ultramoderne, visiblement équipé de matériel de haute technologie ; partout se croisaient des infirmières en uniforme et des médecins en blouse blanche, ainsi que de nombreux visiteurs.

Sans hésiter, il prit un ascenseur pour le troisième étage. Le couloir était calme. En face, se trouvait une porte avec l'écriteau « Réserve », puis un ascenseur aux portes très larges, apparemment destiné à accueillir brancards et lits roulants. Plus loin, une porte annonçait : « Toilettes du personnel ». Il la poussa.

Il y avait des lavabos et des cabines de toilette, ainsi qu'une rangée de portemanteaux dont certains occupés par des blouses blanches. Sur l'une de ces blouses était accroché un insigne en plastique au nom du Dr Lynn, service de radiologie. Mori revêtit la blouse et sortit des toilettes.

Il descendit en ascenseur au deuxième étage et se mit en quête du service dont lui avait parlé Salamone, la chirurgie cardio-vasculaire.

Après avoir poussé deux portes battantes, il découvrit deux ou trois patients assis sur des bancs, et une jeune infirmière noire à la réception. Lorsqu'elle leva les yeux, Mori mit les mains dans les poches de la blouse de façon à en écarter les pans et à dissimuler l'insigne, au cas où elle connaîtrait le médecin.

— Je peux vous aider, docteur ?

— Oui, je suis nouveau à l'hôpital, je vais travailler en radiologie. Je dois voir un patient ici, mardi matin, un détenu du centre de détention de Green Rapids. Je venais me renseigner avant l'intervention. C'est un patient qui souffre de troubles cardiaques.

— Oh oui, c'est M. Kelly. Il est déjà venu plusieurs fois. Vous êtes au bon endroit. Il sera conduit en salle trois, dans le couloir.

— Merci beaucoup.

Mori alla jeter un coup d'œil dans la salle trois où il aperçut un patient sur un brancard et une infirmière penchée sur lui.

Il franchit ensuite une porte surmontée du panneau « Sortie de secours » et déboucha dans un couloir désert. En face de lui, un monte-charge. Il l'appela et, une fois à l'intérieur, poussa sur le bouton « Sous-Sol ». Les portes s'ouvrirent bientôt sur un grand parking souterrain qu'il traversa avant de se retrouver sur le parking extérieur où il avait garé sa limousine. Il demeura un instant immobile, le sourire aux lèvres, puis ôta la blouse blanche qu'il jeta sur le siège arrière et se mit au volant.

Le médecin de service ce jour-là à la pharmacie de l'hôpital était le Dr Sieed, une Indienne portant sari. Elle connaissait Kathleen et l'aimait bien, et elle l'accueillit avec le sourire.

— Que puis-je faire pour vous, mademoiselle ?

— Mon oncle souffre d'angine de poitrine, et il est suivi ici. Il m'a dit qu'il prenait un médicament que je ne connais pas, le Dazane.

— C'est un nouveau médicament. Extrêmement efficace, mais la posologie doit être respectée strictement. Un comprimé trois fois par jour.

— Oui, je l'ai lu sur la notice.

— Le surdosage peut être dangereux. En prenant trois comprimés à la fois, on risque une attaque sévère d'angine de poitrine.

— Mortelle ?

— Probablement pas, mais le patient risque de ressentir les effets du choc pendant deux jours. Dites-lui de faire attention.

— Je vous remercie.

Kathleen gagna ensuite le vestiaire du personnel, prit sa veste et son sac à dos, et quitta l'hôpital par l'entrée principale. Alors qu'elle traversait le parking, Giovanni Mori passa à côté d'elle dans sa limousine et s'engagea sur la route.

10

Lorsque Sollazo vint le voir, Don Antonio semblait d'excellente humeur.

— Tu as l'air content de toi, Marco, fit-il observer.

— Je crois que j'ai trouvé une solution.

— Parfait. Mais d'abord, les affaires de famille. J'ai quelque chose à signer ?

— Deux actes de propriété, un virement. Je les ai ici.

Sollazo ouvrit sa serviette et en tira des papiers.

— Bon, allons-y, dit Don Antonio en prenant un stylo dans sa poche. (Il signa les différents papiers.) Et maintemant, un de ces Martini vodka dont j'ai le secret.

— Ah, ce sont les meilleurs du monde !

— Et comment !

Russo passa derrière le comptoir, confectionna deux cocktails et en servit un à Sollazo qui avait pris place sur un tabouret. Le Martini était excellent, et Sollazo l'apprécia en connaisseur. Le vieil homme leva son verre.

— A l'affaire Ryan. Allez, raconte-moi.

Sollazo s'exécuta en n'omettant aucun détail.

— Mori pourrait faire ça tout seul ? demanda Don Antonio lorsque son neveu eut terminé.

— C'est très simple. Et il n'y a personne d'autre dans le coup.

— Mais il faudra la coopération de Ryan lui-même.

— Bien sûr.

— Et il voudra emmener sa nièce.

— C'est normal.

— Comment comptes-tu le persuader ?

— Comme on dit dans ton film préféré : « Je lui ferai une proposition qu'il ne pourra pas refuser. »

Le vieil homme opina du chef.

— Il ne doit exister aucun lien entre Ryan et toi, aucun lien avec la famille. Si le coup réussit, je ne veux pas que la police nous mêle à cette affaire.

— Pas de problème. Quand je vais à Green Rapids, c'est pour voir Salamone, ce qui est parfaitement légitime, mais le régime de détention est tellement laxiste que les détenus circulent librement dans le parc en compagnie de leur famille ou de leur avocat, et donc on peut parler avec n'importe qui. Salamone m'a dit que la fille rendrait visite à son oncle demain matin à onze heures. J'irai le voir moi aussi à la même heure, et j'en profiterai pour parler à Ryan.

Don Antonio avala une gorgée de Martini d'un air pensif.

— Dis-moi, Salamone espère toujours obtenir une réduction de peine. Tu as de l'espoir de ce côté-là ?

— Aucun, mais je continue à lui faire miroiter cette possibilité. Pour d'autres raisons : il connaît beaucoup de choses sur la Famille.

— Trop de choses. Il y a un proverbe sicilien qui dit : « Mieux vaut sacrifier la branche que perdre l'arbre. » (Il hocha la tête d'un air grave.) Sans compter le fait qu'il constitue le seul lien entre Ryan et nous.

— On peut s'en passer sans problème, énonça calmement Sollazo. Il pourrait avoir un accident un de ces jours. Nous avons des amis, là-bas, qui seraient très heureux de nous rendre ce service.

— Bon. Je te laisse t'en occuper.

Un peu avant onze heures, par une belle matinée ensoleillée, Sollazo déambulait dans le parc en compagnie de Salamone.

— Tu as fait du bon travail pour nous, dit l'avocat. Don Antonio est très content.

— Tant mieux, dit Salamone, le visage rayonnant. Et pour mon affaire, ça avance ?

— J'y travaille, Paolo, mais il faut du temps.

A ce moment-là, il aperçut Michael Ryan et Kathleen qui prenaient place sous un des abris, près du lac.

— Il faut faire attention à ton nouveau médicament, le Dazane, dit Kathleen. Ne dépasse pas la posologie prescrite.

— Je sais, je sais. Un comprimé trois fois par jour.

— J'en ai parlé au Dr Sieed. Si tu en prenais trois en même temps, ça provoquerait une crise d'angine de poitrine.

— Mortelle ?

— Disons plutôt que tu te sentirais mal pendant quelques jours.

A ce moment-là, Marco Sollazo fit son apparition devant eux, fort élégant dans son complet sombre et son long imperméable Armani.

— Bonjour, monsieur Ryan. (Il sourit à l'adresse de Kathleen.) Mademoiselle Ryan.

Ryan ne manifesta aucune émotion.

— Vous vous trompez, monsieur, nous ne nous appelons pas comme cela.

— Je crois que si.

— Laisse tomber, oncle Michael, dit Kathleen. (Elle toisa Sollazo.) Que voulez-vous ?

— Pour commencer, je sais tout de vous. Vous êtes Michael et Kathleen Ryan, toujours recherchés en Ulster pour diverses actions terroristes commises au profit des loyalistes. J'imagine que si les autorités britanniques savaient où vous trouver, elles demanderaient votre extradition.

— Allez vous faire foutre ! lança Kathleen. Qu'est-ce que vous voulez ?

— Le chargement d'or qui a coulé avec l'*Irish Rose* il y a dix ans, au large du comté de Down, et je vous en prie, ne venez pas me dire que vous ignorez de quoi je parle.

L'oncle et la nièce le considérèrent un instant sans rien dire. Finalement, ce fut Michael Ryan qui rompit le silence :

214

— Vous semblez savoir beaucoup de choses, monsieur.

— Je sais tout.

— Dans ce cas, dit Ryan, vous savez aussi que l'*Irish Rose* a coulé en pleine nuit et en pleine tempête. Nous avions dévié de notre route, et je ne sais pas du tout où il a coulé.

— Mais si, vous le savez parfaitement. Vous aviez dans votre poche un gadget appelé Master Navigator, une sorte de mini-ordinateur qui a calculé très exactement votre route et votre position.

Ryan, pour le coup, eut l'air sidéré.

— Comment pouvez-vous savoir ça ? Seuls Kathleen et moi sommes au courant.

— Quand vous avez tout raconté à votre nièce, quelqu'un était caché derrière un arbre, et vous écoutait. Un homme que vous connaissiez sous le nom de Martin Keogh.

Ce fut Kathleen, le visage grave, qui s'adressa à lui :

— Vous parlez comme si c'était quelqu'un d'autre.

— En effet. Dites-moi, monsieur Ryan, avez-vous rencontré le chef d'état-major de l'IRA à cette époque, Jack Barry ?

— Nous ne nous sommes jamais trouvés face à face.

— Il savait que votre plan avait été refusé par votre Conseil militaire, et avait appris que vous comptiez agir seul, alors il a réussi à infiltrer auprès de vous un de ses meilleurs éléments.

— Qui était-ce ? demanda Kathleen, livide.

— Un homme nommé Sean Dillon. Vous avez entendu parler de lui ?

— Oh oui, dit Ryan. Une vraie légende. On l'appelait l'homme aux mille visages. Un ancien acteur. Il s'est joué de l'armée et du RUC pendant un an. (Il secoua la tête.) Pas une seule fois il n'a été démasqué. Ainsi c'était lui, Martin.

— Le salaud ! lança Kathleen.

— Ce matin-là, fit observer Sollazo, il aurait pu vous tuer et s'emparer du Master Navigator. Barry, d'ailleurs, lui a reproché de ne pas l'avoir fait. Mais il a répondu à Barry qu'il vous aimait bien. (Il adressa un sourire à Kathleen.) Et vous aussi, mademoiselle.

— Quel salopard ! (Elle avait des larmes dans les yeux.) J'espère qu'il rôtit en enfer !

— En fait, à présent il travaille pour une branche ultra-secrète des services de renseignements britanniques.

— C'est la meilleure ! s'écria Ryan en éclatant de rire. Ça ressemble bien à ce Martin qu'on a connu et qu'on adorait.

— Maintenant je vois qui vous êtes, dit Ryan. Vous êtes l'avocat de la Mafia qui s'occupe de Paolo Salamone. Vous travaillez pour la famille Russo.

— Cela a-t-il la moindre importance ? Venons-en à nos affaires. Vous, mademoiselle Ryan, vous vous êtes procuré des passeports irlandais aux noms de Daniel et de Nancy Forbes. Je sais aussi que vous travaillez comme infirmière à l'Hôpital général de Green Rapids.

— Vous savez beaucoup de choses, monsieur, mais où voulez-vous en venir ?

— Je peux organiser l'évasion de votre oncle lorsqu'il passera son scanner mardi matin.

Un silence lourd suivit ses paroles.

— Vous avez l'air sérieux, dit Ryan, visiblement stupéfait.

— Tout à fait.

— Attendez un instant, dit durement Kathleen. Qu'est-ce que vous voulez, en échange ?

— La position de l'*Irish Rose*, répondit calmement Sollazo. Nous avons conclu un marché avec Jack Barry. Je l'ai vu récemment à Dublin. Il n'est plus chef d'état-major de l'IRA mais il est décidé à nous aider, pour le compte de son mouvement. D'abord un repérage de l'épave, puis notre organisation montera en couverture une quelconque opération de récupération.

— Vous travaillez avec ces salopards de l'IRA ? dit Kathleen.

— Oui, cinquante-cinquante.

— Et ce sont eux qui récolteraient les fruits des efforts de mon oncle ? Pour lui, qu'est-ce qu'il y aurait ?

— Je pourrais dire un million de livres, mais soyons équitables : je dirai deux millions.

— Bon Dieu, vous ne manquez pas d'air, dit Ryan.

— Vous avez une autre solution, dit Sollazo : rester ici encore quinze ans.

Ryan pâlit.

— Quand même, travailler avec Barry et cette saloperie d'IRA !

Kathleen lui posa la main sur le bras.

— Il faut être réaliste. (Elle se tourna vers Sollazo.) Je dois partir avec lui.

— Bien sûr. Vous le rejoindrez dès qu'il sera

sorti. Pour commencer, on vous conduira en lieu sûr.

— Et il n'y aura pas de problème pour quitter le pays ?

— Aucun. Nous gagnerons l'Irlande en avion, probablement à bord d'un Gulfstream. Je vous accompagnerai.

— C'est tout ?

— Non. Je voudrais la position de l'*Irish Rose*, les indications contenues dans ce Master Navigator. Ne me dites pas que vous ne les connaissez pas par cœur.

Kathleen posa la main sur le bras de son oncle.

— Oh non, monsieur. Vous aurez ces renseignements lorsque nous serons en sécurité en Irlande, pas avant.

Sollazo sourit.

— Entendu, mademoiselle Ryan, j'accepte vos conditions. Et maintenant laissez-moi vous expliquer comment les choses vont se passer.

Il pleuvait lorsque l'ambulance de la prison vint se ranger sur un emplacement spécial, près de l'entrée principale de l'hôpital. Depuis sa voiture, dans laquelle elle était assise, Kathleen vit son oncle et un autre prisonnier descendre de l'ambulance ; tous deux étaient menottés à un gardien. Tandis qu'on conduisait les deux hommes à l'intérieur, le chauffeur et un autre gardien descendirent à leur tour de l'ambulance et allumèrent une cigarette.

Kathleen quitta alors sa voiture, prit une valise sur le siège avant et gagna le parking souterrain. Elle n'eut aucun mal à trouver le camion vert portant sur ses flancs le nom de la blanchisserie, *Henley Laundry*. Giovanni Mori, assis au volant, fumait une cigarette.

— Je suis Kathleen Ryan. Vous devez être Mori.

— C'est ça.

Il descendit du camion, attrapa à l'intérieur la blouse blanche qu'il avait volée et l'enfila en disant :

— Ils sont montés ?

— A l'instant.

— Installez-vous à l'avant, côté passager. Je n'en ai pas pour longtemps.

Il prit dans le camion une autre blouse blanche, qu'il plia sur son bras.

— Vous n'avez jamais vu mon oncle, fit-elle remarquer.

— J'ai vu sa photo, rétorqua-t-il.

Il gagna le monte-charge et appuya sur le bouton du deuxième étage.

Il demeura quelques instants immobile dans le couloir, puis ouvrit la porte de secours et se retrouva dans le service de chirurgie cardio-vasculaire. Il jeta un coup d'œil à travers la vitre ronde de la porte trois. Ryan était allongé sur une table, tandis qu'un jeune médecin branchait sur son corps divers appareils. Mori poursuivit son chemin et guigna à travers la vitre de la porte battante donnant sur la réception. Il vit une infirmière derrière un comptoir, quelques patients, et un gardien de prison en uniforme assis sur un banc, qui lisait un magazine. Mori retourna à la salle trois et pénétra à l'intérieur.

Tout en continuant à brancher ses fils, le jeune médecin leva les yeux.

— Bonjour, docteur, que puis-je faire pour vous ?

Mori tira de sa poche une matraque en plomb gainée de cuir. Le médecin s'effondra avec un grognement sourd. Ryan arrachait déjà fils et capteurs.

Mori lui jeta la blouse blanche.

— Mettez ça !

Puis il ouvrit la porte des toilettes, y porta le médecin inanimé et la referma derrière lui.

— On y va. On tourne à gauche et on passe par la sortie de secours.

Quelques instants plus tard, ils descendaient dans le monte-charge. Ils sortirent au niveau du parking souterrain et gagnèrent le camion de blanchisserie où Kathleen les attendait, au comble de l'excitation.

Mori ouvrit la portière arrière.

— Entrez là-dedans. Vous trouverez des vêtements. Dépêchez-vous d'enlever votre uniforme de prisonnier. On n'a pas beaucoup de temps.

Lui-même ôta sa blouse blanche, la jeta dans une corbeille voisine, se mit au volant et démarra. Ils passèrent devant l'ambulance de la prison, flanquée de ses deux gardiens, et s'engagèrent sur la voie rapide.

Malheureusement, un quart d'heure plus tard, une infirmière, pénétrant dans la salle trois, fut surprise de n'y trouver personne, et alla prévenir l'infirmière de permanence à la réception.

— Où sont le Dr Jessup et son patient ?

— Ils devraient être là-bas : les examens durent une heure.

— Eh bien, ils n'y sont pas.

— Allons voir.

Le gardien de prison était toujours plongé dans la lecture de son magazine lorsque les deux infirmières firent irruption à la réception : elles venaient de découvrir dans les toilettes le médecin inanimé.

Au même moment, le camion de blanchisserie s'engageait sur le parking d'un supermarché, à environ vingt-cinq kilomètres de là. Mori se gara près d'une berline noire.

— Changement de véhicule ! annonça Mori à Kathleen.

Il descendit du camion et alla ouvrir la portière arrière.

— Descendez.

Ryan descendit, vêtu d'un complet en tweed brun et d'un imperméable. Kathleen l'embrassa avec fougue.

— Tu as réussi, oncle Michael.

Mori ouvrit la porte de la berline.

— Montez.

Ryan et sa nièce s'installèrent à l'arrière, tandis que Mori prenait place au volant et coiffait une casquette de chauffeur qui s'accordait à merveille avec son complet bleu marine. Ils s'éloignèrent.

— Où va-t-on ? demanda Ryan. L'alarme a dû être donnée, maintenant. Il doit y avoir des flics partout.

— A Long Island.

— C'est au feu de Dieu ! s'écria Kathleen. Il y aura des barrages sur la route et sur les ponts.

— Ça ne leur servira à rien. Faites-moi confiance et détendez-vous.

Dix minutes plus tard, on entendit le ululement des sirènes, et trois voitures de patrouille passèrent en sens inverse.

— On risque d'avoir des ennuis, fit remarquer Ryan.

Mori haussa les épaules.

— Ne vous inquiétez pas. On est presque arrivés.

Quelques instants plus tard, il s'engagea sur une bretelle, puis tourna à gauche. Un panneau indiquait « Aéro-Club Jackson ». Ils y arrivèrent rapidement. Il y avait un parking avec quelques voitures, un bâtiment administratif sans étage, deux hangars, une piste et une vingtaine d'avions mono- et bimoteurs. Sur le bord de la piste se trouvait également un hélicoptère Swallow.

Mori gara la voiture.

— On y est, dit-il en descendant. (Il prit la valise de Kathleen.) Je m'en charge. Allez, on y va !

En les voyant approcher, le pilote, un homme jeune, le visage dur, les yeux dissimulés par des lunettes noires, fit démarrer le moteur de l'hélicoptère. Mori ouvrit la porte.

— Grimpez, dépêchez-vous.

Ryan et Kathleen montèrent à bord, suivis de

Mori, qui referma la porte derrière lui. Il boucla sa ceinture de sécurité, puis se tourna vers Ryan et sourit pour la première fois.

— Prochain arrêt : Long Island. Vous voyez ? C'est pas plus difficile que ça !

Ils atterrirent sur l'aéroport Westhampton, à Long Island. Une limousine avec chauffeur les attendait au pied de l'hélicoptère.

Tandis que la voiture s'éloignait, Kathleen lança :

— On n'a pas le temps de reprendre son souffle, avec vous. Où va-t-on, maintenant ?

— A la propriété Russo, à Quogue. Don Antonio veut faire votre connaissance.

— Ah bon ! dit-elle d'un ton de défi. Il obtient toujours ce qu'il veut, on dirait.

— Tout à fait.

Mori se tourna vers elle et sourit pour la deuxième fois.

— Je serais vous, ma chérie, je ne l'oublierais pas.

La nouvelle de l'évasion se répandit comme une traînée de poudre au centre de détention de Green Rapids. Salamone, de service à l'infirmerie de la prison, apprit la nouvelle par un détenu nommé Chomsky, qui travaillait à la blanchisserie. Alors qu'il poussait un chariot rempli de linge sale, l'homme s'arrêta à sa hauteur.

— Hé, Paolo, t'as appris la bonne nouvelle ? Tu sais, Kelly, l'Irlandais ?

— Oui, quoi ?

— Il s'est évadé en profitant d'un traitement à l'Hôpital général. Je l'ai appris par Grimes, qui travaille au bureau du directeur. C'est la guerre mondiale, là-haut. C'est la première évasion dans cette taule.

— Eh bien, je lui souhaite bonne chance, dit Paolo.

Il y songea pendant une demi-heure, jusqu'à l'heure du déjeuner. Il se rendit alors dans la cabine téléphonique d'un détenu, et utilisa sa propre carte pour appeler Sollazo qui était sur le point de se rendre à Long Island.

— Allô, Paolo ?

— Ça a bien marché, hein ? J'ai fait du bon boulot !

— Je n'en attendais pas moins de toi.

— J'ai droit à une récompense, non ? Tu as promis de me tirer de là. J'ai mouillé ma chemise, dans cette histoire. J'ai mérité cette récompense. Tu ne me laisserais pas tomber, quand même ?

Il y avait davantage que de la supplication dans le ton de sa voix. Comme de la menace, ce que Sollazo reconnut aussitôt.

— Ne crains rien, Paolo. Je vais m'occcuper de toi, et beaucoup plus tôt que tu ne le crois. Sois un peu patient.

Sollazo raccrocha, demeura un instant pensif, puis décrocha à nouveau le combiné et composa un numéro. On lui répondit immédiatement et il n'eut pas besoin de se présenter.

— Il faut régler l'affaire Salamone. Prenez contact avec votre homme à Green Rapids et dites-lui de faire le nécessaire. Tout de suite.

— C'est comme si c'était fait.

Sollazo raccrocha, prit sa serviette et son imperméable, et partit.

Dans la magnifique maison de Don Antonio, à Quogue, le salon semblait s'étendre à perte de vue, et les portes-fenêtres coulissantes ouvraient sur une sorte de véranda en bois surplombant l'océan. Dans la douce lumière du crépuscule, Ryan et Kathleen s'assirent à une table près de la balustrade.

— Je n'arrive pas à y croire, dit-elle.

— Je sais. Je n'arrête pas de me dire que je vais me réveiller, ce sera le matin et je serai dans ma cellule.

Venant du salon, Sollazo s'avança sur la véranda.

— Ah, vous voilà. Permettez-moi de vous présenter mon oncle, Don Antonio Russo.

Don Antonio fit son apparition derrière lui, appuyé sur une canne, le cigare à la bouche. Il tendit la main.

— Bonjour, monsieur Ryan, je suis heureux de faire votre connaissance. Mademoiselle Ryan. (Il se tourna vers Sollazo.) J'estime qu'il faut fêter ça.

— C'est prévu, mon oncle.

Mori arriva alors avec une bouteille de champagne dans un seau, et des verres sur un plateau.

— Voici le héros du jour. Tu as fait merveille, Giovanni.

Mori prit l'air modeste. Il ouvrit la bouteille de champagne et remplit les verres.

— Va chercher un autre verre, lui dit Don Antonio. Nous ne boirons pas sans toi.

Mori s'exécuta. A son retour, Don Antonio leva son verre.

— A vous, monsieur Ryan, à votre retour dans le monde des vivants et à notre entreprise commune, l'*Irish Rose*.

A Green Rapids, Salamone terminait son service à l'infirmerie de la prison. Il alla se laver les mains et le visage dans les toilettes. Un des détenus chargés du nettoyage l'y suivit. Lorsque Salamone leva les yeux, il s'aperçut qu'il s'agissait de Chomsky. Celui-ci, appuyé au mur, alluma une cigarette.

— Tu as appris autre chose à propos de Kelly ?

— Rien du tout, répondit Salamone.

— On parle que de ça, dans la taule.

Salamone se sécha les mains et sortit des toilettes, toujours suivi par Chomsky.

— Ce qui m'inquiète, reprit Chomsky, c'est qu'ils pourraient nous supprimer certains avantages, maintenant. Tu vois ce que je veux dire ?

— Bien sûr.

Ils atteignirent l'extrémité du couloir. Il y avait un miroir, et un pot de fleurs sur une sellette, à côté de l'ascenseur. Salamone, qui voulait descendre au rez-de-chaussée, appuya sur le bouton, mais il aperçut alors le visage de Chomsky dans le miroir et comprit aussitôt ce qui se passait. Les portes de l'ascenseur s'écartèrent mais la cabine n'était pas là : seul s'ouvrait devant lui le vide béant de la cage. Il fit un pas de côté, et Chomsky, qui se ruait sur lui, les bras en avant, bascula la tête la première. Un cri étranglé, puis un bruit sourd lorsqu'il s'écrasa six étages plus bas.

Sans hésiter, Salamone se rua sur la sortie de secours et descendit l'escalier quatre à quatre. Il décida de ne pas aller jusqu'au rez-de-chaussée, supposant qu'on avait déjà dû découvrir le corps de Chomsky, et s'arrêta au premier, où il gagna la salle de repos des infirmiers. Il se prépara un café très fort en fumant nerveusement une cigarette.

Il était dans de sales draps, inutile de se raconter des histoires, et cela ne pouvait venir que d'une seule direction. Chomsky avait trop souvent travaillé pour la Famille pour qu'il eût à ce sujet le moindre doute. Mais ce n'était pas fini. Les choses n'allaient pas en rester là. Il y aurait d'autres types, après Chomsky, trop heureux de rendre service à la famille Russo.

— Il faut que je me tire d'ici ! lança-t-il à haute voix. Mais où ? Comment ?

Il se leva et se mit à arpenter la petite salle.

— Johnson ! Blake Johnson. Il n'y a que lui qui peut faire quelque chose.

Dix minutes plus tard, on l'introduisait dans le bureau de Cook, le sous-directeur.

— Que se passe-t-il, Paolo ? Vous avez dit à ma secrétaire qu'il s'agissait d'une question de vie ou de mort.

— Monsieur Cook, l'histoire que j'ai à raconter, c'est de la dynamite. Je veux voir un agent du FBI nommé Blake Johnson.

— Ah bon, vous voulez voir un agent du FBI ? Comme ça ?

— Ecoutez, monsieur Cook, si je reste ici je suis mort. C'est ça que vous voulez ?

Cook, un peu surpris, s'enfonça dans son siège.

— C'est si grave ? Et... si important ?

— Oui, c'est une grosse affaire. Et je pourrais même vous donner quelques renseignements sur l'évasion de Kelly.

Cook dressa immédiatement l'oreille.

— Vous savez quelque chose ?

— Seulement pour Blake Johnson.

— D'accord. Attendez-moi dehors. Je vais voir avec le FBI.

Une demi-heure plus tard environ, il ouvrit la porte de son bureau et fit rentrer Salamone.

— M. Johnson n'est plus au FBI. Il travaille dans les services de sécurité de la présidence, à Washington. Je vais l'appeler et vous le passer.

— Très bien.

Blake Johnson était un bel homme de quarante-six ans, grand, qui portait ses complets avec élégance. Ses cheveux étaient si noirs qu'ils lui donnaient dix ans de moins. Engagé dans les marines, au Viêt-nam, à l'âge de dix-neuf ans, il en était sorti avec deux Purple Hearts, une croix du Courage vietnamienne et une Silver Star. Il avait ensuite passé un diplôme de droit à l'université d'Etat de Géorgie, avant d'intégrer le FBI, puis les services de sécurité de la présidence. Depuis un an, il dirigeait ce qu'à la Maison-Blanche on nommait la Cave, c'est-à-dire l'équipe de choc privée du Président, une équipe totalement indépendante de la CIA et du FBI, responsable seulement devant le Président.

Lorsque le téléphone sonna dans son bureau, Cook décrocha lui-même. Le sous-directeur exposa son problème puis demanda :

— Vous connaissez cet homme ?

— Bien sûr, répondit Johnson. C'est moi qui l'ai arrêté pour une attaque de banque. Permettez-lui de me parler sans être écouté. Ça lui sera certainement plus facile.

Dix minutes plus tard, après s'être entretenu avec Salamone, Johnson reprit le sous-directeur de la prison au bout du fil.

— D'abord, afin que vous sachiez exactement quelles sont mes fonctions, je vous précise que je travaille directement pour le Président. Je dirige son unité particulière de sécurité et de renseignements.

— Je vois, dit Cook, visiblement impressionné.

— Je peux vous assurer que ce que vient de me raconter Salamone va bien au-delà d'une simple affaire criminelle. Je n'exagère rien en vous disant qu'il y va de la sûreté de l'Etat.

— Mon Dieu ! fit Cook.

— Voilà ce que vous allez faire. Placez Salamone dans une cellule de haute sécurité, sous surveillance. J'imagine qu'il y a un terrain d'atterrissage pour les hélicoptères dans votre établissement.

— Bien sûr.

— Bon. D'ici deux heures un hélicoptère viendra chercher votre détenu. Le marshal fédéral qui le prendra en charge sera porteur d'un mandat présidentiel à son nom. Vous serez donc totalement couvert.

— Autre chose, dit alors Cook. Un prisonnier nommé Kelly s'est évadé aujourd'hui alors qu'il était allé subir des examens à l'hôpital de la ville. Salamone m'a dit qu'il avait des révélations à faire à ce sujet.

Johnson, qui avait recommandé à Salamone de n'en souffler mot à personne, mentit sans vergogne.

— Non, il avait seulement peur que vous refusiez de le mettre en contact avec moi, et il a dit ça pour emporter votre décision.

— La canaille ! s'écria Cook.

— Oui, une vraie de vraie, mais il est d'une importance capitale pour nous. Le Président vous sera extrêmement reconnaissant pour l'aide que vous pourrez apporter dans cette affaire.

— Je suis trop heureux de lui prêter mon concours, cela va sans dire.

— En son nom, je vous remercie.

Johnson s'enfonça dans son siège, demeura un instant songeur, puis appuya sur le bouton d'un interphone démodé. La porte du bureau s'ouvrit presque aussitôt et une femme d'une cinquantaine d'années aux cheveux gris s'avança dans la pièce, un carnet à la main. C'était Alice Quarmby, sa secrétaire personnelle.

— Monsieur Johnson ?

— Préparez un mandat d'amener au nom de Paolo Salamone. Il est détenu au centre de détention de Green Rapids. Vous transmettrez ensuite ce mandat au bureau du marshal fédéral. Je veux qu'on aille le chercher en hélicoptère dès que possible. Qu'il soit ramené à Washington et placé en détention au quartier de sécurité de Hurley Street.

— Autre chose ?

— Oui. Par l'ordinateur essayez de me trouver tout ce que vous pourrez au sujet d'un terroriste irlandais protestant du nom de Michael Ryan, et de sa nièce, Kathleen Ryan. Croisez ça avec les informations relatives au détournement d'un chargement d'or dans la région des Lacs, en Angleterre, à l'automne 1985.

Elle écrivait à toute allure.

— Ça paraît bien mystérieux.

— Attendez, il y a encore mieux. Rassemblez-moi aussi toutes les informations disponibles sur un cargo baptisé l'*Irish Rose* qui a coulé au large du comté de Down, en Ulster, à la même période. (Il sourit.) Voilà, c'est tout. Evidemment, il me faut tout ça pour avant-hier.

— Bien entendu.

Elle sortit, et Johnson se prit à songer à cette affaire. Il avait accès aux banques de données de la CIA et du FBI, et entretenait des relations cordiales avec les services britanniques. Par ces différents canaux, il obtiendrait sûrement des informations fiables, et il en avait besoin avant d'en parler au Président.

Il ouvrit un étui en argent posé sur son bureau et, en soupirant, en tira une cigarette. Il y avait un an qu'il avait cessé de fumer mais, chaque fois qu'il se trouvait devant une affaire importante, il prenait une cigarette. Bah, une seule, ça ne pouvait pas faire de mal !

A six heures, dans la maison de Quogue, on leur servit un excellent dîner : canard rôti, pommes de terre, salade verte, le tout arrosé de champagne.

— Je n'ai pas mangé ainsi depuis des années, dit Ryan.

— J'imagine, dit Don Antonio. Mais le meilleur est encore à venir. (Il agita une clochette en argent, et une servante fit son apparition avec un poêlon de table.) Voici un cannolo, le meilleur dessert sicilien. Très simple. De la farine, des œufs et de la crème.

— Quelle merveille, dit Kathleen tandis que la servante lui en déposait une part dans son assiette.

— Prenez votre temps. Tout à l'heure, au café, nous parlerons affaires.

Ils prirent place dans la véranda alors que le soir était déjà tombé. Lorsque la serveuse eut fini de servir le café, Don Antonio la renvoya d'un geste.

— Et maintenant ? demanda Kathleen.

— Marco va vous conduire à un petit cottage, non loin d'ici. Vous serez en sûreté, là-bas. Mori gardera un œil sur vous.

— Et ensuite ?

— L'aéroport MacArthur n'est pas très loin. J'y ai un Gulfstream. Vous gagnerez Dublin avec mon neveu et Mori. (Il sourit.) Sauf si les circonstances venaient à changer.

Il y avait quelque chose de menaçant dans son sourire, et Kathleen frissonna.

— Où voulez-vous en venir, exactement ? demanda Ryan.

— Votre nièce a dit à mon neveu qu'il n'obtiendrait la position de l'*Irish Rose* que lorsque vous serez en sûreté en Irlande.

— C'est exact.

— Eh bien, je veux ces renseignements tout de suite, comme preuve de confiance, si vous voulez.

Il sourit à nouveau.

— Oh non, monsieur, dit Kathleen en secouant la tête d'un air buté, vous attendrez que nous soyons en Irlande.

— Dans ce cas, cela aussi attendra. Au moins pour vous, mademoiselle. (Il se tourna vers Ryan.) Vous, vous partez, mais elle, elle reste ici en attendant la suite des événements.

Ryan explosa.

— Vous ne pouvez pas faire ça !

— Je peux faire ce que je veux, mon ami. Il y a bien des années, mon père m'a appris à toujours rechercher en chaque homme où était sa faiblesse. La vôtre, monsieur Ryan, c'est votre nièce. (Il se leva.) Réfléchissez. Viens, Marco, donnons-leur le temps.

Lorsqu'ils furent sortis, Kathleen laissa éclater sa colère.

— Les salauds ! Je voudrais les descendre tous !

— C'est impossible, et on n'a pas le choix. Il faut quitter les Etats-Unis le plus rapidement possible. Je ne supporterais pas de retourner en prison, mais d'un autre côté je ne supporterais pas non plus que tu restes ici.

— Tu vas accepter ! Et s'ils nous liquident ? Et si ce connard de Mori nous descend après que tu auras donné la position du bateau ?

— Je ne crois pas. Pour pas mal de raisons, je leur suis trop utile et, s'ils ont l'intention de nous descendre, ils peuvent aussi bien le faire en Irlande. (Il sourit.) Non, je vais lui donner ce qu'il demande.

— Donne-lui une position fausse.

— Très mauvaise idée. A un moment ou à un autre, on finira par se retrouver à bord d'un bateau avec ces tueurs, quand ils enverront un plongeur reconnaître l'*Irish Rose*. Et si le navire n'est pas là, Mori nous collera à tous les deux une balle dans la tête avant de nous balancer par-dessus bord. Non... il faut quitter les Etats-Unis et retourner en Irlande. Et puis, tu sais, il y a une autre raison. En fait, je n'ai pas été complètement honnête avec toi.

Elle le regarda d'un air intrigué.

— Raconte.

Ce qu'il fit.

Lorsqu'il eut terminé, elle lui prit la main.

— Et depuis toutes ces années, tu ne m'avais rien dit.

234

— J'ai toujours dit que je ne faisais jamais confiance à personne, pas même à toi.

— Apparemment, maintenant tu me fais confiance, et tu as raison. Il faut aller en Irlande. Une fois là-bas, on trouvera une solution. (Elle éleva la voix.) Don Antonio ?

Il apparut, en compagnie de Sollazo.

— Vous avez réfléchi ?

— Oui, et nous sommes d'accord.

— Parfait. (Sollazo tira de la poche intérieure de son veston un agenda et un stylo. Don Antonio sourit.) Dès que je vous ai vue, mademoiselle, j'ai pensé que vous étiez une jeune femme raisonnable.

11

Dans le Bureau ovale, à la Maison-Blanche, le Président écoutait le rapport de Blake Johnson.

— Je suis allé voir ce Salamone au quartier de haute sécurité de Hurley Street, et je l'ai interrogé à fond. Il m'a dit tout ce qu'il savait. Vous avez lu le rapport que je vous ai fait parvenir à propos de Ryan. Comme vous le voyez, les services de renseignements britanniques possèdent des informations selon lesquelles Ryan aurait participé au détournement du camion. Ces informations leur venaient d'un terroriste protestant, un certain Reid, arrêté pour le meurtre de deux soldats, et qui tentait de conclure un marché avec les autorités. D'après lui, le détournement du camion aurait été l'œuvre de Michael Ryan, de sa nièce et d'un homme nommé Martin Keogh. Sur lui, en revanche, nous n'avons aucun renseignement. C'est le mystère le plus total.

— Un dur, ce Ryan, fit remarquer le Président. Et cette jeune femme... (Il secoua la tête.) Parfois, je désespère de l'être humain.

Bon, où en est-on ? Que se passe-t-il avec cette famille Russo ?

— A mon avis, de ce côté-là ça ne donnera rien. Marco Sollazo est l'un des plus célèbres avocats de Manhattan. Si on évoquait cette affaire devant lui, il jouerait la stupéfaction et nierait connaître Ryan. Vu la façon dont se déroulent les visites dans les établissements comme Green Rapids, Sollazo a pu très facilement entrer en contact avec Ryan sans se faire remarquer. C'est vrai qu'il s'est rendu à la prison de Green Rapids, mais c'était pour y rendre visite à son client, Paolo Salamone. A cela, nous ne pourrions opposer que la parole d'un truand, un braqueur de banques condamné pour le meurtre d'une femme policier. (Il secoua la tête.) Le procureur n'ouvrirait jamais une information sur une telle base.

— Et Don Antonio Russo ?

— A part son neveu, les meilleurs avocats de New York émargent chez lui. De toute sa vie, il n'a jamais passé un seul jour en prison.

— Mais vous croyez Salamone ?

— J'en ai bien peur.

— Alors, à votre avis, que se passe-t-il ?

— Je crois que Sollazo et son oncle ont mis la main sur Ryan pour qu'il les conduise à l'or. Ils vont conclure un accord, disons cinquante-cinquante. N'oubliez pas que ce chargement vaut cent cinquante millions de dollars actuels, et que Ryan est un fanatique, totalement dévoué à la cause protestante.

— Et une telle somme pourrait servir à acheter des armes ? (Le Président secoua la tête.) Et dire que la paix est à portée de main. Ainsi, tous mes efforts et ceux de John Major seraient réduits à néant ?

— Exactement, monsieur le Président, voilà pourquoi l'arrestation d'Antonio Russo ou celle de son neveu me semblent secondaires. L'important est d'empêcher que cet or, ou une partie de cet or, ne tombe aux mains des loyalistes car, une fois en sa possession, ils sont fort capables de déclencher une guerre civile.

— Non, on ne peut pas se le permettre. A votre avis, que vont-ils faire, à présent ?

— Emmener Ryan et la fille en Irlande. Ensuite, repérer l'épave, ce qui devrait être assez simple : il leur suffit d'un bateau et d'un plongeur. Et puis la phase finale : une sorte d'opération de récupération.

— Il faut empêcher ça à tout prix, s'écria le Président, l'air visiblement soucieux. (Puis il sourit.) Je crois que ça serait un travail pour Dillon.

— Qui ça, monsieur le Président ?

— Vous rappelez-vous ce qui est arrivé à Londres, la semaine dernière, lorsque j'ai rencontré le Premier ministre britannique sur la Terrasse de la Chambre des communes ? Le faux serveur ? Eh bien, il s'agissait de Sean Dillon, qui était autrefois l'un des activistes les plus redoutés de l'IRA, et qui travaille à présent pour le général Ferguson, votre équivalent britannique, Blake.

— Je vois, monsieur le Président.

— Bien. Pour commencer, passez-moi le Premier ministre sur la ligne spéciale.

Dans son bureau du 10, Downing Street, John Major écouta avec attention le Président américain.

— Je suis tout à fait de votre avis, monsieur le Président, dit-il lorsque celui-ci eut terminé. Nous ne pouvons pas tolérer que cette opération aboutisse. Je vais charger le général Ferguson d'intervenir immédiatement, et je suis sûr que Dillon saura jouer le rôle qui est le sien d'habitude. Je me charge de cette affaire.

Il reposa le combiné, demeura un instant songeur, puis le décrocha à nouveau et s'adressa à son collaborateur.

— Je veux voir le général Ferguson le plus rapidement possible.

Il s'enfonça dans son siège, l'air soucieux. Encore l'Irlande ! On n'en finirait donc jamais ? Malgré tout ce qu'il avait déjà accompli, au risque de mettre en péril sa carrière politique.

Charles Ferguson écouta en silence le récit que lui fit le Premier ministre.

— Il faut mettre un terme à tout ça, dit en conclusion John Major. Il n'est pas question que l'un ou l'autre camp en Irlande récupère une pareille fortune. Il y a eu assez d'effusions de sang. Nous ne pouvons pas nous permettre une guerre civile.

— Je ne saurais mieux dire, monsieur le Premier ministre.

— Je veux que vous mettiez Dillon sur cette affaire, général. Bon, d'accord, je n'apprécie guère ses antécédents de terroriste au sein de l'IRA, et c'est ce qui explique que je garde mes distances vis-à-vis de lui, mais il ne fait aucun doute que cet homme a des capacités tout à fait extraordinaires. L'année dernière, pour l'affaire Windsor, il a épargné de graves ennuis à la famille royale. Toutes ces histoires ridicules à propos des nazis ! Et la tentative de sabotage du processus de paix de la part du groupe du 30 Janvier, ces terroristes ! Enfin, il a sauvé la vie du sénateur Patrick Keogh, quand celui-ci a eu le courage de s'adresser à l'IRA et au Sinn Fein pour réclamer la paix. Je sais que ce Dillon est totalement impitoyable, mais pour cette affaire c'est l'homme qu'il nous faut.

— Je le pense aussi, monsieur le Premier ministre.

Alors que Ferguson se levait pour prendre congé, John Major ajouta :

— On appelle vos hommes l'armée privée du Premier ministre, ce qui vous donne des pouvoirs extraordinaires. Utilisez-les, général, utilisez-les.

Convoqués dans le bureau de Ferguson, Hannah Bernstein et Sean Dillon le trouvèrent debout près de la fenêtre. A leur entrée, il se retourna, l'air grave.

— Vous allez laisser tomber tout ce que vous êtes en train de faire en ce moment. Le Premier ministre m'a confié directement une affaire de la plus haute importance. Priorité absolue. Vous verrez sur mon bureau un dossier *Irish Rose*. Emmenez-le à votre bureau, madame l'inspecteur principal, vous le lirez tous les deux là-bas. Ensuite, vous reviendrez me voir.

Hannah Bernstein prit connaissance du dossier, découvrant au fil des pages les coupures de presse le détail des activités de Michael Ryan, puis le récit de Salamone touchant aux événements de Green Rapids. Dillon lisait par-dessus son épaule.

— Bon, résumons-nous, dit-elle après avoir terminé sa lecture. On a un dangereux activiste protestant du nom de Michael Ryan, et sa garce de nièce, Kathleen. Quoi d'autre ? Le détournement d'un camion de transport de fonds, dans la région des Lacs, et un rapport de police selon lequel un jeune garçon a aperçu l'*Irish Rose* en allant pêcher du côté de Marsh End. On présume donc que le camion a été embarqué à bord du bateau. Mais ça n'est qu'une supposition. Après ça, on retrouve sur la côte du comté de Down des ceintures de sauvetage et des débris de l'*Irish Rose*.

» Et puis il y a Salamone. D'après lui, Ryan, alias Kelly, attaque une banque dans l'Etat de New York, tue un flic au cours de l'opération et écope de vingt-cinq ans de prison. Pris d'un accès de fièvre, il révèle qu'il est le seul à savoir où a coulé l'*Irish Rose*. Le reste, on le connaît.

» Finalement, Ryan et la fille sont en cavale, avec l'aide de la famille Russo. Total, on ne sait rien, Dillon !

— Sauf que logiquement, ma chère Hannah, toutes les pistes convergent vers l'Irlande. Mais j'ai des révélations à vous faire. Retournons voir le général, je vous les ferai à tous les deux en même temps.

Ferguson était assis à son bureau, Hannah Bernstein en face de lui. Dillon, pour sa part, se tenait debout près de la fenêtre, les mains dans les poches.

— Alors, qu'en pensez-vous ? demanda Ferguson. Finalement, en mettant bout à bout les rapports d'indicateurs, les rumeurs et les aveux de cette ordure de Reid, on peut en conclure qu'en 1985 Michael Ryan, sa nièce Kathleen et un mystérieux Martin Keogh ont réalisé cet incroyable coup de main. Tout cela est confirmé par un obscur rapport de la Royal Ulster Constabulary sur la descente qu'ils ont effectuée au pub de Ryan à Belfast, l'Orange Drum. Un barman manchot du nom d'Ivor Quelque chose a déclaré que le dénommé Keogh avait sauvé la jeune fille au moment où elle allait être violée par une bande de jeunes catholiques. Ça s'est passé un jour ou deux avant qu'il les voie tous pour la dernière fois. D'après lui, ils sont partis ensemble en taxi pour l'aéroport, et il a cru comprendre qu'ils se rendaient à Londres.

— C'est ça, général, dit Hannah. Reid a donné le nom de leur contact à Londres, un militant protestant nommé Hugh Bell, qui tenait un pub à Kilburn, le William and Mary. Il est mort peu de temps après, renversé par une voiture.

— C'est des conneries, tout ça ! lança Dillon. Il a été éliminé par Reid et son homme de main, un salopard nommé Scully.

Tous deux le regardèrent avec stupéfaction.

— Ça n'était pas dans le dossier, dit Hannah. Comment le savez-vous ?

— Parce que Martin Keogh, c'était moi. (Il se tourna vers Ferguson.) Je vais me verser un verre de votre whisky, mon général, et ensuite je vous raconterai tout.

— Mon Dieu, Dillon, vous ne cessez pas de me surprendre.

— J'avais un passé, mon général. Vous le saviez parfaitement quand vous m'avez engagé.

— Oui, si on peut appeler ça un passé. Militant de l'IRA pendant presque vingt ans.

— Mon père a été tué par des parachutistes britanniques, mon général, je voulais que quelqu'un paie pour ce crime. Quand on a dix-neuf ans, c'est comme ça qu'on voit les choses.

— Et 1'OLP ? C'était pour des raisons politiques ou pour l'argent ?

— Il faut bien gagner sa vie, mon général. (Dillon sourit.) Et je vous rappelle que j'ai travaillé également pour les Israéliens.

— Maintenant vous travaillez ici, dit Hannah. Ne pensez-vous pas que votre devoir serait de faire des révélations sur vos activités passées ?

— Si ça veut dire dénoncer d'anciens amis de l'IRA, non. Pendant des années, j'ai été le bras droit de Jack Barry ; ensuite, disons que j'ai éprouvé un certain désenchantement vis-à-vis de notre noble cause, et je suis parti. Mais n'oubliez pas comment j'ai atterri ici. C'était soit être fusillé par les Serbes soit travailler pour sa seigneurie ici présente. Et ne vous racontez pas d'histoires : il m'aurait abandonné sans état d'âme au peloton d'exécution. Pas d'hypocrisie, je vous prie : l'hôpital ne va quand même pas se moquer de la charité. Vous pensez vraiment avoir les mains blanches, ma chère Hannah, après avoir travaillé ici ?

Il avait touché juste.

— Allez vous faire voir, Dillon !

— Ça suffit ! lança Ferguson. Vous avez une tâche à accomplir. Epluchez-moi cette affaire dans les moindres détails. Fouillez les banques de données de tous les services de renseignements, non seulement le MI5 et le MI6, mais aussi Scotland Yard, le RUC en Ulster et la Garda à Dublin. Je veux des résultats. Au travail !

Ils regagnèrent le bureau de Hannah.

— On est toujours amis ? demanda Dillon.

Elle le regarda d'abord sans rien dire, puis un sourire éclaira son visage.

— Je vous l'ai déjà dit. Vous êtes un type épouvantable, Dillon, mais je vous aime bien.

Dans la salle des ordinateurs, Dillon, en manches de chemise, une tasse de thé à la main, regardait Hannah fouiller l'écran de son terminal.

— Rien dans les fichiers du RUC, annonçat-elle en s'enfonçant dans son siège. Seulement les agissements antérieurs de Ryan, et ça s'interrompt il y a dix ans.

— Normal, fit Dillon, il est en cabane depuis ce temps-là. Quant à moi, j'ai consulté les fichiers de Scotland Yard, et ceux de Carter : rien de particulier.

— Je n'y vois plus rien à force de regarder

cette saleté d'écran, dit-elle. Je vais faire une pause et préparer du café. Vous, qu'est-ce que vous comptez faire ?

— Voir avec la Garda de Dublin.

Alors qu'elle se levait, il secoua la tête d'un air las.

— Je n'arrête pas de repasser tout ça en revue, dit-il. L'attaque du fourgon, la ferme de Folly's End, Marsh End, la traversée, puis le naufrage à l'aube, au large du comté de Down. Enfin le dernier moment, quand Michael et Kathleen ont pris la route de Drumdonald, et moi celle de Scotstown.

— Et alors ? demanda-t-elle.

— Il manque quelque chose. J'ai remis à plat tous mes souvenirs, j'ai relu tous les articles de presse, eh bien j'ai le sentiment qu'il y a encore quelque chose qui m'échappe.

— Ça arrive, parfois.

— Non, pas au grand Sean Dillon.

Il prit place devant l'ordinateur et elle s'immobilisa sur le seuil.

— Ce matin-là, vous pouviez tuer Ryan et prendre ce Master Navigator. Vous auriez pu, ainsi, donner à Barry la position de l'*Irish Rose*.

— Je sais.

Et il ajouta en souriant :

— Je suis du genre compliqué, hein ?

Elle sortit, et il se mit à interroger les dossiers de la Garda.

Au même moment, le Gulfstream se trouvait au milieu de l'Atlantique. Sollazo, assis à l'avant, semblait dormir. Mori se tenait de l'autre côté du couloir. Ryan et Kathleen, eux, avaient pris place à l'arrière, de part et d'autre du couloir. Ryan avait découvert le petit bar et se versait un whisky bien tassé.

— Prochain arrêt, Dublin, dit-il en secouant la tête. Ah, cette chère vieille Irlande. Ça fait longtemps qu'on est partis, et d'après ce qu'on m'a dit, ça a beaucoup changé. On ne parle plus que de paix, maintenant.

— Quelle connerie ! lança-t-elle. Si jamais le Sinn Fein arrivait au pouvoir, ils jetteraient à la mer tous les protestants. Ça serait pire que la Bosnie.

— Quelle enragée tu fais !

— J'ai de bonnes raisons pour ça, tu es bien placé pour le savoir.

Il lui tapota la main.

— Il va falloir jouer serré à Dublin. Tiens ta langue et n'humilie pas Jack Barry quand tu te retrouveras en face de lui. Il faudra attendre le moment propice pour agir. (Dans le bar, il prit un autre whisky miniature.) De l'argent, c'est ce qu'il nous faut.

— Eh bien, puisqu'on en parle, je dois avouer que je n'ai pas été très franche avec toi : pendant des années, j'ai mis de l'argent de côté pour le jour où tu arriverais à t'évader. Alors j'ai vidé mon compte.

— Mon Dieu ! Combien as-tu emporté ?

— Cinquante mille dollars. (Elle prit son sac à dos.) Il y a un double fond. Là. La moitié en billets de cent dollars, l'autre moitié en billets de cinq cents.

— C'est fabuleux, s'écria-t-il, au comble de l'excitation. Avec de l'argent, on peut tout avoir, dans la vie. Autrefois, quand je remplissais des missions pour le Conseil militaire, j'utilisais les services de Tony McGuire et de sa petite société de transport aérien. Ses avions stationnaient dans le comté de Down, à côté de Ladytown. C'était le moyen le plus rapide de gagner l'Angleterre si je voulais éviter les contrôles à l'aéroport d'Aldergrove.

— Tu crois qu'il travaille toujours ?

— Je ne vois pas pourquoi il aurait arrêté. Et si lui n'y est plus, quelqu'un l'aura remplacé. Ça sera un bon moyen de s'échapper si on a ces chacals aux trousses.

— Et si on reprenait contact avec le Conseil militaire, à Belfast ?

— Je ne sais pas. Ça fait dix ans, Kathleen, dix longues années, et d'après ce qu'on m'a dit, tout le monde ne rêve que de paix. Je me demande d'ailleurs quel rôle peuvent encore jouer des gens comme Reid et Scully.

— Avec un peu de chance, ils sont tombés dans une trappe.

— Comment leur fausser compagnie ?

— J'ai pensé à quelque chose, dit-elle, visiblement mal à l'aise. Mais j'ai peur que ça soit risqué pour toi.

— Mon Dieu, Kathleen, je suis prêt à tenter n'importe quoi. Raconte.

Lorsqu'elle eut terminé, il demeura songeur un long moment.

— Je dois dire que c'est astucieux, dit-il enfin.

— Et ça ne sera peut-être même pas nécessaire. Il pourrait y avoir un autre moyen.

— Va savoir, dit-il en souriant. En tout cas, je vais me servir un autre whisky !

Trois heures plus tard environ, Dillon, assis devant l'écran de son terminal, poussait un cri de triomphe.

— Ça y est ! J'ai touché le gros lot !

Hannah se précipita vers lui.

— Que se passe-t-il ?

— Dillon le Grand a encore frappé. J'ai parcouru tous les dossiers de la Garda sur les loyalistes, et je n'ai rien trouvé. Pas un mot sur l'*Irish Rose*, à part ce qu'on savait déjà avant que je l'ouvre.

— Et alors ?

— Alors j'ai essayé les fichiers Sinn Fein et IRA provisoire. (Il rit.) Et je me suis dit : pourquoi ne pas aller voir du côté des dinosaures, les durs d'autrefois, et ça m'a conduit à Jack Barry, l'ancien chef d'état-major, à présent à la retraite.

— Et ?

— Comme la paix est encore fragile, la Garda continue à tenir à l'œil les principaux acteurs, et à payer des indicateurs. C'est une vieille coutume irlandaise, on met des rabatteurs partout.

— Des rabatteurs ?

— C'est comme ça qu'on appelle les indicateurs qui travaillent pour de l'argent. Et ça a donné ça, ajouta-t-il en montrant l'écran.

— Dites.

— Non, allez plutôt chercher le général, on va déguster ça ensemble.

Ferguson était debout à côté de Dillon qui pianotait sur son clavier, Hannah assise de l'autre côté.

— Tenez, c'est ici, fit Dillon. La semaine dernière, un indic nommé O'Leary se trouvait au Cohan's Bar, pas très loin de chez Jack Barry. Il a raconté que Barry est entré avec un homme bien habillé, un Américain, parce que O'Leary a réussi à surprendre quelques mots. Ils se sont installés dans une stalle, et ont pris un déjeuner léger avec une bière. Selon lui, ils ont parlé à voix basse tout le temps.

— Et où ça nous mène ? demanda Ferguson.

— Après, ils sont sortis et se sont rendus dans le parc. La maison de Barry est de l'autre côté. O'Leary a fait le tour du parc en voiture, et il a vu, garée devant la maison, une limousine avec un chauffeur. Il a attendu que l'Américain monte dans la limousine, et il l'a suivi jusqu'à l'aéroport de Dublin.

— Et ensuite ?

— L'Américain a pris un avion privé, un Gulfstream. D'après son plan de vol, il devait se poser à l'aérodrome MacArthur, à Long Island. (Dillon se mit à rire.) Pas besoin de se demander à qui appartient l'avion.

— Je contacte Johnson tout de suite, dit Ferguson en se ruant dans son bureau.

Blake Johnson était en train de travailler à un dossier lorsque Alice Quarmby entra dans la pièce, un carnet à la main.

Johnson s'enfonça dans son siège.

— Allez-y, je vous écoute.

— On a facilement trouvé ce qui concerne le Gulfstream que nous a signalé le général Ferguson. Il appartient à la Société Russo, et il est d'ordinaire basé à l'aéroport MacArthur, à Long Island. D'après les renseignements fournis par l'aéroport, il s'est envolé la semaine dernière avec deux passagers, Marco Sollazo et Giovanni Mori.

— Ah, fabuleux ! dit Johnson. On tient quelque chose, là.

— Ça n'est pas tout. Le même Gulfstream a quitté MacArthur il y a neuf heures. Mêmes passagers que précédemment, plus deux citoyens irlandais : Daniel et Nancy Forbes.

— Bon sang ! s'écria Johnson. Il faut prévenir Ferguson.

— Trop tard pour entreprendre quoi que ce soit, dit Alice Quarmby. Je viens de vérifier. Ils ont atterri à Dublin il y a deux heures.

Johnson secoua la tête.

— Vous voulez mon avis, Alice ? Je crois que le moment est venu d'allumer une nouvelle cigarette. Et passez-moi quand même le général Ferguson.

— Merci, monsieur le superintendant, dit Ferguson avant de raccrocher. C'était Costello, de la Special Branch de la Garda, dit-il à l'adresse de Dillon et Hannah. Le Gulfstream a débarqué ses quatre passagers, a fait le plein, et il est reparti.

— Rien d'autre ?

— Si, par chance. Un membre des services de sécurité de l'aéroport, un sergent de la Special Branch à la retraite, les a vus monter dans un grand break. Il les a remarqués parce que c'était Jack Barry qui était au volant, et qu'il l'avait reconnu.

— Donc, maintenant on sait où ils sont, dit Dillon. Les Russo en cheville avec l'IRA provisoire. Je me demande si Michael Ryan apprécie.

— A mon avis, ça ne doit guère lui plaire, dit Hannah Bernstein. D'un autre côté, il est évident que c'est la famille Russo qui l'a fait évader, et désormais il doit payer sa dette.

— En tout cas, une chose est sûre, dit Dillon. Il est absolument inutile de débarquer en force chez Barry, ou quelque chose de ce genre. Il doit avoir une planque quelque part.

Ils demeurèrent silencieux un moment, puis Charles Ferguson éclata soudain de rire.

— Je sais qui il nous faut : le plus grand spécialiste de l'IRA au monde, Liam Devlin.

Il prit un agenda dans son tiroir et se mit à le feuilleter.

— Qui est ce Liam Devlin ? demanda Hannah.

— Savant, poète, ancien professeur au Trinity College, dit Dillon, homme de main de l'IRA, et qui a probablement tué plus de gens que moi. La légende vivante de l'organisation.

— C'est vous, Devlin, vieille canaille ? dit alors Ferguson.

Dans le salon de son cottage, dans le village de Kilrea, près de Dublin, Liam Devlin écouta Ferguson sans dire un mot. Lorsqu'il eut terminé, il éclata de rire.

— Eh bien, dites donc, mon général, vous accumulez les ennuis, on dirait.

— C'est important, Devlin, j'imagine que vous vous en rendez compte.

— Bien sûr. Désormais, tout le monde désire la paix. Envoyez-moi Dillon et votre inspecteur principal, seulement dites à Dillon de ne pas essayer de me tuer, cette fois-ci.

Ferguson raccrocha le combiné.

— Il va vous recevoir tous les deux, et croyez-moi, si quelqu'un peut nous aider, c'est bien Devlin. Il en sait plus que n'importe qui sur l'IRA, alors faites préparer le Lear, bouclez vos bagages et partez.

— A vos ordres, général, dit Hannah en se dirigeant vers la porte, suivie de Dillon.

— Ah, Dillon ! lança Ferguson.

— Mon général ?

— Il vous serait obligé, cette fois-ci, de ne pas chercher à le tuer.

Hannah se raidit, mais Dillon esquissa un sourire.

— Enfin, mon général, suis-je le genre de type à faire une chose pareille ?

12

Le Lear décolla de l'aéroport de Gatwick et grimpa rapidement à dix mille mètres d'altitude. Dillon et Hannah se trouvaient de part et d'autre de l'allée.

— Liam Devlin..., dit Hannah d'un air songeur. J'ai toujours cru que c'était une légende, cette tentative des Allemands pour enlever Winston Churchill.

— C'est pourtant une histoire vraie. Ça s'est passé en 1943. Drôle de type, ce Liam. Il est né en Ulster. Son père a été exécuté par les Anglais pendant la guerre anglo-irlandaise, en 1921. C'est un brillant universitaire, diplômé de littérature anglaise du Trinity College. Il a participé à la lutte armée avec l'IRA dans les années trente, puis il est parti combattre en Espagne avec les Brigades internationales. Il a été fait prisonnier par les Italiens qui l'ont livré aux services de renseignements allemands, l'Abwehr. Les Allemands ont fait ce qu'ils ont pu avec lui, mais reste que c'était un antifasciste convaincu.

— Que s'est-il passé, alors ?

— Il devait être parachuté en Irlande pour

assurer la liaison avec l'IRA, mais l'opération a échoué, et il a réussi à retourner en Allemagne. Une fois là-bas, il a donné des cours d'anglais à l'université de Berlin.

— Et ensuite ?

— Une nouvelle opération de commando. Il faisait partie de l'unité de parachutistes allemands lâchés dans le comté de Norfolk, en novembre 43, qui avait pour mission d'enlever Winston Churchill. Devlin devait servir d'éclaireur.

— N'avez-vous pas dit qu'il était antifasciste ?

— Oh, il était bien payé — des fonds pour l'IRA — mais j'ai l'impression que si les Alliés lui avaient demandé d'enlever Hitler à Berchtesgaden, il aurait également accepté.

— Je vois.

— Un jour, il m'a dit que dans la vie il faut toujours se poser cette question : « Est-ce moi qui joue le jeu, ou est-ce le jeu qui se joue de moi ? » (Il sourit.) Je comprends ce qu'il veut dire.

— Et vous avez essayé de le tuer ?

— Lui aussi a essayé.

— J'imagine que vous avez dû être amis.

— Oui, nous étions amis. Il m'a beaucoup appris. (Il haussa les épaules.) Je suis passé par une phase de pureté révolutionnaire, j'étais le genre de marxiste violent prêt à tuer le pape si ça pouvait faire avancer la cause. Liam avait un côté plus traditionnel. Il voulait affronter l'ennemi face à face, comme un soldat de la révolution. On n'a pas réussi à s'entendre, et on a échangé des coups de feu. Après ça on est partis chacun de son côté, pas très fiers ni l'un ni l'autre.

— Vous regrettez ce qui est arrivé ?

— Oh oui, c'est l'homme le plus merveilleux que j'aie jamais rencontré.

— Il doit être très vieux, à présent.

— Il aura bientôt quatre-vingt-cinq ans.

— Mon Dieu !

Depuis des années, Jack Barry était propriétaire d'une vieille ferme en dehors du village de Ballyburn, à vingt-cinq kilomètres environ au nord de Dublin. Il louait les terres à un fermier des environs, un sympathisant du Sinn Fein, et, depuis la mort de sa femme, n'utilisait la maison que de temps à autre, pour des fins de semaine.

Lorsqu'il ouvrit la porte, une odeur d'humidité leur monta au visage. Kathleen Ryan frissonna.

— On attraperait la crève, ici.

— Il y a une cheminée dans le salon et un poêle dans la cuisine, dit Barry. Je vais allumer tout ça, et il fera rapidement bon. (Il posa sur la table de la cuisine le sac en plastique qu'il tenait à la main.) Il y a du pain, du lait, des œufs et du bacon. Vous pourriez nous préparer quelque chose, mademoiselle.

— Préparez-le vous-même !

Il sourit.

— Ah, voilà bien l'indomptable Kathleen Ryan. Comme vous voudrez.

Il alluma le poêle avec une allumette.

Michael Ryan était appuyé contre le mur, les mains dans les poches, l'air dur.

— Et vous, Michael, ajouta Barry, vous aimeriez me descendre, pas vrai ?

— Rien ne me ferait plus plaisir.

Barry éclata de rire et se tourna vers la jeune fille.

— Au moins, vous pourriez nous préparer une tasse de thé.

Il retourna dans le vestibule où Sollazo accrochait son imperméable à la patère. Mori, lui, était occupé à allumer le feu de la cheminée, au salon. La pièce était agréable, avec des poutres au plafond et des tapis jetés çà et là sur le sol carrelé. Il y avait une table avec six chaises, un canapé, et de gros fauteuils à oreilles de part et d'autre de la cheminée. Une statue de la Vierge sur la cheminée et une image pieuse accrochée au mur complétaient le tableau.

— Je ne savais pas que vous étiez religieux, monsieur Barry.

— C'était ma femme, que Dieu ait son âme. Chaque fois qu'elle le pouvait, elle allait à la messe le matin. Elle s'inquiétait pour moi, monsieur Sollazo. Vous pensez, toutes ces années passées dans le mouvement. Ah, je lui en ai fait voir de dures !

— Et où sont nos amis ?

— Dans la cuisine, ne vous inquiétez pas. La porte de derrière est verrouillée, et j'ai les clés du break. (Il éleva la voix.) Alors, ce thé ?

Pendant que l'eau chauffait dans la bouilloire, Kathleen demanda à son oncle :

— Tu as pris ton comprimé ?

— Oui.

— Alors, accepte les choses calmement et ne te mets pas en colère. Il ne manquerait plus que tu aies une attaque maintenant.

— C'est bon, ne t'inquiète pas.

Elle prépara le thé, puis, découvrant un pot de café soluble, en mit dans deux grandes tasses et ajouta de l'eau chaude. Elle déposa ensuite le tout sur un plateau et gagna le salon.

— Il y a du café pour vous deux, dit-elle à Sollazo. C'est du café instantané, mais il faudra vous y habituer.

Mori le goûta et fit la grimace.

— Répugnant.

Barry se mit à rire.

— On ne peut pas tout avoir, dans la vie. Vous devriez plutôt prendre du thé. Il y a deux choses que les Irlandais font très bien : le thé et la Guinness.

Kathleen versa le thé dans les tasses.

— Et voilà.

Barry dégusta sa tasse de thé.

— Ah, délicieux ! Voilà qui vous réconcilie avec l'existence. Je finis ça tranquillement, et ensuite on discute affaires.

Entouré de Kathleen, de son oncle et de Sollazo, Barry déploya sur la table une grande carte de la côte est de l'Irlande, sur laquelle apparaissaient à la fois l'Ulster et la République d'Irlande.

— Nous sommes là, à Ballyburn. Plus haut, après Dundalk, se trouve le comté de Down, et vous voyez là Drumdonald et Scotstown. C'est dans cette région que vous avez touché terre. Ce qu'il nous faut, à présent, c'est la position de l'*Irish Rose*. (Il se tourna vers Ryan.) C'était quoi, déjà, Michael ?

Blême, de mauvaise grâce, Ryan lui indiqua la position. Barry tenait à la main un crayon et une règle.

— C'est simple ! Comme vous le voyez, la carte est graduée en longitude et en latitude. (Il traça rapidement deux lignes qui se croisaient.) Et voilà ! A cinq kilomètres et demi au large de l'île de Rathlin. Vous le saviez, Michael ?

— Il faisait nuit.

— Bon, et maintenant regardons un peu la carte de l'Amirauté. J'en ai une aussi.

Cette carte était à plus grande échelle, car il y figurait également la côte de Down, l'île de Man et le nord-ouest de l'Angleterre. Il reprit ses mesures.

— Voilà. (Il posa son crayon.) Le bateau repose par quinze ou vingt brasses de fond.

— Ce qui fait entre vingt-sept et trente-six mètres de profondeur, dit Sollazo en hochant la tête. Pas de problème.

— Quand votre oncle m'a téléphoné l'autre soir pour m'annoncer votre arrivée, il m'a dit que vous pourriez plonger vous-même pour déterminer la position exacte du bateau, que vous étiez un excellent plongeur.

— Ça fait des années que je fais de la plongée aux Antilles, dans les îles Vierges et à Sainte-Lucie. (Il haussa les épaules.) Mori plongera avec moi. Pour nous, ça sera un jeu d'enfant.

— Votre oncle m'a demandé de vous fournir l'équipement. Je connais quelqu'un qui nous donnera ça. Un sympathisant. Il a un entrepôt dans une zone commerciale, en dehors de Dublin. On pourrait y aller cet après-midi.

— Parfait. Mori assurera le baby-sitting de nos amis. Il lui faudra une arme. C'est possible ?

— Quand on sait où chercher, ici, il y a un véritable arsenal. Je m'en occupe.

— Allez vous faire foutre, espèce de con ! lança Kathleen Ryan en quittant la pièce.

A Kilrea, le cottage jouxtait un couvent en bordure du village. Le jardin débordait de fleurs et de buissons de toutes sortes. Un véritable enchantement. Le cottage lui-même était de style victorien, avec des pignons gothiques et des vitraux sertis au plomb. Dillon tira la sonnette, dont l'écho se répercuta à l'intérieur. Quelques instants plus tard, Liam Devlin fit son apparition sur le seuil.

— Alors te voilà, jeune salaud, dit-il à Dillon en irlandais.

— Eh oui, toujours aussi salaud, répondit Dillon dans la même langue.

Devlin se tourna vers Hannah.

— Et vous, vous devez être le bras droit de ce pauvre type de Ferguson, le célèbre inspecteur principal Hannah Bernstein. (Il la considéra d'un air approbateur.) Ah, il a de la chance, lui, comme d'habitude. En tout cas, *cead mile falte*, ce qui en irlandais veut dire « un millier de bienvenues ». Entrez donc.

Hannah était sidérée. Elle s'était attendue à voir un vieillard de quatre-vingt-cinq ans, et elle découvrait un homme plein de vie et d'énergie, dont les cheveux avaient encore quelque couleur, vêtu d'une chemise en soie noire et d'un pantalon Armani à la dernière mode. Il avait des yeux d'un bleu éblouissant et, accroché aux lèvres, le même demi-sourire ironique que Dillon. On eût dit que tous deux se riaient d'un monde trop absurde pour être pris au sérieux.

Le salon était fort agréable, d'ambiance très victorienne, depuis le feu dans la cheminée jusqu'aux meubles en acajou, en passant par les tableaux d'Atkinson Grimshaw. Elle les examinait lorsque Devlin revint de la cuisine avec une théière et des tasses sur un plateau.

— Mon Dieu ! dit-elle, ils sont authentiques ?

— Oui, il y a quelques années j'ai investi sagement dans des tableaux que j'aimais. J'ai toujours eu un faible pour le vieux Grimshaw. J'adore ses scènes de nuit. Whistler a dit un jour que c'était une erreur de l'appeler, lui, le maître du nocturne. Que tout ce qu'il savait, il l'avait appris de Grimshaw.

Tandis qu'il servait le thé, Hannah lui dit :

— Mon grand-père possède un tableau de lui : *Le Quai de la Tamise la nuit*.

— Oh, voilà un homme de goût. Que fait-il, dans la vie ?

— Il est rabbin.

Devlin se mit à rire de bon cœur.

— C'est la meilleure.

Quel homme merveilleux, se dit Hannah. L'un des hommes les plus extraordinaires que j'aie jamais rencontré.

Devlin prit place dans un fauteuil, près du feu.

— Alors comme ça, Sean, tu travailles pour les Brits, maintenant ?

— Bien sûr, et tu le sais déjà.

— Ça vous pose un problème, monsieur Devlin ? demanda Hannah.

— Appelez-moi Liam, vous me ferez plaisir. Non, j'ai peut-être beaucoup de défauts, mais je ne suis pas hypocrite. Moi-même, j'ai travaillé une fois pour Ferguson.

— Il ne nous l'a pas dit, fit remarquer Hannah.

— C'est normal. Il cherchait quelqu'un pour faire évader d'une prison française, à Belle-Ile, un Irlando-Américain nommé Martin Brosnan, et comme j'étais un ami de Martin je ne pouvais pas refuser. (Il jeta un coup d'œil à Dillon.) Mais, à l'époque, Ferguson n'était pas un de tes amis ; d'après ce qu'il m'a dit, il pensait t'avoir abattu après ta tentative de faire sauter le cabinet de Guerre britannique, pendant la guerre du Golfe.

— En fait je portais un gilet en nylon et en titanium qui a arrêté les balles, répondit Dillon.

Devlin se mit à rire.

— Il a neuf vies, celui-là. Et dire que je lui ai appris tout ce que je sais.

Il ajouta, l'air un peu narquois :

— Tu sais quoi, Sean, tu es mon côté sombre.

— Et toi, Liam, tu es mon bon côté.

Devlin demeura un instant interloqué, puis éclata de rire.

— Tu as toujours eu le sens de la repartie. Allez... au travail.

Ils passèrent en revue toutes les informations disponibles, et Dillon, une fois encore, fit le récit détaillé de l'attaque du fourgon et de la traversée sur l'*Irish Rose* jusqu'à la côte du comté de Down. Lorsqu'il eut terminé, Devlin prit une cigarette et demeura un moment silencieux.

— Bon, d'accord, dit-il enfin. D'abord, il ne faut pas que la Garda s'en mêle. Bien sûr, ils pourraient arrêter Ryan et attendre la demande d'extradition des Américains. Ils pourraient même arrêter Kathleen, le dénommé Sollazo et son homme de main, mais ça ne mènerait à rien. Ce qu'il faut, c'est trouver l'*Irish Rose* et s'assurer que l'or ne servira pas à des fins condamnables.

— Que peut-on faire ? demanda Hannah. Si Barry et l'IRA provisoire sont mêlés à ça...

Devlin l'interrompit.

— Je ne le crois pas. Gerry Adams, Martin McGuinness et le Sinn Fein sont pleinement impliqués dans le processus de paix. Evidemment, le problème c'est de persuader les provos de rendre leurs armes, mais pour l'instant personne ne veut d'ennuis, l'équilibre politique est trop instable. Je vous parie ce que vous voulez que le Conseil militaire de l'IRA provisoire ignore tout de cette affaire.

— Vous voulez dire que Barry travaille pour son propre compte ? demanda Hannah.

— Non, Jack est un vrai patriote. A mon avis, il va simplement jouer serré parce qu'il sait pertinemment que le Conseil militaire, à cette étape du jeu politique, ne veut pas d'ennuis.

— Qu'est-ce que tu proposes, Liam ? demanda Dillon.

— Je vais aller voir le chef de l'état-major de l'IRA, et le sonder. Je sais dans quel pub il déjeune tous les jours.

— Et il acceptera de vous parler ? demanda Hannah.

Devlin éclata de rire.

— Ils acceptent tous de me parler, ma chère, je suis une légende vivante, ce qui est parfois bien pratique. Mais à vous et à ce type, ici présent, ils ne parleraient pas. (Il se tourna vers Dillon.) C'est vrai, on parle de paix, maintenant, mais il y en a qui te considèrent comme un traître parce que tu travailles pour les Brits. Ils te colleraient volontiers une balle dans la tête.

— Je le sais.

— Emmène donc l'inspecteur principal chez Casey, au village. C'est un bon pub. (Il sourit à Hannah.) On se revoit tout à l'heure.

Sur l'un des quais de la Liffey, se trouvait un pub nommé Irish Hussar, repaire de républicains, et il était déjà à moitié plein lorsque Liam Devlin y pénétra, un peu après midi. Colum O'Brien, chef d'état-major de l'IRA provisoire, était assis dans une stalle, au fond, devant une pinte de Guinness et un plat qui avait l'air fort appétissant. Il glissa une serviette sous son menton.

— Honte à toi, Colum, de te faire servir un Hot Pot du Lancashire, un plat anglais.

O'Brien leva les yeux et un sourire éclaira son visage.

— Liam, vieille canaille ! Qu'est-ce que tu fais par ici ?

— Oh, je suis venu en ville pour affaires, et il faut bien déjeuner.

Une jeune femme s'approcha de la table, et Devlin lui dit :

— Je prendrai la même chose que ce monsieur.

— Et donnez-lui un grand verre de Bushmills, ajouta O'Brien. Rien que du meilleur pour Liam Devlin.

La jeune femme ne cacha pas sa surprise.

— Vous êtes Liam Devlin ? J'entends parler de vous depuis mon enfance. Je vous croyais mort.

— Ça veut tout dire, lança Devlin en riant. Allez, mademoiselle, apportez-moi le Bushmills.

Devlin prit son temps, n'abordant les sujets politiques que lorsqu'ils eurent fini de manger, devant une tasse de thé Barry.

— Où en est-on, avec le processus de paix ?

— Toujours bloqué, répondit O'Brien. A cause de ce gouvernement britannique à la con qui exige qu'on rende toutes nos armes. C'est

266

trop. Se rendent-ils compte que les autres, en face, amassent un véritable arsenal ?

— J'imagine que tu vois régulièrement Gerry Adams et McGuinness. Qu'est-ce qu'ils racontent ?

— Ils ont bon espoir, Liam. Il faudrait être fou pour croire que Gerry et Martin ne veulent pas que la paix s'installe, mais une paix dans l'honneur.

— Et les loyalistes ?

— Là, ça coince. Ils pensent que le gouvernement britannique les a lâchés, et ce n'est pas totalement faux, mais il faut qu'ils se fassent à l'idée qu'un jour ils devront prendre leur place dans une Irlande unifiée. Il va falloir qu'ils changent.

— Les catholiques aussi, dit Devlin. Et comment les vieux guerriers voient-ils les choses ? Qu'est-ce qu'il fait, Jack Barry, ces temps-ci ?

— Pas grand-chose depuis qu'il est à la retraite et qu'avec le processus de paix on n'a plus besoin de lui. Je le vois de temps en temps, pas souvent. Tu as appris que sa femme était morte ?

— Je l'ai entendu dire. Dieu ait son âme. Il habite toujours Abbey Road, près du parc ?

— Autant que je sache, oui. Je ne sais pas ce qu'il fait de son temps.

— Il est au vert, comme moi. (Il se leva.) Bon, ça m'a fait plaisir de te voir, Colum. Autrefois, on disait que notre jour viendrait. Espérons que c'est le cas.

Cela faisait des années qu'il n'avait plus rendu visite à Jack Barry ; pourtant, en garant sa voiture devant la maison d'Abbey Road, tous les souvenirs lui revinrent en mémoire. Il frappa à la porte et attendit. Il n'avait pas l'intention de parler à Barry de l'affaire de l'*Irish Rose*, seulement de bavarder avec lui, comme un vieil ami qui passe dans le quartier, mais il fut néanmoins déçu : personne ne répondait. Il fit le tour de la maison par le petit jardin et guigna par la fenêtre de la cuisine.

— Puis-je vous aider ? demanda une voix.

Dans le jardin voisin, une jeune femme étendait du linge.

Devlin lui adressa son plus beau sourire.

— Je venais voir Jack Barry.

— Je l'ai vu monter dans son gros break, tôt ce matin. Il le gare là devant, d'habitude. C'est important ?

— Pas du tout. Je suis un de ses vieux amis et, comme je passais dans le quartier, j'ai eu l'idée de venir le voir. Vous n'avez pas idée de l'endroit où il a pu aller ?

— Oh, il reste ici, la plupart du temps. C'est un homme charmant. Il était professeur, et puis sa femme est morte. Ils avaient l'habitude de se rendre à la campagne, les fins de semaine. Ils avaient un cottage, ou quelque chose comme ça.

— Vous sauriez où, par hasard ?

— Hélas, non.

— Bah, tant pis. Si vous le voyez, dites-lui que Charlie Black est passé.

Un dernier signe d'adieu, et Devlin remonta en voiture.

Un sourire se dessina sur ses lèvres lorsqu'il s'éloigna : qu'aurait-elle dit si elle avait su que son charmant voisin avait été autrefois chef d'état-major de l'IRA provisoire ?

L'entrepôt sis dans la zone commerciale en dehors de Dublin se nommait Seahorse Supplies. Le propriétaire, un certain Tony Bradley, était un homme entre deux âges, le cheveu rare et la bedaine du buveur de bière. Militant de l'IRA pendant sa jeunesse, une peine de cinq ans purgée à la prison de Portlaoise, à vingt-cinq kilomètres de Dublin, avait calmé ses ardeurs. Pourtant, ses sympathies allaient toujours à la cause républicaine. Après avoir travaillé comme plongeur sur les plates-formes pétrolières de la mer du Nord (où il faisait également office de collecteur de fonds pour l'organisation), il était revenu au pays et avait ouvert ce magasin de fournitures pour la plongée sous-marine.

Il y avait là tout le matériel imaginable, et Barry prit un cahier de commandes.

— Ça fait plaisir de te revoir, Jack. Je dirais même que c'est un grand honneur.

— La dernière fois, c'était dans ce pub de Ballyburn, j'étais venu passer un week-end dans ma ferme, dit Barry.

— Et moi, par chance, je rôdais par là ce jour-là. Bon, qu'est-ce que je peux faire pour toi ?

— Mon ami, M. Sollazo, a besoin d'équipements de plongée sous-marine. Tu ne fais pas que de la vente, tu fais aussi de la location, non ?

— Bien sûr. (Il se tourna vers Sollazo.) De quoi avez-vous besoin ?

— Deux équipements complets, répondit Sollazo. Masques, combinaisons, une grande et une moyenne, cagoules, gants, palmes, ceintures avec des poids de six kilos, régulateurs, gilets stabilisateurs, et quatre bouteilles d'air. Oh, et deux ordinateurs de plongée Orca. (Il se tourna vers Barry.) Ça indique la profondeur, le temps qu'on est resté sous l'eau, le moment où il faut remonter, etc.

— Parfait, dit Bradley. Ecoute, Jack, je vais ouvrir la porte de la réserve, tu amènes ton break et on charge tout à l'intérieur.

Il appela un magasinier pour lui demander de l'aide, tandis que Barry allait chercher la voiture.

Sous l'œil de Barry, Sollazo vérifiait soigneusement chaque article.

— Vous prenez beaucoup de précautions, fit-il remarquer.

Sollazo haussa les épaules.

— Je prends toujours des précautions, même après deux cent cinquante plongées. Vous n'imaginez pas le nombre de plongeurs qui sont tués chaque année, et en général pour des bêtises.

Lorsqu'il eut fini de charger la voiture, avec l'aide de son magasinier, Bradley demanda :

— Rien d'autre ?

— Des torches sous-marines, dit Sollazo.

— Pas de problème, j'en ai. (Il alla chercher deux boîtes en carton sur une étagère.) Ce sont des lampes à halogène, comme celles qu'utilise la Royal Navy. Il y a des piles longue durée et un chargeur.

Il les posa dans le coffre du break, puis, les mains sur les hanches, il réfléchit un instant.

— Ah, je sais ce qui manque, dit-il en souriant.

Il s'éloigna et revint avec deux poignards de plongée dans des étuis destinés à être fixés à la jambe.

— Voilà, je crois que c'est tout, dit Bradley.

— Non, il y a encore autre chose, dit Barry. Autrefois, il y avait un appareil appelé Master Navigator.

— Ça existe toujours, dit Bradley. Ils viennent de sortir un nouveau modèle.

— On pourrait en voir un ? demanda Sollazo.

— Bien sûr.

Bradley se rendit dans son bureau et en revint avec une boîte noire à la main. Il l'ouvrit et en sortit le Master Navigator.

— Voilà.

Sollazo examina la rangée de touches et le petit écran, et lança un regard interrogateur à Barry.

— Que se passe-t-il si j'introduis là-dedans, disons... les données relatives à un naufrage ? demanda Barry.

— Le résultat, c'est un triomphe de la technologie moderne, répondit Bradley. Il y a un livret d'instructions, très simple.

— Pas besoin, dit Sollazo. Je vous donne les

271

chiffres, vous les entrez, et on regarde le résultat.

Il sortit un carnet de sa poche et dicta la position de l'*Irish Rose* à Bradley qui entra les données dans l'appareil. Les chiffres apparurent sur l'écran.

— Vérifiez s'ils sont corrects, dit Bradley.

Sollazo s'exécuta.

— Parfait, dit-il.

Bradley appuya sur un bouton bleu.

— Maintenant c'est en mémoire. Pour l'activer, vous appuyez sur le bouton rouge. Vous allez entendre un signal lent et monotone. Quand vous atteindrez la position désirée, le signal deviendra très rapide. Vous pourrez alors l'arrêter en appuyant à nouveau sur le bouton bleu.

— Bon, on l'emporte, dit Bary. Envoie-moi la note à Abbey Road, Tony, et je te ferai parvenir un chèque.

— Tu n'auras qu'à me payer en ramenant le matériel.

Ils montèrent en voiture et s'éloignèrent.

— Bon, dit Sollazo. La seule chose dont vous n'avez pas encore parlé, c'est le bateau.

— Je m'en suis occupé. Sur la côte de Down, près de l'endroit où Ryan, sa nièce et Dillon ont abordé, il y a un petit village de pêcheurs, Scotstown, avec un pub appelé The Loyalist. Mais il ne faut pas s'y fier, le propriétaire, Kevin Stringer, est des nôtres. C'est là que s'est rendu Dillon après le naufrage de l'*Irish Rose*. En tout cas j'ai parlé à Kevin, et il nous a trouvé

272

quelque chose qui à son avis conviendrait. On pourrait y aller demain, vous et moi. On emportera tout le matériel et, si le bateau nous convient, on demandera à Kevin de l'entreposer à bord. Pendant ce temps-là, nous on reviendra. J'emporterai du Semtex et des crayons détonateurs, au cas où on aurait du mal à pénétrer dans le bateau.

— Et ensuite ?

— On revient le lendemain, tous ensemble, y compris Ryan et la fille, et on trouve le rafiot, du côté de l'île de Rathlin.

— Vous croyez qu'on y arrivera ?

— Je suis toujours optimiste, dit Barry.

L'après-midi touchait à sa fin lorsque Devlin revint au cottage de Kilrea. Dillon était affalé à côté du feu, les yeux fermés, et Hannah lisait.

Devlin avait l'air fatigué, et Hannah se montra tout de suite inquiète.

— Je vais vous préparer une tasse de thé, dit-elle.

— Ça n'est pas de refus.

Il se laissa tomber dans le fauteuil qu'occupait Hannah, et Dillon se redressa.

— Du nouveau ?

— Eh bien j'ai vu Colum O'Brien, l'actuel chef d'état-major de l'IRA, et j'en ai conclu qu'à sa connaissance Jack Barry ne prépare rien de particulier. Pour le reste, je me suis discrètement renseigné un peu partout, et je dois y retourner demain pour avoir les résultats.

— C'est tout ?

— Pour le moment, oui. (En voyant Hannah

revenir avec le thé, Devlin se redressa.) Ah, vous êtes une fille merveilleuse. Quand j'aurai bu mon thé, je prendrai un bain, et ensuite je vous emmène dîner.

De retour à la ferme, Sollazo et Barry trouvèrent Mori assis dans le salon, qui lisait un livre. Il leva les yeux.

— C'est fabuleux, ce bouquin. Une *Histoire des saints d'Irlande*. A côté de ces gars-là, la Mafia c'est du jardin d'enfants.

— Où sont-ils ? demanda Sollazo.

— Dans la cuisine. Elle prépare le repas. J'ai dû rester dans le jardin sous la pluie pendant que son oncle déterrait des pommes de terre et des carottes. Et puis la fille est allée cueillir des concombres, de la laitue et des tomates dans la serre. Elle sait se rendre utile, la petite.

— Une petite qui à ma connaissance a tué au moins trois hommes, fit remarquer Barry.

— Exactement, renchérit Sollazo.

L'avocat se rendit à la cuisine, où flottait une bonne odeur. Kathleen surveillait la cuisson de ses plats, tandis que son oncle remuait une salade.

— Vous êtes une femme aux multiples talents, dit Sollazo.

— Mais oui, monsieur, parfaitement, répondit-elle.

— J'ai parlé à Dillon, dit Ferguson au téléphone. Notre contact, Devlin, a lancé ses appâts, mais pour l'instant on n'a pas encore de résultats.

Depuis son bureau dans les sous-sols de la Maison-Blanche, Blake Johnson répondit :

— L'opération vient de commencer, il est normal qu'il n'y ait pas encore de résultats. Mais comme vous le savez, le Président est très inquiet. Tenez-moi au courant, général.

— Bien entendu.

Ferguson reposa le combiné et s'enfonça dans son siège.

— Allez-y, Dillon, dit-il à voix basse, il faut que vous réussissiez.

Client privilégié du pub de son quartier, Devlin obtint la meilleure stalle, au fond de la salle de restaurant. Il insista pour commander lui-même tous les plats : d'abord une soupe aux lentilles et aux pommes de terre, puis un jambon irlandais à la sauce blanche accompagné de pommes de terre et de chou bouilli.

— Désolée, Liam, mais vous avez oublié que je suis juive : pas de jambon pour moi.

Il se confondit en excuses.

— Un saumon poché vous conviendrait-il ?

— Parfaitement.

Il se tourna vers Dillon.

— Quant à toi, mon garçon, tu peux faire une croix sur ton champagne Krug. Tout ce qu'ils ont, ici, c'est un champagne local à douze livres la bouteille.

— Du champagne irlandais ? dit Hannah.

— Enfin... le nom sur l'étiquette est français.

Dillon leva les mains.

— Commande-le, je me rends.

Le repas était délicieux, le champagne presque acceptable, et Hannah prit un vif plaisir à la conversation.

— Ainsi, votre grand-père est rabbin, votre père professeur de chirurgie, et vous, vous êtes allée à l'université de Cambridge, dit Devlin. C'est un poids terrible à porter, tout ça, et comment vous êtes-vous débrouillée pour devenir sergent de ville ?

— Je voulais faire quelque chose d'utile. Et l'argent ne m'intéressait pas : j'en ai suffisamment.

— Je vous imagine déjà faisant votre ronde dans votre uniforme bleu, ce devait être un spectacle extraordinaire.

— Ne soyez pas sexiste, monsieur Devlin !

— Appelez-moi Liam. Pourquoi dois-je vous le redire sans cesse ? Et une jolie petite juive comme vous ne préférait pas se marier et avoir des enfants ?

— Cette jolie petite juive a tué Norah Bell, dit alors Dillon.

Le sourire s'évanouit sur les lèvres de Devlin.

— Mon Dieu ! Celle-là, c'était une sacrée militante protestante.

— Et moi j'ai tué son compagnon, Ahern, dit Dillon. Ils étaient venus à Londres pour tuer le président des Etats-Unis.

Comme Hannah avait l'air tendue, Devlin posa la main sur la sienne.

— Ce n'est pas votre faute, Hannah, c'est le

monde où nous vivons. Et maintenant un Bushmills pour m'aider à dormir, et on rentre.

Il lança la commande d'une voix forte à l'intention du barman, puis fronça soudain les sourcils.

— Je viens de penser à quelque chose.

— Quoi ? fit Dillon.

— Il va falloir qu'ils recherchent l'endroit où a coulé l'*Irish Rose*, répondit Devlin.

— Certainement. C'est quelque part sur la côte de Down. Nous avons abordé entre Drumdonald et Scotstown.

— Non, ce que je me disais, c'est qu'ils devaient entreprendre des recherches, ce qui signifie louer un bateau, et non seulement ça, mais encore des équipements de plongée.

Dillon opina du chef

— Et toi, reprit Devlin, d'après ce qu'on m'a dit, tu es devenu un expert en plongée sous-marine.

— Je m'y connais un peu, oui. Où veux-tu en venir ?

— Il va falloir qu'ils se le procurent, cet équipement, et on ne peut pas dire qu'à Dublin il y ait pléthore de sociétés qui s'en occupent.

— Effectivement, reconnut Dillon.

— Alors si je te disais que, dans les environs de Dublin, il y a une telle société, nommée Seahorse Supplies, et tenue par un ancien militant de l'IRA nommé Tony Bradley ? Un type qui a servi du temps de Jack Barry, et qui a tiré cinq ans à la prison de Portlaoise. Maintenant, si tu étais Jack Barry et que tu avais besoin d'équipement de plongée, où irais-tu ?

— Chez Seahorse Supplies, répondit Hannah Bernstein.

Devlin sourit et leva son verre.

— Exactement. Voilà pourquoi nous irons là-bas demain matin à la première heure. Tout arrive à qui sait attendre.

13

A huit heures et demie le lendemain matin, Tony Bradley s'engagea au volant de sa Land Rover dans le parking extérieur de Seahorse Supplies. Les employés arrivaient à neuf heures alors que lui-même aimait bien commencer plus tôt. D'autres véhicules étaient déjà garés là, mais ils appartenaient à des sociétés voisines. Au moment où il ouvrit la petite porte aménagée dans le grand portail coulissant, il entendit des bruits de pas derrière lui.

— Bonjour, Tony.

Il se retourna et vit trois personnes. Ce fut Devlin qu'il reconnut immédiatement.

— Mon Dieu, Liam Devlin

— Et un autre de tes vieux amis. J'imagine que tu n'as pas oublié Sean Dillon.

La peur tordit aussitôt l'estomac de Bradley.

— Sean... ça fait longtemps.

Il jeta un regard nerveux à Hannah.

— Et vous êtes...

— Elle est avec nous, c'est ça son nom ! lança Dillon en le poussant à travers la porte ouverte.

Bradley était terrorisé.

— Je... je n'ai rien fait. Qu'est-ce qui se passe ?

— Assieds-toi, lui dit Dillon en l'obligeant à s'asseoir sur une caisse.

— Une ou deux questions, et on s'en va, dit Devlin. Jack Barry est venu ici.

De façon délibérée, il avait donné à sa phrase un tour affirmatif

— C'est vrai, dit Bradley. Hier après-midi.

— Il est venu chercher du matériel de plongée ?

— Oui. Il était accompagné d'un Américain, un certain M. Sollazo. C'était lui le spécialiste de la plongée. Il a loué un équipement complet. Comme il était avec Jack, je croyais que c'était pour l'Organisation.

— J'ai peur que non, dit Devlin. Jack s'est pas très bien conduit, c'est le moins qu'on puisse dire. Colum O'Brien et le Conseil militaire ne vont pas être contents.

— Comment je pouvais le savoir, moi ? s'écria Bradley.

— Peut-être, mais tu es dans de sales draps, dit Devlin. Tu peux encore t'en tirer, tant que Colum O'Brien ne sait pas le rôle que tu as joué là-dedans.

— Je ferai ce que tu voudras, gémit Bradley.

Devlin se tourna vers Dillon.

— C'est toi le spécialiste de la plongée.

Dillon alluma une cigarette et demanda à Bradley :

— Dis-moi ce qu'ils ont pris.

Bradley lui récita hâtivement la liste, de mémoire.

— Je crois que c'est tout. Ah non, j'allais oublier le Master Navigator. Je leur ai donné le nouveau modèle.

— Tu leur as fait une démonstration ? demanda Dillon.

— Mieux que ça. L'Américain m'a fourni des données, et je les ai entrées dans l'ordinateur. Ces machins-là c'est comme une tête chercheuse. Ça t'amène directement à l'endroit où tu veux.

— Et où était-ce ? demanda Hannah.

— Comment voulez-vous que je le sache ? Ce n'étaient que des chiffres. (Il commençait à s'énerver.) Je vous ai dit tout ce que je savais.

— Sauf l'endroit où ils allaient en partant d'ici, dit Devlin.

— Barry vit sur Abbey Road, tout le monde est au courant.

— Il n'y est pas, rétorqua doucement Devlin. Où pourrait-il être, à ton avis ?

— Comment veux-tu que je le sache ? s'emporta à nouveau Bradley.

Dillon sortit alors son Walther équipé du silencieux Carswell.

— Je me demande si une balle dans le genou gauche ne te rendrait pas la mémoire.

— Mais enfin, Sean ! s'écria Bradley, terrorisé. Attends... attends. La dernière fois que j'ai vu Jack Barry, c'était dans un pub de Ballyburn. Je revenais de Dundalk et je me suis arrêté pour boire un verre.

— Et alors ?

— On a bavardé, et il m'a dit qu'il avait une ferme juste à côté du village. Il voulait rentrer à pied, mais je l'ai emmené en voiture. C'était une vieille maison, en mauvais état. Il m'a dit qu'il n'y allait plus très souvent depuis la mort de sa femme. (Il cherchait désespérément d'autres informations, et finit par en trouver.) Ah oui, il y avait une plaque sur la porte. Victoria Farm. Je m'en souviens parce qu'il a blagué en disant que c'était un nom de la famille royale britannique.

La sueur perlait sur le visage de Bradley.

— C'était pas trop difficile, hein ? lui dit Devlin.

— La vérité, toute la vérité, rien que la vérité ? demanda doucement Dillon. Ça vaut mieux pour toi, mon vieux Tony, sans ça je reviendrai m'occuper de ton genou gauche.

Il tourna les talons, suivi de Hannah et Devlin.

— Vous êtes un vrai salaud, murmura Hannah au moment où ils franchissaient la porte.

Devlin, en souriant, passa un bras autour des épaules de Bradley.

— Allez, souris, Tony. Oh, j'oubliais, si jamais tu essayais de contacter Barry, ou si tu parlais de tout ça à quelqu'un, j'ai peur que Dillon ne soit très fâché, et tu sais ce que ça veut dire.

— Je ne dirai pas un mot, je le jure.

— Eh bien, au revoir, dit Devlin en rejoignant les autres.

Dillon et Hannah attendaient près de la Toyota gris métallisé de Devlin.

— Allez, à Ballyburn ! lança Devlin. Et c'est toi qui conduis, Sean, je me fais vieux.

Dillon s'installa au volant, tandis que Devlin ouvrait la portière arrière pour Hannah.

— Vous n'avez pas l'air contente, fit-il remarquer. Visiblement, ça ne vous a pas plu, ce qui s'est passé.

— Je n'aime jamais ça quand je le vois opérer.

— Oui, c'est vrai que c'est un dur, notre Sean.

Et il s'installa à l'avant, à côté de Dillon.

A la ferme Victoria, ils prirent tous leur petit déjeuner dans la cuisine. Après quoi, Kathleen débarrassa la table, mais, curieusement, ce fut Mori qui l'aida, alors que son oncle et Sollazo gagnaient le salon. Elle s'attendait à ce que Mori lui fasse du gringue et s'apprêtait déjà à l'envoyer promener, mais il se contenta de remplir l'évier d'eau chaude et d'y plonger les assiettes.

— Il n'y a qu'à laisser tremper, dit-il. Ça fera moins de travail.

— Et comment vous savez ça, vous, espèce d'empoté ?

Il se mit à rire.

— Mon père avait un restaurant à Palerme. Quand j'étais enfant, je travaillais tout le temps à la cuisine. Après, j'ai travaillé en salle, comme serveur.

— Et puis vous avez changé de métier, vous êtes devenu porte-flingue.

Il haussa les épaules et répondit calmement :

— Ça payait mieux.

Lorsqu'elle retourna au salon, son oncle, Sollazo et Barry étaient penchés sur une carte.

— Voilà, dit Barry. On remonte jusqu'à Dundalk, et on passe la frontière. Il n'y a pas de problèmes, en ce moment, grâce aux pourparlers de paix.

— Ensuite, Scotstown, dit Sollazo.

— Exactement. On devrait y arriver en deux heures, deux heures et demie maximum.

— Qui ça, « on » ? demanda Kathleen.

— Sollazo et moi, répondit Barry. Vous, vous resterez ici, sous la tendre surveillance de Mori.

— Vous manquez pas de culot !

— C'est moi qui organise toute cette affaire. M. Sollazo et moi allons donc nous rendre à Scotstown avec les équipements de plongée. Kevin Stringer, le patron du Loyalist, pense nous avoir trouvé un bateau qui conviendrait. On ira vérifier. Si c'est bon, Kevin entreposera le matériel à bord, et nous, nous reviendrons ici. On sera probablement de retour vers cinq heures.

Le regard de Kathleen se posa alternativement sur lui puis sur son oncle. Celui-ci haussa les épaules.

— Si tout se déroule bien, reprit Barry, nous partirons tous à Scotstown demain matin.

— Oh, après tout, faites ce que vous voulez ! s'écria Kathleen.

Et elle quitta la pièce comme une tornade.

La Toyota descendit la côte à la sortie de Ballyburn. Dillon ralentit et aperçut le panneau Victoria Farm, et la maison derrière.

— Arrête-toi sur le bas-côté, dit Devlin. J'ai des jumelles dans la boîte à gants. (Il fouilla à

l'intérieur et en sortit une paire de Zeiss.)
Laisse-moi regarder.

Il descendit de voiture et fit la mise au point
sur le break dans la cour. Au même moment,
la porte de la ferme s'ouvrit et ils apparurent
sur le seuil, Barry, Sollazo, Mori et les Ryan.

— Mon Dieu ! s'écria Devlin. Voilà toute la
bande. Jack Barry en tête. Tiens, regarde, Sean.

Dillon prit les jumelles et opina du chef

— Barry, Michael, et la douce Kathleen.

Hannah sortit à son tour de la voiture et il lui
tendit les jumelles.

— Les deux autres sont Sollazo et son ange
gardien, Giovanni Mori, murmura-t-elle à
l'adresse de Devlin. Blakejohnson nous a faxé
leurs photos. Oh ! Barry et Sollazo sont montés dans le break. Les autres rentrent dans la
maison.

— Filons ! lança Devlin à Dillon.

Ils remontèrent précipitamment en voiture,
et Dillon démarra en trombe pour s'arrêter un
peu plus loin.

— Attendons de voir s'ils viennent de ce côté.
Sans ça, je ferai demi-tour et on essayera de les
rattraper.

Quelques instants plus tard, Hannah les aperçut par la lunette arrière.

— Ils s'en vont.

— Et avec un peu de chance, ils vont au bon
endroit, dit Devlin. Allez, Sean, on les suit.

Il y avait suffisamment de circulation sur la
route pour que leur filature passe inaperçue.
Drogheda se trouvait à trente-deux kilomètres,

et Dundalk trente-deux plus loin. Ils arrivèrent dans cette ville moins d'une heure après leur départ.

— Bientôt la frontière, dit Devlin à Hannah. S'ils vont sur la côte de Down, on passera par Warrenpoint, puis Rostrevor, Kilkeel et ensuite la route côtière.

— Ce qui nous amènera à Drumdonald et à Scotstown, la région où nous avons abordé après le naufrage de l'*Irish Rose,* fit observer Dillon.

— Comment s'appelait le pub où vous êtes allé, à Scotstown ? demanda Hannah.

— The Loyalist, répondit Dillon en riant. Pas vraiment le nom approprié, puisque le patron, Kevin Stringer, a travaillé pendant des années pour Barry. (Il se tourna vers Devlin). Qu'est-ce que tu en penses ?

— Que ça a l'air encourageant. On verra. En attendant, je vais faire un petit somme, mais vous, les jeunes, gardez l'œil ouvert.

Après Warrenpoint, la circulation diminua, mais il y avait encore assez de camions et de voitures particulières pour que leur Toyota reste inaperçue. Venue des Mourne Mountains, la pluie commença à tomber.

— Elle étend son manteau jusqu'à la mer, comme dit la chanson, déclara Dillon. C'est magnifique.

— C'est vrai, dit Hannah.

Entre le break de Barry et eux, roulaient deux voitures et un gros camion.

— Le problème, dit alors Devlin, c'est que si

on doit s'arrêter à Scotstown ou dans un endroit pareil, il faudra faire attention. Sur cette côte, il n'y a que des petits villages de pêcheurs, avec une jetée, un port et quelques bateaux. Les inconnus, ça se remarque comme le nez au milieu de la figure.

— On trouvera une solution, fit Dillon.

La pluie redoubla de violence, et Barry, au volant du break, se mit à jurer entre ses dents.

— Saleté de pays !

— Ça, vous pouvez le dire, dit Sollazo.

— On va arriver à Kilkeel. Il y a un grand café sur le bord de la route, juste avant la sortie du village. Vous, je ne sais pas, mais moi j'avalerais bien un sandwich au bacon avec une tasse de thé.

— Tout à fait d'accord.

Quelques instants plus tard, Barry s'arrêtait sur le parking de l'établissement, à côté des camions et des voitures qui stationnaient déjà. Il y avait aussi une station-service et un garage dont l'enseigne annonçait : *Patrick Murphy & Son*. Le café, lui, se trouvait de l'autre côté du parking.

Dillon se rangea entre deux camions et coupa le contact.

— Je vais voir ce qui se passe, dit Hannah. De toute façon, j'ai besoin d'aller aux toilettes.

Elle courut sous la pluie.

— Une fille charmante, dit Devlin.

— Elle m'a sauvé la vie, et elle a pris une balle par la même occasion, dit Dillon.

— Mon Dieu ! Une gentille petite juive comme ça !

— Ferguson m'a raconté qu'un jour, c'était après que cette garce de Norah Bell m'eut tiré deux fois dans le dos, elle lui a dit : « Je n'ai rien d'une gentille petite juive. Je suis une juive de l'Ancien Testament. »

Devlin se mit à rire.

— Ah là là, si je n'avais pas soixante-quinze ans, je tomberais amoureux d'elle.

— Soixante-quinze ans ? Quel menteur tu fais !

Hannah revint et se pencha à la vitre.

— Ils se sont installés. Barry a passé commande à la serveuse. Ecoutez, Liam, j'ai pensé à ce que vous avez dit sur le fait qu'on serait visibles comme le nez au milieu de la figure. Ça s'applique plus à vous qu'à moi. S'ils vont à Scotstown, par exemple, ce Kevin Stringer vous reconnaîtra, Sean, et vous aussi, Liam.

— C'est certain, dit Devlin. Je suis d'autant plus connu dans la région que j'y suis né.

Et avec une grimace, il ajouta :

— Parfois, c'est dur d'être une légende vivante.

— Ce que je ne suis pas, dit Hannah. Moi, je ne suis qu'une touriste anglaise. Apparemment, ils louent des voitures au garage. Donnez-moi mon sac à dos, je vais voir ce que je peux faire. Si nos amis partent avant que je sois prête, allez-y. Je suivrai la route côtière en direction de Drumdonald et de Scotstown. Je vous retrouverai.

Devlin lui tendit son sac.

— Allez-y. Bonne chance.

Dans le garage, il y avait un mécanicien qui travaillait sur une voiture, et un homme de petite taille, vêtu d'un complet en tweed et coiffé d'une casquette, qui se tenait dans un bureau vitré. Il se leva et vint à sa rencontre.

— Bonjour, madame, que puis-je pour vous ?

— J'étais avec des amis, mais ils ont dû rentrer à Belfast. Ils m'ont laissée ici parce qu'on leur a dit, à Warrenpoint, que vous louiez des voitures.

— Effectivement, je loue des voitures. Ce serait pour combien de temps ?

— Oh, deux ou trois jours. Je voudrais suivre la côte de Down, sans me presser, en flânant. Vous auriez quelque chose pour moi ?

— Ça n'est pas le grand luxe, mais j'ai une grosse Renault, là, si vous n'avez rien contre les voitures françaises.

— Non, rien du tout.

Elle le suivit au fond du garage et jeta un coup d'œil à la voiture.

— Elle vient d'être révisée, et le réservoir est plein, annonça le garagiste.

— Parfait. (Elle éprouva le besoin d'embellir un peu son histoire.) A mon retour, j'aurai besoin de rentrer à Belfast.

— Pas de problème. J'ai aussi un taxi. On vous conduira à Warrenpoint, et là vous pourrez prendre le train. Maintenant, si vous voulez, on peut remplir les papiers. Vous avez votre permis de conduire ? Au fait, comment comptez-vous payer ?

Elle ouvrit son sac, et en tira son permis de conduire et des cartes de crédit.

— Une carte American Express, ça ira ?

Il sourit.

— Comme on dit à la télévision : « Mais bien entendu. »

Elle quitta le garage au volant de la voiture au moment même où Barry et Sollazo se dirigeaient vers leur break. Elle alla se ranger derrière la Toyota et donna un bref coup d'avertisseur. Dillon se retourna et, d'un geste, lui fit signe d'avancer. Elle se glissa alors entre deux camions et suivit le break de Barry lorsqu'il s'engagea sur la route. La Toyota démarra à son tour.

Une quarantaine de maisons battues par la pluie et enveloppées de brouillard, une jetée et une dizaine de bateaux de pêche, tel était le spectacle désolé qu'offrait Scotstown aux visiteurs. Au sommet d'une colline, un bois dominait le village. Hannah s'arrêta sur le bas-côté de la route, à hauteur du bois, et vit le break se garer sur le parking du pub. La Toyota vint se ranger derrière elle, et Dillon et Devlin en descendirent.

— Ça fait longtemps que je ne suis plus venu ici, dit Dillon. Mais j'avais raison : c'est bien le Loyalist là-bas en bas, et si Kevin Stringer est toujours le patron, c'est lui que Barry est venu voir.

— Examinons un peu le port, dit Devlin en

prenant ses jumelles. Il n'y a pas grand-chose, seulement des bateaux de pêche. Non, attends une minute. Il y a une sorte de vedette à moteur ancrée là-bas. Dix-douze mètres de long, peinte en gris. Ça m'a l'air d'être du sérieux, ça. Tiens, regarde.

Dillon prit les jumelles.

— Tu as peut-être raison.

— C'est sûr.

A son tour, Hannah prit les jumelles. Elle hocha la tête.

— Je suis d'accord, Liam, mais il faudrait jeter un coup d'œil plus près. Je vais aller jouer les touristes. De toute façon, j'avalerais bien un sandwich et une tasse de thé.

— Et pendant ce temps-là, nous, on reste ici à mourir de faim ? lança Dillon.

— Eh oui, pas de chance, mon pauvre Dillon.

Elle remonta dans sa Renault et s'éloigna.

Dans l'arrière-salle du Loyalist, Kevin Stringer serra Barry dans ses bras.

— Jack, tu ne peux pas savoir à quel point ça me fait plaisir de te revoir.

— Moi aussi, Kevin. Je te présente mon associé, M. Sollazo, de New York. Tu as trouvé un bateau ?

— Mais oui. L'*Avenger,* une vedette à moteur qu'un de mes amis avait équipée pour la pêche au requin, sauf qu'il n'y a plus de requins

Sollazo éclata de rire.

— Elle est bonne, celle-là.

— Jusqu'où veux-tu aller ? demanda Stringer.

— A l'île de Rathlin, répondit Barry. Il y a encore des gens qui y vivent ?

— Non, plus depuis des années.

— Elle est à quelle distance ?

— Trois ou quatre milles, pas plus.

— Bon, allons le voir.

— D'accord, dit Stringer, mais d'abord venez boire quelque chose et manger un morceau.

— Tu sers à manger, maintenant ?

— Il faut bien vivre, Jack, et avec le processus de paix, les temps ont changé. Les touristes reviennent, notamment les Américains, comme M. Sollazo. J'ai sept chambres, ici. En été, j'étais complet la plupart du temps. Venez donc manger, je sers le meilleur irish stew de tout le pays.

Le bar était occupé par quelques habitués. Installés à une table près de la fenêtre, Barry et Sollazo dégustèrent un irish stew arrosé de Guinness. De l'autre côté du bar, Hannah Bernstein jouait son numéro auprès du barman.

— Pourrais-je avoir seulement un sandwich ?

Kevin Stringer s'avança, tout sourire.

— Ce que vous voudrez.

— Eh bien une salade.

— Pas de problème. Vous visitez la région ?

— Oui, c'est ça.

— Et comme boisson ?

— Une vodka tonic, s'il vous plaît.

— Tout de suite. Allez vous asseoir.

292

Il y avait quelques journaux sur une tablette, près de la porte. Elle en prit un et s'installa à l'extrémité de la salle. Barry lui tournait le dos, ce fut donc Sollazo qui la remarqua. Très jolie, se dit-il. Bizarre, il avait toujours aimé les femmes à lunettes.

Une heure plus tard, Sollazo, Barry et Stringer se rendirent au port. Stringer les fit monter dans un canot pneumatique équipé d'un moteur hors-bord.

— C'est parti !

Hannah, qui flânait près du pub, les regarda s'éloigner.

Depuis la colline, Devlin suivait aux jumelles la progression de l'embarcation.

— J'avais raison, dit-il d'un ton où perçait une certaine satisfaction. Ils se dirigent vers ce bateau un peu particulier. Ça y est, ils montent tous à bord. Regarde.

Dillon les observa un instant, puis tourna les jumelles en direction du quai, où il aperçut Hannah Bernstein.

— Fais attention, ma grande, fais attention, dit-il doucement.

Stringer fit les honneurs du bateau à Barry et à Sollazo.

— Une cabine, deux couchettes, le salon avec des banquettes qui permettent de faire deux couchettes supplémentaires, la petite cuisine, les toilettes. Et voilà.

Ils se retrouvèrent dans la timonerie.

— Il est plutôt défraîchi, fit remarquer Sollazo.

— Il n'y a pas que l'aspect extérieur qui compte. La coque est en acier, et fabriquée par Akerboon. Moteur à essence Penta, deux hélices. Vitesse, vingt-cinq nœuds. Equipé d'une jauge de profondeur, d'un radar et d'un pilotage automatique. Tout ce qu'il faut.

Barry se tourna vers Sollazo.

— Ça vous convient ?

— Ça me paraît bien.

Barry se tourna alors vers Stringer.

— C'est bon, Kevin. On va décharger le break dans ton garage. Toi tu monteras le matériel à bord plus tard. On retourne à Dublin. On reviendra demain matin pour partir en mer.

— D'accord.

Sollazo redescendit dans le canot pneumatique. Stringer, les yeux brillants, demanda :

— C'est important, Jack ? Je veux dire : pour le mouvement ? Ça recommence comme au bon vieux temps ?

— Je comprends ce que tu veux dire, répondit Barry. Au diable la paix !

Hannah vint se garer derrière la Toyota et descendit de voiture.

— Ils ont quitté le bateau et ils reviennent au pub.

Dillon prit les jumelles.

— Le break s'en va. C'est pas grave, il n'y a

qu'une seule route pour quitter le village. On les rejoindra.

— Donc, s'ils partent, ils vont revenir, dit Devlin.

— Et je crois que je devrais être là pour les recevoir, dit Hannah. Est-ce que vous auriez un sac dans votre voiture, Liam ?

— Mais oui. (Du coffre de la Toyota il tira un grand fourre-tout.) Malheureusement, il est vide.

— Peu importe. Je vais prendre une chambre au Loyalist et les attendre.

— Nous aussi on reviendra, dit Dillon.

Devlin posa la main sur l'épaule de Hannah.

— Faites attention. On tient à vous.

— Ne vous inquiétez pas. (Elle souleva son sac à dos, qu'elle tenait à la main.) Je suis armée.

— Hannah, vous êtes la septième merveille du monde, dit Dillon.

Il l'embrassa sur les deux joues, puis déposa un baiser sur ses lèvres.

Hannah eut l'air sidérée.

— Dillon ! C'est une grande première !

Elle monta dans sa Renault et s'éloigna.

Dix minutes plus tard, Kevin Stringer, ravi, montrait à Hannah une chambre avec vue sur le port.

— Combien de temps comptez-vous rester ? lui demanda-t-il.

— Deux nuits, peut-être trois. Je me promène un peu le long de la côte. Je viens de Belfast.

— Une belle ville. Nous n'avons pas de chambre avec salle de bains, mais la salle de bains et les toilettes sont juste à côté.

— Parfait.

— Je vous reverrai tout à l'heure. Si vous voulez dîner, ce sera servi à sept heures.

Et il sortit.

Un quart d'heure plus tard, Dillon aperçut le break, mais demeura prudemment à distance.

— A ton avis, qu'est-ce qu'ils vont faire ?

— Ils sont simplement venus voir le bateau, répondit Devlin. Ils ont peut-être aussi laissé le matériel de plongée. Maintenant, ils retournent à Ballyburn. Ils reviendront probablement demain avec les autres.

— Bon, nous on les suit, et alors ?

— Ah, c'est à toi de voir, à toi et à la jeune femme restée là-bas. Elle a des pouvoirs de police. Scotstown est en Ulster, c'est-à-dire au Royaume-Uni. C'est à Ferguson et à toi de prendre une décision. (Il s'enfonça dans son siège.) Il va peut-être y avoir de la fusillade, mais je ne veux pas en être. Je me fais vieux, Sean. Je n'ai plus la détente aussi facile. Je ne te serais pas très utile.

— Foutaises !

— J'ai fait ce que j'ai pu pour vous aider. Maintenant, je vous souhaite bonne chance, mais ne comptez plus sur moi.

Il était presque quatre heures de l'après-midi et, à Victoria Farm, Kathleen faisait bouillir de

296

l'eau dans la cuisine. Ryan était assis à côté d'elle, à la table, tandis que Mori se tenait au salon.

Elle consulta sa montre.

— Ils vont revenir d'ici une heure. Si on le fait, c'est maintenant.

— Si tu penses que ça marchera, dit Michael Ryan.

Elle prit le flacon de comprimés.

— Ecoute, dit-elle, avec trois comprimés de Dazane, tu vas présenter les symptômes de l'angine de poitrine à peu près au moment de l'arrivée de Barry et de Sollazo. Barry ne te laissera pas mourir comme ça sans rien faire. Ça n'est pas son genre.

— Disons que tu l'espères.

— Même s'ils ne font rien, le Dr Sieed m'a dit que les symptômes disparaissaient en deux jours. D'un autre côté, si Barry fait ce que je lui dis et t'emmène à l'hôpital, ça nous donnera une chance.

Il la considéra un instant sans rien dire, puis se mit à rire.

— Oh, et puis après tout ! Qu'est-ce qu'on a à perdre ?

Elle versa trois comprimés dans sa main, alla chercher un verre d'eau et lui tendit le tout.

— Tiens, oncle Michael.

Une demi-heure plus tard, Ryan commença de manifester les premiers symptômes. Toujours assis à la table de la cuisine, il se prit la tête dans les mains et se mit à transpirer abondamment. Un quart d'heure plus tard, il était secoué de tremblements.

— Mori, venez vite ! lança Kathleen.

Le Sicilien apparut aussitôt.

— Que se passe-t-il ?

— Il a une crise d'angine de poitrine. Il en a déjà eu auparavant. Amenez-le sur le canapé du salon.

Mori souleva Ryan et lui passa un bras sous l'aisselle avant de le conduire au salon. Kathleen les suivait, un verre d'eau à la main. Ryan avait le visage terreux, l'air décomposé. Pour la première fois, des doutes traversèrent Kathleen.

— Tiens, oncle Michael, bois ça.

Elle lui glissa le verre entre les lèvres, mais à ce moment-là les tremblements devinrent effroyables. C'était beaucoup plus spectaculaire que ce à quoi elle s'attendait. A cet instant, Barry et Sollazo pénétrèrent dans la pièce.

— Bon Dieu, qu'est-ce qui se passe ?

— Il a une nouvelle crise d'angine de poitrine, dit-elle. Il faut le conduire à l'hôpital.

— Ne soyez pas idiote ! lança Sollazo. Il est hors de question d'aller à l'hôpital.

Il se tourna vers Barry.

Celui-ci s'agenouilla au chevet de Ryan et lui posa la main sur le front.

— Il va mal.

Il se leva et dit à Mori :

— Portez-le dans le break. (Il se tourna vers Sollazo.) Ça ira. Il y a une clinique en dehors de Dublin, qu'on utilise depuis des années. Bien équipée, avec de bons médecins. On peut

298

l'emmener là-bas. On y sera dans vingt-cinq minutes.

Debout à côté de la Toyota, Devlin observait la ferme aux jumelles.

— Il est arrivé quelque chose. Sollazo et Mori emmènent Ryan et le mettent dans le break. On dirait qu'ils le soutiennent.

— Laisse-moi voir. (Dillon prit les jumelles.) Ils montent tous dans la voiture, Barry et Kathleen aussi. On va les suivre.

Il se glissa au volant, et Devlin s'installa à côté de lui. Quelques instants plus tard, le break s'engageait sur la route. Dillon le prit en chasse.

Il y avait bien une cabine téléphonique, au village, mais elle ne fonctionnait pas. Hannah, qui devait faire son rapport au général Ferguson, prit le risque de téléphoner depuis sa chambre au Loyalist. Après avoir composé le neuf pour obtenir l'extérieur, elle appela Ferguson sur sa ligne directe au ministère de la Défense.

Malheureusement, Kevin Stringer se trouvait au même moment dans son bureau, occupé à sa comptabilité, et il fut intrigué par le grand nombre de cliquetis résonnant dans son propre appareil. Doucement, il décrocha le combiné du standard.

— Allô ? Je voudrais le général Ferguson, s'il vous plaît. De la part de l'inspecteur principal Bernstein.

Quelques instants plus tard, Stringer entendit une voix d'homme.

— Ferguson à l'appareil. Alors, que se passe-t-il, inspecteur ?

— Je suis au Loyalist, à Scotstown, sur la côte de Down. Nous avons suivi Barry et Sollazo jusqu'ici. Ils ont apporté du matériel de plongée, et un bateau ancré dans le port les attend. Ils sont ensuite retournés chez Barry, près de Dublin, où se trouvent les Ryan. Dillon et Devlin les ont pris en chasse.

— Vous pensez qu'ils vont revenir ?

— Probablement demain. J'ai pris une chambre ici, en me faisant passer pour une touriste anglaise.

— Bon, mais pour l'amour du ciel, faites attention !

— Comme toujours, général.

Elle raccrocha. Dans son bureau, après un instant d'hésitation, Stringer appela Barry à Ballyburn. Pas de réponse. Il réfléchit quelques minutes, puis tira un browning du tiroir de son bureau.

Assise devant la coiffeuse de sa chambre, Hannah entendit la porte s'ouvrir. Elle se tourna et découvrit Stringer, un Browning à la main.

— Alors, comme ça vous êtes inspecteur principal ? A quoi vous jouez, ma petite dame ?

14

A l'entrée de la clinique, un panneau annonçait Roselea Nursing Home. Tandis que le break franchissait les grilles, la Toyota se rangeait de l'autre côté de la route.

— Que diable se passe-t-il ? demanda Dillon.

— Je n'en suis pas sûr, dit Devlin, mais j'ai l'impression qu'il s'est produit quelque chose d'imprévu.

Sollazo, Barry, Mori et Kathleen attendaient à la réception. Kathleen était effondrée, et Barry lui avait passé le bras autour des épaules pour la réconforter.

— Ne vous inquiétez pas, dit-il. Ça va aller. Le directeur de la clinique, le Dr Ali Hassan, est un excellent médecin. (Il s'efforça de détendre l'atmosphère.) C'est un Irlandais égyptien. En vingt ans, il a recousu je ne sais pas combien de membres de l'IRA blessés par balle. Presque un travail à la chaîne.

— Vous ne comprenez pas, dit-elle. C'est ma faute.

— Ne dites pas de bêtises. Votre oncle avait déjà eu des problèmes cardiaques. Vous le savez aussi bien que moi.

Le Dr Hassan, un homme de petite taille au teint basané, vêtu d'une blouse blanche, le stéthoscope autour du cou, fit son apparition.

— Comment va-t-il ? demanda Barry.

— Pas bien, pas bien du tout. (Il se tourna vers Kathleen.) Votre oncle a déjà fait des crises d'angine de poitrine ? C'est ce qu'il m'a dit.

— Oui.

— Cette crise-ci est particulièrement violente. Je ne comprends pas. Que suit-il, comme traitement ?

— Il prend du Dazane.

— Bon sang ! J'espère qu'il n'a pas pris une surdose. (Elle blêmit. Il s'en rendit compte.) Il a pris une surdose, c'est ça ?

Elle hocha lentement la tête.

— A quatre heures de l'après-midi, il a pris trois comprimés.

— Oh, mon Dieu !

Le Dr Hassan tourna les talons et se rua dans le couloir, suivi de Kathleen, Barry et Sollazo. Mori demeura à la réception.

Agité de convulsions, Ryan était étendu sur un lit, dans l'unité de soins intensifs, tandis que le Dr Hassan et un infirmier étaient penchés sur lui. Kathleen, Barry et Sollazo observaient la scène derrière une vitre. Soudain Ryan émit un terrible gargouillement, se cambra, puis retomba, inerte.

302

Le Dr Hassan sortit de la salle de réanimation.

— J'ai bien peur qu'il ne soit mort, annonça-t-il.

Kathleen se précipita sur lui et le frappa à coups de poing.

— Non ! Non ! C'est pas possible !

Barry dut la ceinturer.

— Du calme, du calme, ça n'est pas votre faute.

— Mais si ! s'écria-t-elle. Je suis infirmière, j'aurais dû le savoir. Je m'étais renseignée à mon hôpital, à Green Rapids, et le médecin, là-bas, m'avait dit que trois Dazane lui provoqueraient une crise d'angine de poitrine, mais que ça ne durerait pas plus de deux jours. C'était un moyen de nous échapper, vous comprenez ? Vous étiez obligés de le conduire à l'hôpital, et on se serait enfuis plus facilement.

Elle s'effondra en sanglotant. Barry la poussa vers Sollazo.

— Emmenez-la à la voiture. Moi, je règle les problèmes ici.

Tandis que Sollazo emmenait Kathleen, Barry se tourna vers le Dr Hassan.

— Tu t'es toujours montré loyal envers l'IRA, Ali, alors tu devines qu'aujourd'hui encore c'est un cas particulier.

— Je comprends.

— Ce soir, monte-le au crématorium. Pas de nom, pas de certificat.

— Comme tu voudras.

— Bon, salut.

Et Barry tourna les talons.

Dans la Toyota, Devlin et Dillon virent le break s'éloigner.

— Ils ne sont plus que trois et la fille, dit Dillon. Pas de Ryan. Que se passe-t-il ?

— Je connais cet endroit, lui dit Devlin. C'est une planque de l'IRA. La clinique est dirigée par un excellent chirurgien, un Egyptien nommé Ali Hassan. On devrait peut-être lui rendre visite, qu'en penses-tu ?

Assis dans son bureau éclairé seulement par sa lampe de travail, Ali Hassan entendit la porte s'ouvrir. Levant les yeux, il aperçut Devlin, et Dillon derrière lui.

— Bonjour, Ali, dit Devlin. Vous vous souvenez de moi ? Je suis Liam Devlin. Vous m'avez extrait une balle, il y a dix-huit ans.

— Oh, mon Dieu, monsieur Devlin !

— Et je vous présente un de mes amis, Sean Dillon, qui a fait autant que moi pour la cause.

— Bonjour, monsieur Dillon.

— Des gens que nous connaissons vous ont amené un certain M. Ryan, dit Dillon. Et puis ils sont repartis sans lui. Qu'est-il arrivé ?

— Vous devez vous tromper, répondit Hassan.

Dillon sortit son Walther.

— Ecoutez, lui, il n'a pas l'air d'accord avec vous. Alors... réfléchissez.

Ce que fit aussitôt le Dr Ali Hassan, en leur racontant tout.

A la ferme Victoria, Kathleen pleurait dans sa chambre. Barry, Sollazo et Mori se trouvaient au salon, devant un whisky, lorsque la sonnerie du téléphone retentit.

— Ah, heureusement, tu es là, s'écria Stringer. Il s'est passé quelque chose.

Lorsqu'il eut fini de parler, Barry lui dit :

— Garde-la sous clé, Kevin, on arrive. On part tout de suite.

— D'accord.

Barry reposa le combiné et se tourna vers Sollazo.

— Vous vous souvenez d'une femme à lunettes qui déjeunait au Loyalist, aujourd'hui ?

— Bien sûr, dit Sollazo. Une belle femme, en tailleur pantalon Armani.

— Non seulement elle est inspecteur principal à Scotland Yard, mais elle travaille aussi pour le général Charles Ferguson, chef du service de renseignements particulier du Premier ministre, et devinez qui est leur principal homme de main : Sean Dillon.

— Bon sang ! s'écria Sollazo. Qu'est-ce qu'on fait ?

— On fiche le camp d'ici tout de suite. Ne me demandez pas ce que ça signifie, parce que je l'ignore, mais on s'en va à Scotstown tout de suite, et on part à la recherche de l'*Irish Rose* dès demain matin. (Il se tourna vers Mori.) Amenez la fille ici.

Mori lança un coup d'œil interrogateur à son patron, et Sollazo acquiesça.

— Fais comme il a dit.

Installés à bord de leur Toyota, Devlin et Dillon virent partir le break.

— Les voilà partis pour Scotstown, dit Devlin. J'imagine que la mort inopinée de Ryan leur a fait accélérer les choses.

— On devrait y aller aussi, dit Dillon.

— Inutile de se presser, Sean. On passe d'abord à mon cottage. Après tout, tu sais très bien où ils vont.

Au cottage de Kilrea, Devlin s'assit au coin du feu, un verre de Bushmills à la main. Dillon s'affairait, tenant d'une main son Walther et de l'autre son arme supplémentaire, dans l'étui de cheville. Il remonta sa jambe de pantalon, posa le pied sur une chaise et fixa l'étui à sa cheville. Puis il glissa l'autre Walther dans sa ceinture, au creux des reins.

— Moi aussi j'aime bien le Walther, lui dit alors Devlin. Il y en a un dans le tiroir de mon bureau. Sors-le. (Dillon s'exécuta.) Et maintenant, mets-le dans ta poche.

— Pourquoi ?

— Je suis trop vieux, Sean. Si des balles commencent à siffler, tu seras seul. L'unique chose que je peux faire, c'est te donner un conseil. Au cas où Barry serait amené à te fouiller, il trouvera le pistolet dans ta poche. Et puis il te palpera les reins, parce qu'il sait que c'est là que tu aimes mettre ton arme, et il trouvera l'autre Walther. Ça lui suffira, et tu disposeras toujours de l'arme que tu as à la cheville. (Il sourit.) Ça n'est qu'une supposition, hein ?

306

Barry n'aura peut-être pas l'occasion de te coincer, mais sait-on jamais ?

— Merci infiniment, Liam, tu es un type formidable.

— Vas-y, Sean, casse-leur la baraque. Allez, dépêche-toi. Moi, je vais téléphoner à Ferguson et le tenir au courant.

Il était quatre heures du matin, et Hannah Bernstein dormait, plutôt mal, sur le canapé du petit salon, à l'arrière du Loyalist. Il y avait des barreaux à la fenêtre, et Stringer avait fermé la porte à clé. L'arrivée d'une voiture dans la cour la réveilla. Elle s'assit pour écouter les voix. Quelques instants plus tard, la porte s'ouvrit, livrant le passage à Stringer.

Ils étaient tous là, Barry, Sollazo, Mori et Kathleen, pâle, épuisée d'avoir tant pleuré.

Stringer tira de sa poche le Walther de Hannah et le tendit à Barry.

— Elle avait ça dans son sac à dos.

Barry le soupesa dans sa main et le mit dans sa poche.

— Ainsi, madame l'inspecteur principal Hannah Bernstein, vous travaillez pour cette vieille canaille de Charlie Ferguson !

— C'est vous qui le dites.

— Et comment ! C'était bien imprudent de votre part de téléphoner alors que ce fureteur de Kevin vous écoutait depuis son bureau.

— On commet tous des erreurs.

— Vous avez parlé de Devlin et de Dillon. Ils ont l'intention de fouiner par ici ?

— Ecoutez, monsieur Barry, c'est terminé

pour vous, vous ne comprenez pas ? Les services de renseignements américains sont sur la piste de M. Sollazo, et l'affaire est suivie directement par la Maison-Blanche.

— Elle ment ! dit Sollazo. C'est impossible.

— Ils savent tout. Comment croyez-vous que le général Ferguson ait eu vent de l'affaire ? (Elle secoua la tête.) Ni la Maison-Blanche ni Downing Street ne permettront que cet or tombe entre vos mains. Voyez-vous, monsieur Barry, M. Sollazo est animé uniquement par l'appât du gain, mais pas vous. Avec tout cet or, l'IRA provisoire continuerait la lutte indéfiniment.

— Butez cette salope ! lança Kathleen.

— Je m'en charge, proposa Mori.

Barry s'y opposa.

— Elle peut encore nous être utile, comme otage. (Il secoua la tête.) Alors, comme ça, ce vieux renard de Liam Devlin s'est joué de moi. Mais pourquoi ? Pourquoi Liam ?

— Parce que la paix est à la mode, ces temps-ci, monsieur Barry, lui dit Hannah. La plupart des gens désirent la paix.

— Ça suffit, les mondanités ! lança alors Sollazo. Qu'est-ce qu'on fait maintenant ?

— On devrait peut-être foutre le camp d'ici tant que c'est encore possible, dit Mori.

Barry n'était pas de cet avis.

— J'ai l'impression que Ferguson a envoyé l'inspecteur principal ici présente et Dillon à la pêche aux renseignements, avec l'aide de Devlin, bien sûr. Mais, pour l'instant, la Garda et le RUC ne sont sûrement pas au courant. Ce qu'ils veulent savoir, c'est l'endroit où a coulé l'*Irish*

Rose. Quand Ferguson le saura, c'est la Royal Navy qui prendra le relais et récupérera le chargement.

— De toute façon on est cuits, dit Sollazo avec amertume. Ils savent où on est.

— Mais ils ne connaissent toujours pas la position de l'*Irish Rose*. Je propose qu'on parte à l'aube et qu'on fasse quand même la plongée. Si on atteint l'or, on pourra récupérer quelques lingots. Un ou deux millions de livres, c'est pas mal pour une matinée de travail.

Un sourire éclaira le visage de Sollazo.

— Après tout, pourquoi pas ? Toute ma vie, j'ai pris des risques. Il est trop tard pour revenir en arrière. Qu'est-ce qu'on fait pour Dillon, et pour ce Devlin ?

— Liam Devlin a été un sacré dur, dans le temps, mais maintenant il a quatre-vingt-cinq ans. Non, le type qu'il faut craindre, c'est Dillon.

— Moi, il ne me fait pas peur, dit Mori.

— Ça serait une rencontre intéressante, dit Barry, mais inutile. Si Dillon et Devlin rappliquent, l'inspecteur principal fera un excellent otage. (Il se tourna vers Stringer.) Kevin, tu nous prépareras un petit déjeuner, et on partira à l'aube. Toi, tu resteras ici à garder la boutique.

La conversation se terminait entre Blake Johnson et Charles Ferguson.

— Que va-t-il se passer, maintenant que Ryan est mort ? demanda l'Américain. Il a emporté son secret dans la tombe ?

— Visiblement non, sans ça pourquoi seraient-ils retournés à Scotstown ? Comme je vous l'ai dit, mon inspecteur principal est sur place incognito, et Dillon est en pleine filature. C'est un homme plein de ressources. Comme d'habitude, il saura régler cette affaire. Il trouvera ce bateau.

— Et ensuite ?

— Ça sera un boulot pour l'équipe de récupération de la Royal Navy. Une petite opération propre et discrète, qui ressemblera à un exercice en mer. (Il rit.) Une chose est certaine, nos amis sont incapables de monter une telle opération avec leur bateau. En tout cas pour l'instant.

— Le Président sera soulagé de l'apprendre.

— De même que le Premier ministre, lorsque je le lui apprendrai dans la matinée. Evidemment, je vous tiendrai informé des développements de cette affaire.

— Je vous en remercie, général.

Ferguson, installé chez lui, près du feu de cheminée, raccrocha le combiné et se servit un whisky bien tassé.

— Allez, Dillon, murmura-t-il, règle leur compte à ces salopards.

Au même moment, Dillon se trouvait au sommet de la colline dominant le village. La Toyota était dissimulée dans le bois. Il observa le Loyalist avec les jumelles, puis jeta un coup d'œil à l'*Avenger*, ancré dans le port.

— Où es-tu, en ce moment, Hannah, mon amour ? murmura-t-il pour lui-même. Ma question est idiote : à une heure pareille tu dois être dans ton lit, en train de dormir.

La clarté de l'aube envahissait rapidement le ciel gris et bas, mais le brouillard humide et poisseux estompait tous les contours. La pluie tombait sans répit. Il alluma une cigarette, se demandant comment il allait agir, et à ce moment-là la porte du Loyalist s'ouvrit. Ils sortirent tous, Jack Barry, Kathleen Ryan, Marco Sollazo, Giovanni Mori et, au milieu d'eux... Hannah Bernstein. Stringer, qui se tenait sur le seuil, échangea quelques mots avec Barry, puis retourna à l'intérieur.

— Nom de Dieu de nom de Dieu ! s'écria Dillon.

Il suivit le petit groupe aux jumelles, et les vit monter dans le canot pneumatique vert. Démarrage du moteur hors-bord. Le canot s'éloigna. Dillon, alors, bondit dans la Toyota.

Kevin Stringer était occupé à préparer une nouvelle théière lorsqu'il entendit grincer légèrement la porte de derrière. Il se retourna et découvrit Dillon qui lui souriait.

— Mon Dieu, c'est toi, dit Stringer en déglutissant avec difficulté.

— Ça fait longtemps, hein, Kevin. Qu'est-ce qui s'est passé, ici ?

— Que veux-tu dire ?

Dillon tira le Walther de sa poche.

— Ce machin ne fait presque aucun bruit, et tu me connais. Tu vas te retrouver avec des béquilles. Alors raconte-moi tout, ça vaudra mieux pour toi.

— Je t'en prie, Sean, je ne suis qu'un intermédiaire, dans cette histoire. Quand cette femme a téléphoné, j'ai écouté sa conversation. Elle s'est présentée comme un inspecteur principal et elle a parlé avec un certain général Ferguson. Elle a parlé de toi et de Devlin.

— Comme on dit dans les mauvais films : le pot aux roses est découvert.

— Michael Ryan est mort, annonça Stringer. Une crise cardiaque.

— Je le sais, fit Dillon. Je sais tout. Alors ils sont allés retrouver l'*Irish Rose* ?

— C'est ça.

— Et l'inspecteur principal ?

— Jack a dit qu'elle ferait un otage utile si tu rappliquais. La fille Ryan, elle, voulait la tuer. Comme ce salaud de Mori.

— C'est vrai ? On peut pas laisser faire ça ! Allez, on va à la jetée avant qu'ils lèvent l'ancre.

A bord de l'*Avenger*, Barry était à la barre, les deux femmes assises sur une banquette à côté de lui. Sollazo se trouvait sur le pont en compagnie de Mori, et s'apprêtait à relever l'ancre, lorsque la voix de Stringer résonna à la surface des eaux du port.

— Jack, Dillon est ici.

— Bon Dieu de bonsoir ! s'écria Barry en coupant le moteur.

Il sortit sur le pont et s'appuya au bastingage, à côté de Sollazo et de Mori.

— C'est lui ? demanda Sollazo.

— Bien sûr.

Puis, élevant la voix :

— C'est toi, Sean ?

— Qui veux-tu que ça soit d'autre ? lança Dillon. Et si on parlait ?

— J'arrive. (Barry se tourna vers Mori.) Mettez le canot à la mer. (Il secoua la tête.) Quel cinglé, celui-là !

— On dirait que vous l'aimez bien, fit remarquer Sollazo.

— Il a été comme un fils pour moi. On a vécu des moments extraordinaires à Derry, quand on menait une sacrée danse aux paras britanniques.

Mori mit sa main en visière au-dessus de ses yeux.

— Il n'a pas l'air si terrible.

Barry descendit dans le canot pneumatique et leva le regard vers Mori.

— Dites-vous bien qu'il vous descendrait avant même que vous ayez bougé le petit doigt.

Il éloigna le canot du bateau et fit démarrer le moteur hors-bord.

Au moment où le canot accosta, Dillon allumait une cigarette.

— Tu as l'air en forme, Jack. Les années t'ont épargné.

— Elles sont encore plus tendres avec toi, espèce de jeune crapule. Où est Liam Devlin ?

— A Kilrea. Quatre-vingt-cinq ans, c'est un peu vieux pour jouer du pistolet.

— En son temps, ça a été un type extraordinaire.

— Bon, et maintenant ? fit Dillon. Qu'est-ce

qu'on fait ? C'est fini pour toi, Jack, c'est inutile de continuer.

— Ça n'est pas tout à fait vrai. Si on retrouve l'épave, et on la retrouvera, il y aura des lingots d'or à l'intérieur. En une matinée de travail, on peut récupérer un ou deux millions de livres. On va pas cracher dessus.

— Ah, tu as toujours eu le sens pratique. Hannah Bernstein va bien ?

— Tout à fait. Elle me plaît, celle-là. Une femme douée.

— C'est sûr. Laisse-la partir. Prends-moi à sa place.

— Et pourquoi je ferais ça ?

— Parce que, depuis le temps, j'ai perfectionné mes talents. Je sais piloter un avion, mais je suis aussi un excellent plongeur. J'ai même coulé des bateaux de l'OLP dans le port de Beyrouth pour le compte des Israéliens.

— Espèce de crapule ! lança Barry en riant. Non, Sean, elle a trop de prix pour que je la relâche simplement comme ça.

— Eh bien tant pis, dans ce cas il faudra que je vous accompagne.

— L'idée n'est pas mauvaise, mais il faut d'abord qu'on te fouille. (Barry sortit son Browning.) Fouille-lui les poches, Kevin.

Stringer obéit et trouva le Walther.

— Satisfait ? demanda Dillon.

— Tu parles ! dit Barry en souriant. Kevin, regarde sous sa veste, au creux des reins, il a toujours une arme à cet endroit.

Stringer trouva le deuxième Walther.

— Tu avais raison, Jack.

Et il lui tendit l'arme.

— En général, j'ai raison, répondit Barry. Allez, retourne à la boutique. (Il adressa un sourire à Dillon.) Monte, Sean. Je crois qu'on va utiliser tes talents.

Dillon monta à bord le premier, puis Barry tendit le filin à Mori et le suivit. Les deux femmes sortirent de la timonerie.

— Vous allez bien ? demanda Dillon à Hannah.

— Très bien.

Dillon lança un coup d'œil vers Mori.

— Dites donc, celui-là on dirait qu'il vient à peine de descendre de son arbre. S'il vous embête, dites-le-moi, je lui casse un ou deux membres et on n'en parle plus.

Mori faillit s'étrangler de rage, mais Sollazo s'interposa.

— Laisse tomber, Giovanni. (Il se tourna vers Barry.) Vous l'avez fouillé ?

— Il avait un Walther dans la poche et un autre au creux des reins. Je me souvenais de cette excellente habitude. J'ai une bonne nouvelle pour vous : Sean ici présent est un plongeur hors pair. Il a aussi gagné sa vie en faisant sauter des bateaux. Vous ne croyez pas qu'on pourrait le mettre au travail ?

— Voilà une fameuse idée, fit Sollazo en souriant.

— Eh bien, on lève l'ancre.

Kathleen Ryan, qui l'observait sans mot dire depuis son arrivée, s'avança vers Dillon, d'un air étrange.

— Martin, c'est toi, n'est-ce pas ?

Il y avait quelque chose de bizarre dans son attitude, comme un égarement.

— Eh oui, Kate, c'est moi, répondit-il avec douceur. Je suis triste pour Michael.

— C'est moi qui l'ai tué, dit-elle. Je l'ai convaincu de tripler sa dose de médicament. D'après le Dr Sieed, ça ne devait pas être très grave, il risquait simplement une crise d'angine de poitrine. (Elle se passa la main sur le visage.) Mais il est mort, Martin, et c'est moi qui l'ai tué. C'est horrible.

Hannah glissa un bras autour de ses épaules.

— Venez, Kathleen, on va redescendre dans la cabine.

Les moteurs se mirent à gronder, et l'*Avenger* quitta le port pour la haute mer.

— Il ne nous manquait plus que ça, lança Mori. Une cinglée à bord.

— Dites-moi, mon garçon, demanda Dillon, vous vous entraînez, pour être aussi con, ou ça vous vient naturellement ?

Sur ces mots, il tourna les talons et rejoignit Barry dans la timonerie.

Tirer le Walther de son étui de cheville et abattre en quelques secondes Barry, Mori et Sollazo n'était pas chose impossible, mais il fallait choisir le bon moment, et le retour de Hannah sur le pont, à cet instant précis, compliquait singulièrement l'entreprise. Elle se tenait sous l'avant-toit, à l'abri de la pluie, et il lui sourit.

Puis, se tournant vers Jack Barry, il lui dit :

— Quel dommage, Jack, qu'on finisse par traiter avec la racaille.

— Je sais, mon grand, mais pour moi les choses n'ont pas changé. Tout ce que je récupérerai comme or ira pour cette organisation que nous avons servie si longtemps, tous les deux. Cet or servira à acheter des armes.

— L'époque a changé, Jack.

— On ne peut être sûr de rien.

Dillon laissa échapper un soupir.

— Dis-moi quand même où on va.

— Au large de l'île de Rathlin.

— Et le Master Navigator nous donnera la position exacte ?

Barry eut l'air sidéré.

— Décidément, y a pas grand-chose que tu ignores.

— Grâce à Liam, tu sais, on ne t'a pas lâché d'une semelle. A part ça, à quelle profondeur elle se trouve, l'épave ?

— D'après les cartes de l'Amirauté, au large de l'île de Rathlin il y aurait entre vingt-sept et trente-sept mètres de profondeur.

— Vu la taille du bateau, ça n'est pas mal. Mais l'important, c'est la façon dont il est posé sur le fond.

Sollazo vint les rejoindre.

— On est encore loin ?

— Un demi-mille, dit Barry. Je vais brancher le Navigator.

Il le tendit à Sollazo. Un ping-ping monotone se faisait entendre à intervalles réguliers.

— Hé, mais ça marche ! dit Sollazo.

— Plus on approchera, et plus les sons

seront fréquents, et quand on sera arrivés à la position exacte le signal deviendra continu.

Sollazo rendit l'appareil à Barry et se tourna vers Dillon.

— Je comptais plonger avec Mori, mais puisqu'il paraît que vous êtes un champion de plongée, je vous laisserai le soin de descendre et d'inspecter l'épave.

— Avec plaisir.

L'île de Rathlin émergea bientôt du brouillard, et Barry réduisit la vitesse alors qu'ils abordaient des eaux extraordinairement calmes. Le signal du Master Navigator, devenu très rapide, se transforma soudain en un long sifflement suraigu.

— On y est ! s'écria Barry. Jetez l'ancre.

Mori et Sollazo s'exécutèrent aussitôt. Kathleen s'était approchée du bastingage et, pendant un bref instant, Dillon et Hannah se retrouvèrent côte à côte.

— J'ai une arme, murmura-t-il. Barry en a trouvé deux, mais ce vieux filou de Devlin m'en avait donné une troisième. Dans un étui de cheville.

— Faites attention. Pas maintenant. Ça pourrait être le carnage.

— Ne vous inquiétez pas, ma grande. De toute façon, j'ai envie de plonger et de rendre visite à ce vieux rafiot.

Lorsque la chaîne de l'ancre eut cessé son raffut, le bateau s'immobilisa complètement. Quelques secondes plus tard, Barry sortit de la timonerie.

318

— C'est à vous, maintenant.

Sollazo se tourna vers Dillon.

— Allons nous préparer. J'y vais le premier.

Et il descendit dans le salon.

Il revint sur le pont vêtu d'une combinaison de plongée, avec une ceinture de poids et un gilet stabilisateur.

— A votre tour, dit-il à Dillon.

Dillon descendit à son tour dans le salon, ôta ses vêtements puis son étui de cheville. Avisant un placard portant l'inscription Fusées de détresse, il y glissa son Walther. Alors qu'il saisissait sa combinaison, on entendit des pas sur l'échelle et Sollazo jeta un regard à l'intérieur.

— Dépêchez-vous.

Maladroitement, Dillon enfila la combinaison et la cagoule. Il mit les chaussons et fixa la ceinture de poids autour de sa taille au moyen de bandes velcro. Puis il fit mine de prendre le poignard et son étui.

— Laissez ça, dit Sollazo. Je n'ai aucune envie de vous voir avec une arme.

— Comme vous voudrez.

Dillon prit son gilet stabilisateur, son ordinateur Orca, et gagna le pont où les autres étaient rassemblés sous le taud pour s'abriter de la pluie.

— J'ai réfléchi, dit Sollazo. Il va falloir se ménager. On ne peut rester qu'un certain temps sous l'eau, vous le savez aussi bien que moi, surtout si l'épave est à plus de trente-sept mètres de fond. Descendez d'abord, Dillon, et vous nous direz ce que vous avez vu.

— Mais comment donc ! fit Dillon avec un sourire.

Avec des gestes précis, fruit d'une longue pratique, il passa par-dessus sa tête le gilet stabilisateur et la bouteille d'air, enfila les bras et fixa les courroies sur sa poitrine avec les velcros. Puis il s'assit pour chausser ses palmes, et glissa autour de son poignet gauche la cordelette de la lampe à halogène que lui tendait Mori. Après quoi il se pencha par-dessus bord pour mouiller son masque, l'appliqua sur son visage et s'assit sur le bastingage.

Il leva le pouce.

— Ceux qui vont mourir te saluent, etc.

Il mit l'embout entre ses lèvres, vérifia que l'air arrivait bien et bascula en arrière.

Il glissa sous la quille, trouva la chaîne de l'ancre et commença de descendre, ménageant une pause à cinq mètres pour équilibrer la pression dans ses oreilles. L'eau était extraordinairement claire, et il continua de descendre, vérifiant fréquemment sa profondeur sur l'ordinateur Orca. Dix mètres, douze mètres, dix-huit mètres... il vit apparaître l'épave, couchée sur le côté, parfaitement visible alors même qu'il n'avait pas encore allumé sa lampe.

Il se tenait à présent à vingt-sept mètres de profondeur, et il vit que le bateau reposait sur un banc de sable qui descendait légèrement. Çà et là, de longues algues ondulaient d'avant en arrière dans le courant.

Dillon s'approcha de la proue et alluma sa lampe à halogène, faisant apparaître les mots

Irish Rose, clairement lisibles malgré les coquillages incrustés.

Il gagna ensuite la poupe, éventrée par l'explosion, et aperçut le camion, sur le sable, à côté du bateau. Ce qui semblait incroyable, c'était que le camion reposait sur ses six roues.

Il s'approcha de la portière et tenta de soulever la poignée. En vain. Il recommença, mais sans plus de résultat. Jugeant inutile de perdre du temps à une telle profondeur, Dillon décida de remonter.

Il grimpa par l'échelle de corde, s'assit sur le pont, releva son masque et ôta son embout. Tout le monde attendait.

— Alors, Sean, raconte ! s'écria Barry.

— Il est là, expliqua Dillon, et à vingt-sept mètres, ce qui est bien pratique. Ça permet de rester plus longtemps au fond.

— Et le camion ? demanda Sollazo.

— Il est là aussi. L'explosion l'a arraché au pont, et il est posé sur ses roues à côté du bateau.

— Magnifique, dit Sollazo.

— Sauf qu'il y a une chose que je ne comprends pas. Quand on a attaqué le camion, on a utilisé un appareil électronique appelé un Howler pour neutraliser le système de sécurité et permettre l'ouverture des portes.

— Et alors ?

— Eh bien, je n'ai pas pu ouvrir la portière arrière.

— Le système électronique a dû se bloquer à cause de l'explosion, dit Sollazo. Ou alors c'est la porte qui a été endommagée. On a du Semtex et des crayons détonateurs. Redescendez et faites sauter cette porte.

— Oui, ô maître, dit Dillon. Mais il faut pour cela me donner le matériel.

Barry s'accroupit et lui tendit un bloc de Semtex.

— Tiens, Sean. Et aussi un crayon détonateur de trois minutes.

— Voilà une belle contribution tchécoslovaque à la culture mondiale.

— Tu y arriveras ?

— A ton avis ?

— Fais attention, lui dit Hannah.

— Est-ce que je ne fais pas toujours attention ?

Il remit son masque, s'assit sur le bastingage et disparut.

Il redescendit à nouveau le long de la chaîne de l'ancre, et fixa le bloc de Semtex sur la poignée de la porte arrière du camion. Il cassa ensuite le crayon détonateur, faisant naître une sorte de pétillement. Il regagna la surface, et Barry l'aida à remonter sur le pont. Dillon s'assit, tandis que les autres s'approchaient du bastingage. Quelques instants plus tard, des bouillonnements agitèrent la mer, et un certain nombre de poissons se mirent à flotter à la surface, le ventre en l'air. Puis les bouillonnements s'apaisèrent.

Dillon adressa un grand sourire à Sollazo.

— Inutile de me le dire. Je redescends.

Le camion avait bougé sur le côté, mais se trouvait toujours sur ses roues. L'une des portières pendait sur ses gonds, l'autre avait été projetée à quelque distance de là. Des nuages de sable flottaient encore entre deux eaux. Dillon s'approcha, alluma sa lampe et connut la surprise de sa vie : le camion était vide.

Accroché à un barreau de l'échelle, il ôta son embout et leva les yeux vers ceux qui l'attendaient sur le pont.

— Je vais t'annoncer une nouvelle qui ne te plaira pas, Jack, mais il n'y a rien.

— Comment ça, il n'y a rien ?

— Je veux dire que le camion est vide.

— C'est impossible ! s'écria Barry. Tu m'as dit toi-même que tu avais regardé à l'intérieur quand vous avez attaqué le camion sur la route. Il y avait les lingots à ce moment-là.

— Oui, ils y étaient. Mais maintenant ils n'y sont plus.

Dans le visage brûlant de Kathleen Ryan, les yeux semblaient deux trous noirs.

— Quelqu'un a dû passer avant nous, dit-elle.

— Impossible, rétorqua Dillon. La porte était verrouillée, et il n'y avait aucun signe d'effraction.

— Aide-moi, Mori, dit Sollazo en prenant son gilet stabilisateur et sa bouteille d'air. Vous allez redescendre, Dillon, mais cette fois-ci je viens avec vous. Je ne vous crois pas.

— Comme vous voudrez.

Dillon replongea sous l'eau, s'aidant de la chaîne d'ancre pour descendre.

Arrivé en bas, il se retint au bastingage de l'*Irish Rose* et attendit Sollazo. Lorsque ce dernier l'eut aperçu, il se dirigea vers le camion, suivi de Dillon.

Sollazo gagna la porte arrière et regarda à l'intérieur, puis jeta un coup d'œil à Dillon avant de se tourner à nouveau vers le camion. Dillon s'approcha rapidement derrière lui, arracha le couteau que Sollazo portait dans un étui à la jambe, et coupa son tuyau d'arrivée d'air.

Un nuage de bulles apparut aussitôt, et Sollazo pivota sur lui-même. Les mains à la gorge, il commença de remonter vers la surface. Dillon l'attrapa alors par une cheville et l'entraîna vers le fond. Ses coups de pied furieux cessèrent bientôt, et il ne tarda pas à flotter entre deux eaux, les bras en croix. Dillon lui arracha son masque, et les yeux vides de Sollazo le contemplèrent, fixés à travers lui sur l'éternité. L'Irlandais le saisit par la main et entreprit de le ramener à la surface.

Ce fut Kathleen Ryan qui, la première, aperçut le corps de Sollazo.

— Regardez, là-bas !

Hannah la rejoignit au bastingage.

— Mon Dieu !

Barry et Mori se précipitèrent. Sans un instant d'hésitation, le Sicilien ôta sa veste et ses chaussures, plongea dans l'eau et nagea vigoureusement vers Sollazo. Il lui passa un bras autour du corps, l'examina un instant et releva la tête.

— Il est mort.

Après avoir lâché le corps de Sollazo à trois mètres de profondeur, Dillon avait gagné le côté opposé du bateau. Il fit surface, se débarrassa de son gilet stabilisateur et de sa bouteille, ôta masque et palmes et risqua un coup d'œil prudent sur le pont. Barry, Kathleen et Hannah étaient penchés sur le bastingage. Il entendit Mori crier : « Lancez-moi un filin. »

Dillon se hissa silencieusement sur le pont et rejoignit le salon. Il ouvrit le placard aux fusées de détresse, récupéra son Walther et regagna le pont.

Barry, à côté de Hannah et de Kathleen, était occupé à dérouler une ceinture de sauvetage. Au moment où il la lançait par-dessus bord, Dillon s'écria :

— Pas un geste, Jack.

Il se tenait sur le seuil de l'escalier du salon, silhouette menaçante avec sa combinaison de plongée noire et son Walther à la main.

— Venez par ici, Hannah.

Elle s'avança vers lui. Barry, toujours penché sur le bastingage, le regardait par-dessus son épaule.

— Toujours aussi extraordinaire, hein, Sean ?

— Non, Jack, ne fais pas ça, dit doucement Dillon.

Mais Barry se tourna à moitié vers lui, le Browning à la main, et Dillon lui tira deux balles dans le cœur. Barry s'effondra contre le bastingage, laissant tomber son Browning sur le pont, puis bascula dans la mer.

Dillon se rua alors vers le bastingage, brandissant le Walther. Un bras passé autour du corps de Sollazo, Mori leva le regard vers lui. Dillon visa soigneusement et lui logea une balle entre les deux yeux. Il n'y eut plus que le silence, déchiré seulement par le cri des mouettes qui tournoyaient au-dessus d'eux, dans le brouillard. Dillon s'assit sur le pont, le dos au bastingage.

— Je me fumerais bien une cigarette.

Hannah s'accroupit à ses côtés.

— Ça va, Sean ?

D'une voix étrange, comme venue d'outre-tombe, Kathleen Ryan dit alors :

— Pousse le Walther par ici, Martin.

Dillon l'avait posé sur le pont, près de lui. Il leva les yeux et vit que Kathleen braquait sur lui le Browning de Barry. La folie se lisait dans son regard.

— Non, il n'est pas là, Martin, il n'a jamais été là. Quelle vieille canaille, mon oncle Michael. Il ne m'a tout expliqué que l'autre jour, mais il faut avouer que c'était malin. Et maintenant, tout est pour moi. Je n'ai plus qu'à m'envoler pour le récupérer.

— Je sais, Kate, je sais.

— Je ne te ferai aucun mal, Martin, mon Martin adoré, alors tu vas descendre, et elle aussi.

— On ferait mieux d'obéir, murmura Hannah.

— Comme tu voudras, Kate.

326

Dillon se leva en souriant, et d'un coup de pied lança le Walther au loin.

Hannah descendit l'escalier du salon, suivie de Dillon.

— Ferme la porte, ordonna Kathleen.

Il obéit, et ils entendirent les pas sur l'escalier, puis le bruit de la clé tournant dans la serrure. Deux ou trois minutes plus tard, le moteur hors-bord démarrait en rugissant.

— Qu'est-ce qu'on fait ? demanda Hannah.

— C'est pas compliqué. Il y a toujours une hache de secours dans ces bateaux, il suffit de la trouver.

Dans la cuisine, il la remarqua au premier coup d'œil, accrochée en hauteur ; il grimpa sur un tabouret et la prit. Quelques instants plus tard, il fracassait la porte en haut de l'escalier. Hannah le rejoignit sur le pont, et ils virent, au loin, le canot pneumatique vert disparaître dans le brouillard. Dillon retourna dans la timonerie et fit démarrer le moteur.

— Tenez, prenez la barre, dit-il à Hannah. Moi, je vais me changer.

Quand il revint, Hannah lui dit :

— Elle est complètement folle, cette fille.

— Elle a toujours été un peu comme ça. Il s'est passé quelque chose dans sa vie, quelque chose de terrible, mais je ne sais pas quoi. Maintenant, elle croit que c'est elle qui a tué son oncle. Au fait, est-ce que ce n'est pas l'imperméable de Barry, là, sur la patère ? Si c'est ça, il doit y avoir dans les poches les deux Walther qu'il m'a confisqués. (Il fouilla les poches de l'imperméable.) Ah, les voilà. Un pour vous et un pour moi. Je vais reprendre la barre.

— Qu'est-ce qu'elle a voulu dire, quand elle a dit que l'or n'avait jamais été là ?

— Rappelez-vous : je vous avais dit qu'en étudiant les dossiers et les coupures de presse j'avais l'impression que quelque chose clochait.

— En effet.

— J'ai compris ce que c'était. Michael Ryan avait caché une réplique exacte du camion à Folly's End, et Benny devait le balancer en bas de la route côtière pour égarer la police pendant un bout de temps.

— Et alors ?

— Eh bien, au début ça ne m'a pas frappé, mais dans aucun article de presse ni dans aucun rapport de police on ne mentionnait ce camion. A votre avis, où est-il, aujourd'hui ?

— Non, c'est pas vrai !

— Eh si. Après l'attaque, je suis parti rejoindre l'*Irish Rose* à moto, en emmenant Kathleen avec moi. Michael nous a suivis avec le camion, mais il est arrivé en retard. Il nous a dit qu'il avait eu un problème avec le starter automatique.

— Ce qui était faux.

— Bien sûr que oui. Il était en retard parce qu'il était repassé par Folly's End pour échanger les camions. Il n'y a jamais eu d'or dans celui qui a coulé avec l'*Irish Rose*. L'or doit toujours se trouver dans le fourgon dissimulé dans une grange de Folly's End. Pas mal, la plaisanterie, n'est-ce pas ?

Région des Lacs

1995

15

Katheleen Ryan aborda à la cale de lancement près de la jetée. Elle ne prit même pas la peine d'amarrer le canot pneumatique, gagna le quai et se dirigea vers le Loyalist. Dans la cour du pub, elle trouva le break de Barry, mais la portière était fermée. Il fallait quitter cet endroit, et vite. Elle pénétra dans le pub par la porte de derrière.

Assis à une table, Kevin Stringer sirotait une tasse de thé en lisant un journal de la veille. Il eut l'air surpris.

— Qu'est-ce que vous faites ici ?

— Où sont les clés du break de Jack Barry ?

— Sur le tableau, là.

Elle les prit et les glissa dans sa poche.

— Je vais chercher mon sac à dos dans la chambre. Ensuite, je pars.

Stringer était seul, les employés devaient arriver seulement deux heures plus tard, et brusquement il eut peur.

Elle redescendit l'escalier. Elle avait troqué le caban qu'elle portait à bord pour un long imperméable, et coiffé son vieux béret noir. Son sac à dos pendait à son épaule gauche.

— Vous savez où se trouve Ladytown ? demanda-t-elle.

— C'est après Newcastle, sur la baie de Dundrum. Il suffit de suivre la route côtière.

— C'est loin d'ici ?

— Trente-trois kilomètres.

— Bon, eh bien j'y vais.

Son accent américain avait disparu, et elle retrouvait le dur accent de Belfast de sa jeunesse.

Stringer se leva et lui barra le passage.

— Que se passe-t-il ? Où est Jack ?

— Mort. C'est Martin Keogh qui l'a tué. Il a aussi tué Sollazo et l'autre type. Il est encore sur le bateau avec cette femme. Je les ai enfermés tous les deux dans la cabine et je suis venue avec le canot pneumatique.

Le ton était monotone, dépourvu d'inflexions, et Stringer se sentait comme pris de vertige.

— Non, il ne s'appelle pas Keogh. C'est Dillon. Vous êtes folle ou quoi ? Ils ne peuvent quand même pas être morts tous les trois !

— Oh si, ils sont bien morts. Et maintenant je m'en vais.

— Non, vous ne partez pas ! dit-il en lui posant les mains sur les épaules.

Dans la pâleur de son visage, ses yeux semblaient brûler.

— Ne mettez pas les mains sur moi, espèce de salopard de catho ! hurla-t-elle.

Elle tira le Browning de sa poche, appuya le canon contre son flanc et tira.

332

Avec un râle terrible, il tituba en arrière.

— Vous m'avez eu, ordure !

Elle tira à nouveau et il s'effondra contre la table avant de glisser sur le sol.

— Bon débarras, lança-t-elle. Si je pouvais, je vous descendrais tous.

Elle remit le Browning dans sa poche et quitta le pub. Quelques instants plus tard, elle s'éloignait au volant du break.

Dillon se rangea le long de la jetée, et Hannah sauta à terre avec une amarre. Dillon coupa le moteur et vint la rejoindre.

— Allez, on y va.

Il prit Hannah par la main, et ils se ruèrent sous la pluie en direction du pub. Passant par la cour, ils gagnèrent l'arrière de la maison, et Hannah guigna précautionneusement par la fenêtre de la cuisine.

— On dirait qu'il n'y a personne, dit-elle. Et le break n'est plus là.

— On entre, dit Dillon en tirant son Walther.

Aussitôt, ils furent surpris par l'odeur de cordite, et ils ne tardèrent pas à découvrir le corps de Stringer. Hannah s'accroupit et lui prit le pouls. Elle regarda Dillon en secouant la tête.

— Il est mort. (Elle se releva.) Elle ne fait pas de prisonniers, cette fille. Je me demande où elle est allée.

— Ça n'est pas bien difficile à deviner.

— Dans la région des Lacs, en Angleterre ?

— Bien sûr. Le problème, c'est de savoir comment elle compte s'y rendre.

— Prendre l'avion jusqu'à Manchester, et là, louer une voiture.

— Peut-être. Ou alors un avion privé. Sur la côte, il y a beaucoup de vieux aérodromes qui datent de la Seconde Guerre mondiale. Il suffit de regarder dans le guide aérien Pooley.

— C'est possible. Elle a fait une remarque étrange sur le bateau, elle a dit : « Je n'ai plus qu'à m'envoler pour le récupérer. » Elle est folle, Dillon, vous vous en rendez compte ? Au fait, avez-vous observé qu'elle a perdu son accent américain ?

— Oui. Elle a retrouvé l'accent de Belfast, celui qu'elle avait à seize ans quand je l'ai sauvée, il y a dix ans, dans une petite rue sombre. Peu importe maintenant. On va appeler Ferguson.

Assis dans son lit, dans son appartement de Cavendish Square, Ferguson venait à peine de se réveiller lorsqu'il reçut le coup de téléphone de Hannah.

— Donnez-moi votre numéro, dit-il lorsqu'elle eut terminé. (Il le griffonna sur un bout de papier.) Je vous rappelle dans un quart d'heure.

Il raccrocha et appela son bureau au ministère de la Défense.

— Ici Ferguson, dit-il à l'officier de service. Passez-moi les Informations aériennes.

Dès que la sonnerie retentit dans le bureau du Loyalist, Hannah décrocha.

— Général ?

— Il y a une base de sauvetage de la Royal Navy à Crossgar, sur la côte de Down, à dix-huit kilomètres de là où vous êtes. On vous y attend. Un hélicoptère vous emmènera à la base de sauvetage de Whitefire. C'est dans la région des Lacs, près de St Bees.

— Et ensuite ?

— Je me rends tout de suite à la base de la RAF à Farley. J'y serai dans une demi-heure. Un Lear du ministère de la Défense est prêt à décoller, et il me conduira à la base de White-fire en trois quarts d'heure. De là, nous partirons tous en hélicoptère pour Folly's End.

— Parfait, général, j'ai hâte de vous revoir.

— Cessez d'être sentimentale comme ça, madame l'inspecteur principal, et magnez-vous le cul !

Et il raccrocha.

— Alors ? demanda Dillon.

Elle le mit rapidement au courant, puis demanda :

— Et Stringer ?

— Ferguson va prévenir le RUC, ils le trouveront plus tard. Allez, on file.

Ils quittèrent le pub.

Kathleen Ryan n'eut aucun mal à trouver Ladytown, et elle s'arrêta sur la place du village, à côté d'une vieille femme qui promenait un caniche en laisse.

— Est-ce que vous sauriez, par hasard, où il y a un vieil aérodrome, par ici ?

— Vous devez parler du terrain de Tony McGuire.

— Comment y arrive-t-on ?

— C'est à trois kilomètres et demi d'ici. Je vais vous expliquer.

C'était un endroit triste, à l'abandon. Sur la grille, un écriteau défraîchi annonçait *Transports aériens McGuire*. Le macadam de l'allée était parsemé de nids-de-poule jusqu'au bâtiment administratif. Il y avait une tour de contrôle et deux hangars, mais apparemment aucun avion.

Elle se gara devant un hangar qui ressemblait à une hutte Nissen de la Seconde Guerre mondiale, et à ce moment-là la porte s'ouvrit, livrant le passage à un homme entre deux âges, noueux, vêtu d'un jean et d'un vieux blouson d'aviateur en cuir noir. Ses cheveux gris étaient coupés en brosse et il avait l'air méfiant.

— Je peux vous aider ?

— Seriez-vous Tony McGuire ?

— Et vous-même, madame ?

— Je suis Kathleen Ryan, la nièce de Michael Ryan.

— Ça fait des années que je n'ai pas eu de nouvelles de Michael. Je le croyais mort.

— Il va très bien, et il m'attend en Angleterre, dans la région des Lacs. Il m'a dit que si j'avais besoin de me rendre rapidement là-bas, il fallait que j'aille voir Tony McGuire.

— Ah bon ?

— Oui, et il m'a dit qu'autrefois il avait souvent eu recours à vos services.

336

Il la considéra un instant, l'air perplexe, puis la fit entrer.

Dans le bureau, on voyait un poêle dont le tuyau montait jusqu'au plafond, un lit de camp dans un coin, une table à cartes, et une autre table encombrée de papiers. McGuire alluma une cigarette.

— Alors, que voulez-vous ?

— Gagner rapidement la région des Lacs.

— Et quand voulez-vous partir ?

— Maintenant.

Il eut l'air surpris.

— Vous poussez un peu, là !

— Vous avez un avion, non ?

Il hésita un instant, puis opina du chef.

— Pour l'instant, je n'en ai qu'un seul. La banque m'a coupé les crédits et a saisi mon meilleur avion, un Conquest. Il me reste quand même un Cessna 310.

— On pourrait donc y aller ?

— Je vais vous le montrer.

Ils sortirent, et il la conduisit à l'un des hangars. Il fit rouler la porte rouillée, révélant un petit bimoteur.

— Combien de temps faudrait-il pour aller dans la région des Lacs avec ça ?

— Environ une heure.

— Ça convient.

— Attendez un peu. D'abord, il faut faire le plein, et comme je dois le faire à la main, ça prend du temps. (Il leva les yeux vers le ciel.) Et le temps est menaçant. Il serait préférable d'attendre un peu pour voir si ça va se dégager.

(Il reporta le regard sur elle.) Enfin il faut décider de l'endroit où on atterrira.

— Le plus près possible d'un lieu appelé Marsh End. C'est au sud de Ravenglass.

— Bon, retournons au bureau. Je vais consulter le guide aérien Pooley. On y trouve tous les aérodromes et toutes les pistes du Royaume-Uni.

Il consulta le livre pendant un moment, puis releva la tête.

— Je me souviens d'un endroit appelé Laldale. C'était un terrain d'urgence de la RAF pendant la Seconde Guerre mondiale. Je m'y suis posé une fois, il y a quatorze ans. Il n'y a qu'une piste d'atterrissage et quelques vieux bâtiments en ruine.

— On peut y aller ?

— Eh bien, il faudrait d'abord se poser sur un terrain où il y a des services de police et de douane.

— Trois mille dollars si vous m'y conduisez directement.

Du double fond de son sac à dos, elle tira une liasse impressionnante de dollars. McGuire la considéra avec des yeux ronds.

— C'est... c'est une histoire politique ? Je sais à quoi sont mêlés votre oncle et ses amis, mais moi je ne veux pas d'ennuis. C'est fini, cette époque-là.

— Cinq mille dollars, dit-elle en lui tendant l'argent. Combien de temps avez-vous dit que ça pourrait prendre ?

— Une heure, répondit-il d'une voix rauque.

— Une heure aller, une heure retour. Cinq mille dollars, c'est plutôt bien payé. Je vous déposerai l'argent sur le bureau pendant que vous ferez le plein.

Elle s'assit au bureau, tira des liasses de billets et se mit à compter. McGuire, fasciné, la contemplait en passant la langue sur ses lèvres sèches.

— Bon... je vous laisse. Je vais faire le plein.

Il gagna rapidement le hangar, hanté par cette image de liasses de billets sortant du sac à dos.

Au même moment, un hélicoptère Sea King se posait sur la base de sauvetage de Whitefire. Les rotors s'arrêtèrent, Dillon et Hannah descendirent de l'appareil, et une Range Rover vint se ranger tout près. Un capitaine de corvette de la Royal Navy avança à leur rencontre.

— Capitaine de corvette Murray. Vous êtes les agents du général Ferguson ?

— C'est ça, dit Hannah.

— Il devrait atterrir d'ici dix minutes. Je vais vous conduire au mess, où vous pourrez boire un café.

Ils montèrent dans la Range Rover.

De retour dans son bureau, Tony McGuire trouva Kathleen assise près du poêle.

— Ça va ? demanda-t-il.

Elle hocha la tête.

— Vos cinq mille dollars sont sur la table. (Il alla les prendre, une liasse dans chaque main.) Vous n'avez qu'à compter, si vous voulez.

— Mais non, je vous fais confiance.

Il rangea l'argent dans un vieux coffre-fort.

— On peut y aller, maintenant ?

— Pourquoi pas ?

Il la précéda dehors. Tandis qu'ils se dirigeaient vers le hangar, elle lui demanda :

— Vous croyez qu'on va y arriver ?

— Bien sûr, répondit McGuire. Il y a beaucoup plus d'espace aérien libre qu'on ne l'imagine généralement, et si je fais mon approche à moins de cent quatre-vingts mètres d'altitude, je n'apparaîtrai même pas sur les radars.

— Je vois.

Elle grimpa à bord et s'installa sur le siège à côté du pilote. McGuire grimpa à son tour et referma la porte. Il fit démarrer les deux moteurs l'un après l'autre et commença à rouler sur la piste. L'appareil tressautait sur les nids-de-poule. Arrivé à l'extrémité de la piste, il fit demi-tour. Il stationna un instant puis se mit à rouler de plus en plus vite. Enfin, ils décollèrent dans la pluie et le brouillard.

Dillon et Hannah prenaient une tasse de thé au mess des officiers, à la base de Whitefire, lorsque le capitaine de corvette Murray fit son entrée avec le général Ferguson.

— Et voilà, mon général.

Ferguson lui adressa son plus beau sourire.

— J'aimerais m'entretenir dix minutes avec mes collaborateurs, capitaine, ça ira ? Ensuite, nous embarquerons à bord du Sea King pour la destination que je vous ai indiquée sur la carte.

— A vos ordres, mon général.

340

Murray salua et se retira. Ferguson se tourna en souriant vers Dillon et Hannah.

— Oh, il y a du thé. J'en prendrais volontiers une tasse, inspecteur.

— Bien sûr, général.

Hannah lui servit une tasse de thé.

— Vous vous êtes bien amusé, Dillon, on dirait ?

— Euh... disons que ça a été compliqué.

— Et vous avez eu votre taux de morts habituel. Barry, Sollazo et Mori. Franchement, Dillon, vous me rappelez ce tailleur dans le conte des frères Grimm qui se vantait d'en avoir tué trois d'un seul coup, sauf que, dans son cas, il s'agissait de mouches sur du pain et du jambon.

— Oh, mon général, vous aurais-je encore déçu ?

— Ne dites pas de bêtises, Dillon. Et la fille ?

— Elle est folle, dit Hannah. Je ne sais pas exactement si elle avait toute sa raison avant ces événements, mais elle a complètement chaviré après la mort de son oncle.

— Vous croyez vraiment qu'elle va se rendre à Folly's End ?

— Elle ne peut aller nulle part ailleurs, répondit Dillon.

Ferguson posa sa tasse sur la table.

— Dans ce cas, allons-y.

Dans la cour de derrière, Mary Power nourrissait les poules, un chien de berger noir et blanc à côté d'elle. C'était la fin de l'après-midi, et l'obscurité envahissait le ciel à l'horizon.

Quand elle eut terminé, elle partit à la recherche de Benny qu'elle trouva dans la grange, occupé à nettoyer un fusil de chasse.

— Ah, tu es là ! Tu t'es occupé des moutons dans le pré du nord ?

Il hocha vigoureusement la tête.

— Je les ai redescendus à l'enclos, répondit-il en détachant soigneusement les mots, de cette façon un peu affectée qui lui était coutumière.

— Tu es un brave garçon, Benny.

Il prit deux cartouches dans une boîte, les introduisit dans les canons et referma le fusil. Puis il braqua l'arme vers elle. Elle inclina la tête de côté et repoussa le fusil.

— Je te l'ai déjà dit, Benny, ne vise jamais personne avec un fusil. Les fusils, c'est pas bien.

— Le renard va peut-être revenir, dit-il lentement. La dernière fois, il a tué douze poulets.

— Eh bien, tu tireras sur cette sale bête quand elle reviendra, mais il ne faut pas me tirer dessus. Et maintenant viens prendre une tasse de thé : j'ai préparé un cake aux fruits.

Il posa le fusil sur la table et la suivit.

Le Cessna 310 arriva de la mer à une altitude de cent vingt mètres, et atterrit sans encombre. Quelques instants plus tard, il s'immobilisait en bout de piste. Kathleen descendit, suivie de McGuire. Les montagnes étaient noyées dans la brume, et une petite pluie fine tombait sans discontinuer.

— Vous savez où vous allez ? demanda-t-il.

— Oui, oui, je peux y aller à pied.

— Vous êtes sûre que ça ira ?

— Ça n'est qu'à cinq ou six kilomètres.

— Je pensais surtout à votre sac à dos. N'importe quoi peut arriver.

Il lui arracha le sac, fouilla dans le double fond et trouva les liasses de dollars.

— Oh là là ! s'écria-t-il.

— Salaud ! s'écria Kathleen Ryan. Vous êtes tous des salauds !

Elle prit son Browning dans sa poche et lui tira deux balles dans le cœur.

McGuire fut projeté en arrière contre l'aile de l'avion et s'effondra sur le sol. Elle récupéra son sac, glissa la courroie sur son épaule et s'éloigna.

A Folly's End, Benny était occupé à monter du foin à la fourche dans le grenier de la grange lorsque Mary vint le chercher.

— J'ai fait du ragoût de mouton. Tu veux que je te serve ça avec des boulettes ?

— Oh, oui, dit Benny en hochant vigoureusement la tête.

Soudain, un bruit terrible se fit entendre. Mary et Benny se précipitèrent dans la cour, et virent un hélicoptère se poser dans le pré voisin de la ferme. Les rotors s'arrêtèrent et Charles Ferguson, Hannah Bernstein et Dillon descendirent de l'appareil.

Dillon s'avança, et Mary, sidérée, demanda :

— Martin ? Martin Keogh, c'est bien vous ?

— Eh oui, Mary. Est-ce que Kathleen est venue ? Kathleen Ryan ?

Elle eut l'air sidérée.

— Mais non. Pourquoi, elle devait venir ?

Dillon se tourna vers Ferguson, qui se tenait toujours près de l'hélicoptère, et secoua la tête. Ferguson se pencha à l'intérieur de l'appareil pour dire quelques mots au pilote, puis s'écarta. L'hélicoptère s'éleva dans le ciel et disparut.

Ferguson s'avança alors en souriant vers Mary Power et Benny.

— Qui êtes-vous ? demanda-t-elle. Que se passe-t-il ?

— Je me présente, madame Power, je suis le général Charles Ferguson. Le camion se trouve-t-il toujours dans la grange ?

Elle pâlit.

— Le camion ? murmura-t-elle.

— Oui, le camion se trouve-t-il toujours dans la grange ? répéta-t-il patiemment.

Ce fut Benny qui répondit.

— Oh, oui, le camion, il est toujours dans la grange ! Jusqu'à ce que oncle Michael revienne. Benny va montrer.

Et il se précipita à l'intérieur.

Il pleuvait fort, à présent, et Kathleen Ryan cheminait sur la route d'Eskdale, étrange et pathétique silhouette, les mains enfoncées dans les poches de son imperméable, son béret sur la tête. Elle demeura un moment immobile devant la grille où était accroché l'écriteau *Folly's End*, puis se dirigea vers la ferme.

L'obscurité tombait rapidement, et pourtant il n'y avait aucune lumière dans la maison.

Hésitant un instant dans la cour, elle se rappela les moments, dix ans plus tôt, vécus là avec son oncle et Martin, et se passa la main sur le visage. Etait-ce jadis ou maintenant ? Puis elle aperçut un peu de lumière qui filtrait sous la porte de la grange.

Mary et Benny étaient assis devant l'établi, et Benny graissait une vieille selle de poney sous l'œil de Mary. La porte de la grange s'ouvrit avec un léger grincement, et un souffle d'air souleva quelques brins dans les balles de foin. Kathleen se tenait sur le seuil.

— Alors comme ça, tu es revenue, Kathleen.

— Il le fallait. C'était prévu depuis le début. Le camion est toujours là ?

— Oh oui, il n'a pas bougé. Ton oncle Michael avait changé d'avis. Il a dit à Benny de ne pas se débarrasser du camion en le lançant du haut de la route côtière. Après l'attaque du fourgon, il est venu ici et il les a échangés.

— Je sais tout ça, il me l'a dit. Il avait peur que l'équipage de l'*Irish Rose* n'essaye de s'emparer de l'or. Surtout, il avait peur d'avoir des problèmes en Ulster avec le Conseil militaire, notamment avec un homme nommé Reid. (Elle haussa les épaules. Elle avait l'air épuisée.) Ce type aurait pu lui causer des ennuis. Je peux voir le camion ?

— Benny va le montrer !

Et il se précipita vers le fond de la grange. Il écarta des balles de foin sans le moindre effort, puis ouvrit la fausse cloison. Kathleen s'avança et ouvrit les portes du camion, découvrant l'or dans ses boîtes.

— Mademoiselle Ryan, je crois ? dit alors Charles Ferguson.

Elle se retourna et découvrit Charles Ferguson, Hannah Bernstein et Dillon. Elle les considérait d'un œil vide quand quelque chose sembla la frapper.

— Martin, c'est toi ?

— Eh oui, Kate.

— Je suis venue chercher l'or, Martin, comme le voulait oncle Michael. On va battre l'IRA à son propre jeu.

— C'est terminé, tout ça, Kate. C'est la paix, maintenant.

— La paix ? (Elle fronça les sourcils, comme si elle avait du mal à comprendre ce qu'il voulait dire. Et puis soudain ses yeux parurent s'enflammer.) La paix avec les cathos ?

Tel un ange de la Mort, elle plongea la main dans la poche de son imperméable et en tira le Browning qu'elle se mit à agiter devant elle.

— Tu te rappelles, Martin, quand tu m'as sauvée, le jour où ces trois salauds m'ont attaquée dans la petite rue ?

— Bien sûr que je me rappelle.

— Mais tu n'étais pas là, cette autre fois où ils étaient quatre, quand j'avais quinze ans. (On eût dit qu'elle étouffait.) Salopards de cathos pourris ! Après ce qu'ils m'ont fait ! Mais oncle Michael les a retrouvés. Il les a tous tués, lui-même. (Le pistolet tremblait dans sa main.) Il faut résister, il faut se battre. Se battre contre la racaille catholique.

A cet instant seulement, Dillon se rendit

compte à quel point elle était devenue folle, mais ce fut Benny qui s'interposa. Il s'avança maladroitement vers elle, l'air égaré, agitant les bras.

— Non, Kathleen. Les armes c'est pas bien. Il faut pas menacer avec une arme.

Il lui étreignit les épaules et elle hurla :

— Recule, Benny !

Son index se crispa convulsivement sur la détente et elle tira.

Avec un cri de douleur, Benny tomba à la renverse. Mary hurla « Non ! », saisit le fusil sur la table, arma les chiens et fit feu des deux canons. Kathleen fut projetée violemment en arrière contre les balles de foin et lâcha son Browning. Dillon se précipita vers elle et s'agenouilla à ses côtés.

Elle lui agrippa la main.

— Martin, c'est toi ?

Son corps fut agité d'un spasme, puis se détendit.

Hannah s'accroupit près de Dillon qui tenait toujours la main de Kathleen.

— Elle est morte, Sean.

— Oui, je le vois.

Benny, de façon incroyable, se releva alors, la main au côté, du sang dégoulinant entre les doigts. Il avait l'air hébété. Hannah l'examina rapidement, puis se tourna vers les autres.

— La balle n'a fait que lui traverser le flanc. La blessure n'est pas mortelle.

Doucement, Ferguson ôta le fusil des mains de Mary Power.

— Mon Dieu, qu'est-ce que j'ai fait ?

— Ça n'est pas votre faute, madame, lui dit

Ferguson. Vous n'avez pas à vous inquiéter. J'y veillerai personnellement. (Il se tourna vers Hannah.) Madame l'inspecteur, je vous serais obligé de la ramener dans la maison. Ainsi que Benny. Faites ce que vous pouvez.

Hannah lui passa un bras autour des épaules, donna l'autre main à Benny et les conduisit hors de la grange. Dillon, lui, ne pouvait détacher son regard du corps de Kathleen Ryan.

— Pauvre petite folle, dit-il alors. J'ai toujours su qu'il lui était arrivé quelque chose.

— J'ai donné une heure à l'hélicoptère, dit Ferguson. Il sera bientôt de retour. Ça va, vous ?

— Ça va, mon général. (Il alluma une cigarette.) Encore un jour qui finit bien, non ?

Et à son tour il quitta la grange.

Du même auteur
aux Éditions Albin Michel :

L'AIGLE S'EST ENVOLÉ

AVIS DE TEMPÊTE

LE JOUR DU JUGEMENT

SOLO

LUCIANO

LES GRIFFES DU DIABLE

EXOCET

CONFESSIONNAL

L'IRLANDAIS

LA NUIT DES LOUPS

SAISON EN ENFER

OPÉRATION Cornouailles

L'AIGLE A DISPARU

L'ŒIL DU TYPHON

OPÉRATION VIRGIN

MISSION SABA

TERRAIN DANGEREUX

L'ANGE DE LA MORT

Composition réalisée par JOUVE

Achevé d'imprimer en Europe (Allemagne)
par Elsnerdruck à Berlin
Dépôt légal Édit: 4646-09/2000
LIBRAIRIE GÉNÉRALE FRANÇAISE - 43, quai de Grenelle - 75015 Paris.
ISBN : 2 - 253 - 17141 - 7